Das Buch

Mit ihrem preisgekrönten Film »Das Piano« schuf die neuseeländische Regisseurin Jane Campion eine Liebesgeschichte von so großer sinnlicher Kraft, daß sie damit ein millionenfaches Publikum begeisterte. Mit dem vorliegenden Roman hat Jane Campion ihre zehnjährige Beschäftigung mit diesem ungewöhnlichen Stoff abgeschlossen und vollendet, indem sie nun noch die spannende Vorgeschichte ihrer beiden Helden Ada und Baines erzählt.

Die junge Schottin Ada McGrath, streng viktorianisch aufgewachsen, ist seit ihrer Kindheit stumm – nur über ihr Klavier verschafft sie sich Ausdruck. Zusammen mit ihrer unehelichen kleinen Tochter Flora schifft sie sich nach Neuseeland ein, denn dort erwartet sie Alisdair Stewart, den ihr Vater ihr zur Heirat vermittelt hat. Adas einziger Halt in der tropischen Fremde ist, neben ihrer Tochter, das Klavier – nur wenn sie spielt, ist sie eins mit sich selbst. Ihr neuer Ehemann jedoch weigert sich, das Instrument durch den sumpfigen Dschungel nach Hause zu schleppen – es bleibt am Strand.

Ada sieht erst einen Lichtblick, als sie erfährt, daß Stewart das Klavier an George Baines veräußert hat. Baines, ebenfalls Einwanderer, ein Analphabet, der unter Eingeborenen lebt, ist fasziniert von der schönen jungen Frau. Er schlägt ihr einen Handel vor: Sie soll für ihn spielen und so, Stunde um Stunde, Taste um Taste, ihr Instrument zurückgewinnen. Ada willigt ein – und schon nach kurzer Zeit verfällt der sanfte Wilde ihr in heftiger Leidenschaft. Die Klavierstunden werden zu Begegnungen einer amour foit, deren Gewalt sich die bis dahin so willensstarke Ada bald ergeben muß...

Die Autorinnen

Jane Campion, geboren in Wellington, Neuseeland, lebt heute in Sydney. Studium der Anthropologie und der Malerei. Anfang der achtziger Jahre begann sie mit dem Filmen; den internationalen Durchbruch erreichte sie 1990 mit dem Film »Ein Engel an meiner Tafel«, nach der Autobiographie von Janet Frame. Ihr letztes Werk »Das Piano« war das Filmereignis des Jahres 1993 und brachte ihr als erster weiblicher Regisseurin die Goldene Palme in Cannes und drei Oscars ein. Zusammen mit der englischen Autorin Kate Pullinger erstellte sie jetzt abschließend die Romanfassung.

Kate Pullinger, geboren 1961 in Kanada, lebt seit 1982 in London. Sie veröffentlichte bisher einen Erzählband, »Tiny Lies«, und die beiden Romane »When The Monster Dies« und »Where Does Kissing End?«

JANE CAMPION / KATE PULLINGER

DAS PIANO

DER ROMAN

Aus dem Englischen
von Carina von Enzenberg

WILHELM HEYNE VERLAG
MÜNCHEN

HEYNE ALLGEMEINE REIHE
Nr. 01/9757

Titel der Originalausgabe
THE PIANO
erschienen 1994 in den USA und
in Canada bei Hyperion/Miramax

Umwelthinweis:
Dieses Buch wurde auf
chlor- und säurefreiem Papier gedruckt.

Wilhelm Heyne Verlag GmbH & Co. KG, München
Printed in Germany 1996
Umschlagillustration: Pandora/Bildarchiv Engelmeier, München
Umschlaggestaltung: Atelier Ingrid Schütz, München
Gesamtherstellung: Presse-Druck Augsburg

ISBN 3-453-09282-1

Nicht suchen will ich heut die schattigen Regionen,
die düstre, öde Weite, die nichts hält.
Gesichte steigen auf, Legionen um Legionen,
und nahe rückt, so seltsam nah, die wesenlose Welt.

Emily Brontë (1818–1848)

Prolog

Die Stimme, die Sie hören, ist nicht meine wirkliche Stimme, sondern die Stimme in meinem Inneren.

Seit meinem sechsten Lebensjahr habe ich nicht mehr gesprochen. Niemand weiß, warum, nicht einmal ich selbst. Mein Vater meint, es sei eine finstre Gabe, und der Tag, an dem ich es mir in den Kopf setzte, mit dem Atmen aufzuhören, werde mein letzter sein.

Heute hat er mich mit einem Mann verheiratet, dem ich noch nie begegnet bin. Bald schon werden meine Tochter und ich in seinem Land zu ihm stoßen. Mein Mann sagt, meine Stummheit mache ihm nichts aus. Man höre, was er mir schreibt: Gott liebt stumme Geschöpfe, warum also nicht auch er?

Wie gut, daß er Gottes Geduld besitzt, denn früher oder später setzt das Schweigen allen zu. Seltsam ist nur, daß ich mich selbst nicht als schweigsam empfinde, und das liegt an meinem Piano. Ich werde es auf der Reise vermissen.

1

Vor einem einsamen Strand, am Rande eines fernen Landes, eines Landes voll wucherndem Farn und flügellahmen Vögeln, tauchte ein kleines Landungsboot auf und kämpfte sich durch Dünung und Gischt. Inmitten der aufgewühlten See wurden Ada McGrath und ihre Tochter Flora von Männerhänden aus dem Boot gehoben und auf den Schultern der Seeleute gleich menschlichen Opfergaben an Land getragen. Adas weiter schwarzer Rock breitete sich über Arme und Rücken der Männer. Sie rang mit sich selbst, um einen letzten Anschein von Würde zu wahren, und war entschlossen, nicht zu schreien. Wankend klammerten die Seeleute sich aneinander, um den wütenden Wellen standzuhalten; zwei von ihnen waren afrikanischen Ursprungs, alle verwahrlost, tätowiert und hartgesotten, einige betrunken. Schließlich wurden Ada und Flora kurzerhand auf dem schwarzen Sand des leeren Strandes abgesetzt. »Paddington Station«, sagte einer der Männer, doch Ada lächelte nicht, ja, sie hatte nicht einmal hingehört, so sehr zog die Landung sie in ihren Bann. Hinter ihnen brachen sich die Wellen mit gewaltigem Donnern am Ufer.

Ada blickte auf ihre Stiefel hinab, die langsam im nassen, silbrigen Sand versanken, während die Ausläufer sie umspülten; dann richtete sie den Blick auf das verwirrende Durcheinander aus ihr unbekannten Bäumen und Schlingpflanzen in der Ferne. Ada suchte die Klippen – hoch und zerklüftet und mit dem dichtesten Laubwerk bedeckt, das sie je gesehen hatte – bang und doch voller Neugier nach einem Lebenszeichen ab. Blaß und dunkel, wirkte sie fast so zierlich wie ihre Tochter Flora, die mit der ernsthaften Miene und der düsteren Kleidung das genaue Ebenbild ihrer Mutter war. Im Augenblick kniete Flora auf dem Boden, denn sie war seekrank wie fast jeden Tag auf der Reise. Noch nie hatte Ada ein Land wie dieses erblickt; es war so anders als die steinernen Buchten und die ruhigen Meeresarme Schottlands. Wie ein dichter grüner Vorhang stieß der Busch an Himmel und Meer, und sonst gab es nichts, keine Leute, keine Bauten, keine Wege, keine Spur eines Werks von Menschenhand. Sie war ans Ende der Welt gereist, so schien ihr, um ihren Mann kennenzulernen.

Ada McGrath und ihre Tochter Flora waren monatelang über den rauhen Ozean gereist. Nacht für Nacht hatte das Gewoge sie eingelullt und sie in ihren Kojen unsanft hin und her geworfen, und jeder Tag hatte sie weiter und weiter von Schottland fortgeführt. Manchmal, wenn Ada nachts wach lag und das Rollen des Schiffes spürte, fragte sie sich, ob sie wohl der Hölle oder einem noch dunkleren Ort entgegenfuhren, denn die Fernheirat, die gewaltsame Trennung von ihrem Zuhause kamen Ada wie nichts Geringeres als die Strafe für ihre Sünden vor.

Auf der Reise träumte Ada oft von ihrem Mann Alisdair Stewart, dem sie noch nie begegnet war, und von ihrem Klavierlehrer Delwar Haussler, den sie seit langem nicht gesehen hatte, und in ihren Träumen wurden beide Männer eins. In ihren Träumen spielte sie unten im Laderaum auf dem Piano, das in seiner Kiste an einer Seitenwand des Schiffes festgeschnürt war wie ein wildes Tier, das nicht frei herumlaufen durfte. Dann erfüllte Musik Adas Kopf, beruhigte sie und ermöglichte es ihr, auch ihre Tochter zu beruhigen, die vom Schiff und den Seeleuten hellauf begeistert war, wenn sie sich nicht gerade in den rostigen alten Kübel auf dem Boden ihrer Kajüte übergab. Die Verpflegung war schlecht, sie hatten seit Wochen keine frischen Lebensmittel zu sich genommen, nichts als Fisch, getrocknet und frisch, gebraten, gekocht und gebacken, und allein beim Gedanken an den salzigen Geschmack und die Schuppen wurde Ada schlecht.

Vor der heimatlichen Küste hatten sie es genossen, beschaulich dahinzusegeln und unterwegs zu einem Abenteuer zu sein, doch kaum hatten sie die Biskaja verlassen, gerieten sie in einen fürchterlichen Sturm. Das Meer türmte sich zu berghohen Wellen auf. Unter Deck, in der Enge der sogar für so zierliche Wesen wie Ada und Flora winzigen Kajüte, wurden die beiden hin und her geschleudert, vom Boden an die Decke; über Stunden erhielten sie keine Nachricht, klopfte niemand an ihre Tür, und ihr einziger Anhaltspunkt war das ächzende Schiff selbst, das vom Meer gebeutelt wurde. Ada hatte Angst, mehr Angst als je zuvor, denn sie waren einer Gefahr ausgesetzt, die echter und eherner war als jede, welche die gute Gesellschaft auszuhecken vermag. Doch das alte Schiff hielt stand. Als die Passagiere an Deck stiegen, erfuhren sie, daß zwei Teilabschnitte der Reling, ein Beiboot und einer der Seemänner über Bord gespült worden waren, doch hatte man das Sterbesakrament gesprochen und die erforderlichen Reparaturen bereits durchgeführt. Die Sonne schien auf das ruhige, azurblaue Meer, und es war, als hätten sich nie Wellen aufgeworfen und am Schiff gerüttelt, als wäre der Sturm nur ein Alptraum gewesen, hervorgerufen von der kargen Kost.

Zu Hause hatte Flora ein schwarzes, nach dem Erzengel Gabriel benanntes Shetlandpony besessen, und ihr Großvater hatte sie verwöhnt. Während der Überfahrt fragte Ada sich oft, was das neue Leben wohl für ihre Tochter bereithalten würde. Im Frachtraum befand sich Adas Brautausstattung, die sie jedoch nicht als solche betrachtete. Abend für Abend legte sie sich vor dem Einschlafen die kleine bestickte Tasche, die ihre Mitgift enthielt – Schmuck, etwas Gold und einen Bankwechsel – unter das Kopfkissen. Alisdair Stewart erwartete sie, aber das war auch das einzige, was sie mit Gewißheit wußte. Ada erzählte Flora in ihrer Zeichensprache Geschichten, aber auf Floras beharrliches Fragen, wohin die Reise sie führen würde, wußte sie keine Antwort, und so dachte Flora sich ihre eigene aus: »Wir werden einen Mann treffen, und er wird uns wachküssen. Er ist ein Prinz, und wir sind zwei Prinzessinnen. Und wir werden zusammen in einem großen Palast wohnen, und ich werde tun, wozu ich Lust habe.« Da Ada nicht sprach, diente Flora ihr als Dolmetscherin, aber die Geschichten des Kindes hatten ein Eigenleben.

Fünf Monate waren vergangen, und ihre Reise neigte

sich dem Ende zu. Sie hatten viel gesehen, hatten die äußersten Vorposten zahlreicher Länder angelaufen; sie hatten den Äquator überquert, wo die Luft sehr warm war, und über Wochen hatten fliegende Fische, Tümmler und große Seevögel ihnen Gesellschaft geleistet. Nun waren sie schon mehrere Hundert Meilen an der Küste entlanggesegelt. Ada hielt auf Deck Ausschau. Alles, was sie sehen konnte, waren dunkle Klippen, hinter denen bisweilen Berge aufragten; an vielen Morgen verschwand die Küste im Nebel. Eines Nachmittags verlangsamte das Schiff merklich die Fahrt, und der Kapitän gab Ada in seiner polterigen Art zu verstehen, daß die Reise für sie und Flora hier zu Ende sei. Längsseits wurde ein kleines Beiboot zu Wasser gelassen, das mit ihrer Habe beladen war: allerlei Kisten und Truhen, auf denen zuoberst das Piano in seiner Lattenkiste balancierte, was Ada mit freudigem Herzen zur Kenntnis nahm. Durch die Kleider und die eng geschnürten, rutschigen Lederstiefel mit den hohen Absätzen in ihrer Bewegungsfreiheit eingeengt, kletterten Ada und Flora vorsichtig das Fallreep hinunter, dessen Enden im türkisfarbenen Wasser baumelten, und das Boot trug sie dem schimmernden Land entgegen.

Ada wandte das Gesicht vom unerbittlichen smaragdgrünen Urwald ab und sah aus einigem Abstand zu, wie die Kisten und Koffer aus dem Brandungsboot gehievt und auf den Strand gestellt wurden. Mehrere Seeleute standen im Halbkreis beisammen und urinierten ungeniert, doch Ada blickte nicht in ihre Richtung. Ihre Aufmerksamkeit galt den Matrosen, die sich mit dem Piano wankend durch die Wellen kämpften. Sie stellte sich auf die Zehenspitzen und ballte die Fäuste, teils aus Vorfreude, teils aus Sorge angesichts des heiklen Transports; mit energischen Gesten dirigierte sie den Trupp schmuddeliger, zerlumpter Männer, damit sie es den Strand ein Stück weiter hinauf trugen, wo es sicherer war.

Da Ebbe herrschte, erstreckte sich zwischen dem Wasser und den Felsen ein breiter Sandstreifen, wie ein Niemandsland zwischen dem stahlgrauen Meer und dem üppigen Grün des Landes. Ada stand am Strand; noch hatte sie das Land nicht betreten, noch den Ozean nicht hinter sich gelassen, und sie brachte es nicht über sich, sich umzudrehen und erneut die Klippen anzusehen aus Angst, sie könnten ihr mit ihrem jadegrünen Gesicht das Gefühl vermitteln, unwillkommen zu sein, eine Fremde von allzu weit her. Der Wind blies, stark und salzig, und Ada spürte noch immer das Wanken des Schiffes unter ihren Füßen. Viele Tage sollten vergehen, bis dieser Eindruck nachließ.

Kaum hatten die Männer das Piano auf dem Strand abgesetzt, lief Ada hin und inspizierte das Instrument in seiner Lattenkiste, als läge es an einer Hafenmole im Dock. Dabei befühlte sie es unablässig mit einer Hand, während ihre Tochter die andere ergriff und sich dicht an sie drängte, als mache ihr die Weite des Raums, in dem sie sich plötzlich wiederfand, Angst. Die Seeleute unterhielten sich, der Wind wehte ihre Worte herüber und riß sie wieder mit sich fort. Es war niemand da, um sie abzuholen. Vielleicht gab es in diesem Land überhaupt keine Menschen.

»Absolut tot, der Strand, absolut tot«, hörte Ada einen der Matrosen sagen.

»Lassen wir sie hier. Das hat man uns doch aufgetragen.«

»Die Pocken sollst du kriegen!«

»Ganz recht, eine hübsche Idee: Wir lassen sie hier und werden für den Spaß aufgeknüpft.«

»Macht, was ihr wollt. Ich hau' wieder ab.«

Einer der älteren Männer, der Anführer der kleinen Truppe, trat an sie heran. Er hatte einen zerfledderten, unter dem Kinn festgebundenen Strohhut auf dem Kopf und trug mehrere Westen, Jacken und Wollschals übereinander, die Ada durch eine Schmutzschicht miteinander verschmolzen schienen. Die anderen Männer hinter ihm blickten hinaus aufs Meer oder zu Boden; sie wollten mit der Sache nichts zu tun haben.

»Ist ein bißchen rauh da draußen. Kann sein, daß sie's bei dem Wetter nicht übers Meer schaffen. Vielleicht kommen sie über Land.«

Ada nickte. Die breiten schwarzen Bänder ihrer Haube flatterten im Wind.

»Haben Sie etwas, um sich gegen Wind und Wetter zu schützen?«

Ada gab Flora ein Zeichen, die die Geste ihrer Mutter klar und vernehmlich mit den Worten übersetzte: »Sie sagt ›danke‹.«

Der Seemann schickte sich an, zum Boot zu gehen, machte jedoch auf dem Absatz kehrt und kam zurück, denn ihn befielen plötzlich Zweifel, ob dies der richtige Strand war, und er hatte Bedenken, die Frau und das Kind allein zurückzulassen. »Will deine Mutter nicht lieber bis Nelson mitfahren?«

Mit kühler Miene gab Ada Flora unwirsch ein paar Zeichen. Dann kehrte sie ihm den Rücken zu. »Sie sagt nein«, verkündete Flora und legte angewidert ihr kleines Gesicht in Falten. »Sie sagt, lieber will sie sich von Eingeborenen lebendig kochen lassen, als noch mal in Ihre stinkende Wanne zu steigen.«

Der grauhaarige alte Seebär war tief gekränkt. Zwar war er von den Matrosen ein loses Mundwerk gewöhnt, doch nicht von Frauen und kleinen Mädchen. Obgleich Ada es sich nicht anmerken ließ, freute sie sich darüber, wie frei Flora ihre Worte wiedergab. Nicht selten äußerte das Kind Gedanken, die man als Erwachsener nicht laut auszusprechen wagt. Der Seemann machte einen Schritt auf das Mädchen zu. Ada schob sich schützend vor ihre Tochter und hob die Brauen. »Du hast verdammtes Glück, daß ich dir nicht eins auf dein flegelhaftes Schandmaul geb', kleines Fräulein!« sagte der Seemann zu Flora. »Verdammtes Glück!«

Mit diesen Worten trollte er sich, und gleich darauf schoben die Männer das Boot über den Sand ins Wasser und ließen Flora und Ada auf dem weitläufigen Strand zurück. Die Sonne schien auf die Wellen und entlockte ihnen alle nur erdenklichen Schattierungen von Silber, Grau und Blau. Hinter ihnen senkte sich Nebel auf die Klippen herab, an denen sich im wechselnden Licht Regenbogen bildeten.

Langsam verstrichen die Stunden. Flora half Ada, ihre verstreuten Habseligkeiten über den Sand bis zum Piano zu schleifen; die sonderbare Anordnung von Kisten, Truhen und Piano beschwor das Bild eines Wohnzimmers herauf. Als Schutz gegen den unablässigen Wind einen dunkelroten, mit Fransen besetzten Schirm umklammernd, setzte Ada sich mit Flora auf eine Packkiste, und bald darauf war Flora eingeschlafen.

Die Geräusche an diesem Ort versetzten Ada in Staunen: die Seevögel, die über ihren Köpfen kreisten, der Urwald hinter ihnen, in dem der Wind die Bäume hin und her peitschte, das Krachen der Wellen, wo Meer und Land aufeinandertrafen. Wieder und wieder wanderten ihre Augen zu den Klippen; der Urwald schien so dick und dicht, als könnte nie jemand daraus hervortreten. Sie würden ewig an diesem Strand warten, sie würden hier vielleicht sogar sterben. Einen Augenblick lang überlegte Ada, ob es klug von ihr gewesen war, das Angebot des Seemanns auszuschlagen. Rasch verbannte sie jedoch die Zweifel in den hintersten Winkel ihres Geistes; nach dieser Reise war sie auf alles gefaßt, nichts konnte sie mehr überraschen. Während sie das Gesicht ihrer Tochter streichelte, dachte sie an die lange Überfahrt und daran, wie sehr die Entbehrungen sie beide abgehärtet hatten. Trotz Seekrankheit und Heimweh – einer Krankheit ganz anderer Art – fühlte Ada sich stark. Sie hatte sich schon immer stark gefühlt, denn trotz ihrer Stummheit besaß sie ein kräftiges Naturell. »Du hast einen Willen wie ein dickschädeliger Esel, Ada McGrath«, pflegten ihre unverheirateten Tanten abschätzig zu sagen. Ada war nicht traurig darüber, daß sie Menschen wie ihre Tanten zurückgelassen hatte; der einzige, der ihr fehlen würde, war ihr Vater. Die Sehnsucht nach ihm war so groß, daß sie sich verbot, an ihn zu denken. Und doch war er es gewesen, der Tochter und Enkelkind fortgeschickt hatte.

Floras Kopf noch immer auf ihrem Schoß, entfernte

Ada an einer Stelle, an der das Holz der Kiste nachgegeben hatte, eine zerbrochene Latte. Als sie die Hand mit dem neuen, noch ungewohnten Ehering durch den Spalt schob, war sie überrascht, wie kühl die elfenbeinernen Tasten sich unter ihren Fingerspitzen anfühlten, eine Empfindung, die sie viele Monate lang hatte entbehren müssen. Sie beugte sich vor, legte den Kopf mit der schwarzen Haube wie im Gebet auf die Kiste und schlug ein paar Tasten an. Der Klang versöhnte und beruhigte sie, doch schon im nächsten Augenblick schienen die innige Vertrautheit und der Trost, den sie in ihrem Piano fand, die von Ungewißheit erfüllte Einsamkeit dieses gottverlassenen Ortes nur noch zu verstärken.

Da schoß plötzlich ein Schwall Meerwasser unter das aufgebockte Piano, spülte die Kiste fort, auf der sie saßen, und tränkte ihre Stiefel und den Saum ihrer Röcke mit Salzwasser, Schaum und Seetang. Aus ihren Träumereien gerissen, sprang Ada auf und stellte mit Entsetzen fest, daß klammheimlich die Flut gekommen war. Flora, die jäh aus dem Schlaf hochgefahren war, kletterte mit einem Schrei auf das Piano. Hilflos sahen sie mit an, wie drei ihrer Kisten ins Meer hinausschwammen. In heller Aufregung watete Ada in die zurückweichenden Wellen hinaus, um den Hühnerkäfig zu retten, doch eines der Hühner wurde kreischend von der Flut davongetragen. Ada lief im Wasser den Kisten nach, die immer weiter hinaustrieben, doch dann blieb sie verzweifelt stehen. Das Gewicht ihres nassen Rocks zog schwer an ihr. Abermals drehte sie sich um und suchte die Klippen ab, doch wenn schon niemand gekommen war, um sie bei ihrer Ankunft zu begrüßen, so würde nun wohl erst recht keiner dasein, um ihre Sachen zu retten.

Bald schon ging die Sonne unter, und Adas Sorge um ihre Sicherheit wuchs. Im graugrünen Licht lief sie mit Flora über das breite Band aus Sand. Es war Ebbe, und der Sand sah so glatt und glitschig aus wie der Rücken einer Robbe. Als sie zu ihrem Lager zurückkehrten, war am Himmel nur noch ein einziger rosa Streifen übrig. Ada machte sich daran, ein behelfsmäßiges Zelt zu bauen, froh über die Ablenkung, die diese Aufgabe ihr in ihrer Unruhe bot. Als Gestell dienten ihr die Reifen ihrer Krinoline, über die sie Petticoats streifte, die sie an den Enden mit Steinen beschwerte. Ada freute sich über diese nützliche Verwendung von Kleidungsstücken, die, angezogen, alles andere als praktisch waren; ob sie als Unterschlupf taugten, wußte sie allerdings nicht. Im Inneren des Zeltes zündete sie eine Kerze an, so daß es aussah wie ein angespülter Riesenlampion.

»Schau mal, ich bin ein großer Nachtfalter«, sagte Flora, die mit den Händen Schattenspiele machte. »Ob das Zelt wohl Feuer fängt?« fragte sie. Die Nacht um sie herum flößte ihr weniger Angst ein als ihrer Mutter. Ada machte ihr weis, daß alles seine Ordnung habe, daß die Übernachtung am Strand ein ganz natürlicher Bestandteil ihrer Reise sei. Im Inneren ihres Kokons erzählte Ada Flora eine Geschichte, um das Kind von ihrer heiklen Lage abzulenken, und dabei bewegte sie anmutig die Hände, schnitt aus der Luft Skulpturen, und ihr lebhaftes Mienenspiel war mal zärtlich, mal traurig, mal lustig, mal sanft. »Und der Wind sagte: ›Weißt du noch, wie wir zusammen spielten?‹ Da nahm der Wind sie bei der Hand und sagte: ›Komm, komm mit mir.‹ Doch sie sträubte sich.«

»Mama, ich habe nachgedacht«, sagte Flora in Zeichensprache zu ihr, und gleich darauf verkündete sie mit ernsthafter Miene: »Ich werde ihn nicht Papa nennen. Ich werde ihn überhaupt nicht irgendwie nennen. Ich werde ihn noch nicht einmal ansehen.«

Ada beruhigte Flora, sie strich ihr über Haar und Gesicht, und schon bald war ihre Tochter eingeschlafen. Ada selbst lag wach, sie kauerte sich in den kleinen, von den Reifen gebildeten Hohlraum, und ihre Gedanken trieben zurück, zurück in die Vergangenheit.

Ada McGrath aus Aberdeen war sechs Jahre alt, als ihr Vater sich außerstande sah, die Einladung, die er seinen unverheirateten Schwestern Patricia und Ethel vorschnell ausgesprochen hatte, noch länger hinauszuschieben. Die beiden jedoch ließen es sich angelegen sein, den Besuch zu einer der seltenen Familienzusammenkünfte auszuweiten, und behaupteten, da sie schon eine so weite Strecke zurücklegten, sei dies eine hervorragende Gelegenheit, ihre unverheiratete Cousine Gillian sowie deren Bruder samt Frau und Sohn wiederzusehen. Adas Vater Wyston McGrath willigte schließlich ein, weil er sich sagte, daß die Cousinen einander schon unterhalten würden. Die vergangenen drei Wochen hatte er damit zugebracht, sich geflissentlich allerlei Vorwände auszudenken, um das Haus verlassen und den Großteil eines jeden Tages auf den Ländereien verbringen zu können.

Wyston war ein miserabler Gastgeber, und als der festgelegte Tag näherrückte, verschlechterte sich seine

Laune zusehends. Selbst die kleine Ada (sie besaß die Gabe, bei ihm jeden Anflug von Verdrießlichkeit mit ihren Liedern zu vertreiben, die sie mit einer für ein Kind ungewöhnlichen Leidenschaft und einer Ernsthaftigkeit sang, welche nicht nur Wyston, sondern den gesamten Hausstand bezauberte) konnte nichts für ihn tun. Dann und wann streichelte sie seine Hand mit ihrem winzigen Händchen, was ihm immer lieb gewesen war. Doch an diesem Tag vermochten auch diese Zärtlichkeiten nichts auszurichten; statt dessen entzog er ihr übellaunig die Hand und bemäkelte, der Tisch sei allzu formell gedeckt.

Nach langem Hin und Her wurde einer der fünf Kandelaber entfernt, und erst da fand die Tischdekoration vor McGraths Augen Gnade. Am nächsten Tag jedoch überlegte er es sich wieder anders: Von einem Ende der Tafel zum anderen blickend, verkündete er, vier sei eine alberne Zahl, und da der Tisch für drei Kandelaber zu lang sei, müßten es fünf sein.

Der erste Besuchstag verlief zwar nicht eben gut, doch insofern zufriedenstellend, als die Gäste vollauf damit beschäftigt waren, sich das Haus von oben bis unten anzusehen, und der Wildhüter die kleine Gesellschaft, den Anweisungen entsprechend, mit einem langen Spaziergang entlang der Grenzen des Anwesens erschöpft hatte. Ada machten die Gäste nervös, sie war zu jung, um sich vom letzten Besuch an deren Gesichter zu erinnern, und so schloß sie sich den Verwandten auf der Erkundungstour nicht an, doch es gefiel ihr sehr, sie unbemerkt zu beobachten.

Der Vorfall, wie er fortan genannt werden sollte, ereignete sich am dritten Tag des Besuchs am langen

Abendbrottisch, den nun seltsamerweise keine einzige Kerze mehr zierte. McGrath hatte schließlich befunden, die Frage werde am besten dadurch gelöst, daß man sie allesamt entfernte. »Seht ihr? Jetzt sind wir die Probleme mit den Zahlen los.«

Die kleine Ada wurde auf einen eigens für sie angefertigten hohen Stuhl zwischen die beiden unverheirateten Tanten gesetzt. Die Stimmung war schlecht. McGrath schmeckte der Braten nicht, er fand ihn zäh und ungenießbar. Er bestand darauf, daß man ihn zurückgehen ließ, bedachte jedoch nicht, daß es nichts anderes dafür gab. Die Gäste, denen man die Teller unter der Nase weggezogen hatte, waren enttäuscht, doch ließen sie es sich nicht anmerken, sondern ergingen sich in gefälligen, beschwichtigenden Bemerkungen an ihren Gastgeber und Neffen. In dieser Pause zwischen dem Abtragen des Hauptgerichts und dem Servieren des Desserts zog nun die kleine Ada die Aufmerksamkeit McGraths und der Gäste auf sich, indem sie in aller Ruhe den Zuckerstreuer über der dunklen Tischplatte ausleerte, den wunderlichen weißen Hügel plattdrückte, den Zeigefinger anleckte und ihren Namen in den Zucker schrieb.

Die beiden Tanten zu ihrer Seite räusperten sich und blickten ihren Bruder Wyston an, der schließlich ebenfalls die Augen auf das Kunstwerk vor seiner Tochter richtete und sie, mehr aus Erleichterung denn aus Ärger, anbrüllte: »Was hat das zu bedeuten?«

»Ich male im Schnee, Vater«, sagte sie mit ihrem zarten, hellen Stimmchen.

»Das ist kein Schnee, meine Liebe, das ist kostbarer Zucker«, sagte Tante Ethel.

»Nein, Tante, es ist Schnee. Ich habe ihn auf den Tisch rieseln lassen.«

»Steh auf und komm zu mir«, befahl ihr Vater.

Doch das kleine Mädchen konnte nicht allein von seinem Stuhl steigen und sagte es ihm. Diese wohlbekannte Tatsache versetzte ihren Vater in ungeahnte Wut, und er brüllte sie so laut an, daß der Speichel nur so durch die Luft flog und Tante Patricia, die ihm am nächsten saß, die Hände vom Tisch nahm.

»Du gehst auf dein Zimmer, Kind, und sagst für den Rest des Tages kein Wort mehr, denn so wie es aussieht, machst du den Mund ohnehin nur auf, um deinem Vater und deinen Tanten zu widersprechen.«

Das Gesicht der Kleinen lief knallrot an, der Schweiß brach ihr aus und bildete auf Oberlippe und Stirn Perlen so klein wie Nadelköpfe. In diesem Ton hatte ihr Vater noch nie mit ihr gesprochen, sie war es gewöhnt, sein kleiner Liebling zu sein. McGrath war selbst über die Heftigkeit seines Wutausbruchs erstaunt, mochte er wegen der Anwesenheit der Tanten und der Störung seines geregelten Lebens noch so gereizt sein. Aber Kinder mußten gehorsam sein, was Ada für gewöhnlich auch war, und war sie es einmal nicht, wurde sie mit sanftem Druck gefügig gemacht. Als er an jenem Abend jedoch in diesem Tonfall zu ihr sprach, schämte Ada sich in Grund und Boden und hielt sich die Hände vors Gesicht, damit niemand es sehen konnte. Ihr Vater hob sie vom Stuhl herunter, und, das Gesicht noch immer in den Händen verborgen, unter denen nun Tränen hervorquollen, stolperte sie aus dem Eßzimmer, hinaus in die Eingangshalle und die Haupttreppe zu ihrem Zimmer hinauf. Wyston strich sich das Jackett glatt und rief ihr hinterher: »Und nicht vergessen, meine Kleine: Kein Wort mehr!« Mit dem Vorsatz, vom Abend zu retten, was noch zu retten war, kehrte er ins Eßzimmer zurück und dachte nicht weiter über seine kleine Tochter nach. Sie würde sich schon beruhigen, und am nächsten Morgen wäre alles wieder in Ordnung.

In der Geborgenheit seines Zimmers warf sich das Mädchen auf sein kleines Bett, nahm einen Zipfel des Kopfkissens in den Mund, um das Weinen zu erstikken, und wartete auf die ersten Schluchzer. Zu Adas Überraschung kamen jedoch keine. Als sie sich aufsetzte, herrschte vor ihren Augen eine Dunkelheit, die sie erschauern ließ. Lange, sehr lange, saß das Mädchen einfach nur da, die Hände artig im Schoß gefaltet, und starrte mit großen, schwarzen, kalten Augen die gegenüberliegende Wand an. So verharrte es, reglos starrend, während sich im Raum auf alles um es herum langsam der Schatten der Dämmerung und schließlich die Nacht herabsenkte.

Zwei Tage vergingen, bis jemandem auffiel, daß das Kind noch immer nicht gesprochen hatte und zur allgemeinen Verwunderung nicht einmal »Auf Wiedersehen« sagen wollte, als man es dazu aufforderte. Als es nach einer Woche noch immer kein Wort von sich gegeben hatte, machte sein Vater sich allmählich Sorgen und rief es zu sich in sein Arbeitszimmer. Mit ernster Miene stand seine kleine Tochter mit dem dunklen Haar und den dunklen Augen vor ihm. Er musterte sie und rutschte auf dem Stuhl mit der steifen Lehne unbehaglich hin und her. Von ihren schwarzen Augen ging etwas Beunruhigendes, ja Unheimliches aus. Sie blickten ihn halb vorwurfsvoll, halb entrückt an. Ihre kleinen Füße standen an der Kante des Orientteppichs ordentlich nebeneinander.

»Ada«, begann er, »ich habe dich bestraft, und die ganze letzte Woche hast du mich bestraft.« Er sah sie an, und sie erwiderte seinen Blick mit milder, unerschütterlicher Gelassenheit. »In meinen Augen sind wir quitt«, fuhr er fort. »Findest du nicht auch?« Er beugte sich vor, so daß sein grobgeschnittenes Gesicht mit ihrem auf einer Höhe war. »Sind wir quitt?«

Ada hörte die freundliche Stimme ihres Vaters, sie blickte in das Gesicht, das sie so innig liebte, das Gesicht des Menschen, den sie noch vor kurzem »Biest« geschimpft hatte, doch trotz ihrer unendlichen Liebe zu ihm und seiner vorbehaltlosen Zuneigung konnte sie sich dem Diktat ihres eigenen kleinen eisernen Willens nicht widersetzen. Ihr Entschluß stand fest, unverrückbar wie ein Eisengitter: Sie würde nie wieder sprechen.

Das Biest nahm seiner einzigen Tochter, dieser winzigen Person gegenüber eine Haltung ein, die zu gleichen Teilen von Bewunderung und Zorn bestimmt war. Unfähig, die Hand gegen sein Kind zu erheben, machte er sich einen Spaß daraus, seine Tochter mit Frotzeleien aufzuziehen oder Sprichwörter zu zitieren, vor allem seinen Lieblingsspruch »Stille Wasser sind tief«; und schon bald versteiften Vater und Tochter sich immer mehr, er auf seine spöttische, bewunderungsvolle Duldsamkeit, sie auf ihre kindliche Sturheit. Nach drei weiteren Jahren und zwei Besuchen bei Fachärzten in Edinburgh fand man sich damit ab – einschließlich der Kindermädchen, die sie manchmal heimlich geschüttelt hatten, um ihr ein Wort zu entlocken –, daß die kleine Ada nicht mehr sprechen würde. Die Aussprüche ihres Vaters wurden im Haus bald zu geflügelten Worten: »Es ist eine finstre Gabe«, pflegte er zu sagen, »und der Tag, an dem du es dir in den Kopf setzt, mit dem Atmen aufzuhören, wird dein letzter sein.«

Als Ada viele Tausend Meilen von Aberdeen entfernt wie Treibgut an Land gespült wurde, hatte sie sich längst an ihre Stummheit gewöhnt, und etwas in ihr sperrte sich dagegen, sich an den »Vorfall« zu erinnern, doch wie ein Vogel, den es auf seinem Flug nach Süden zieht, ahnte sie, daß es einen triftigen, gewichtigen und unbestreitbaren Grund gab, der einen Teil ihres Wesens ausmachte, auf den alles andere aufgebaut war.

2

Es war früh am Morgen. Unter dem Baldachin des Urwalds marschierte ein Trupp von vierzehn Maori-Männern und -Frauen und zwei *pakeha* – Europäern. Die Feuchtigkeit, Dichte und Dunkelheit des Dschungels war so intensiv, daß selbst die Luft grün zu sein schien, von einem Grün wie auf dem Meeresgrund, und über ihren Köpfen hallte laut das Echo der Vögel und Insekten. Mit steifen Bewegungen bahnte Alisdair Stewart sich seinen Weg und schob unwirsch das Unterholz beiseite, denn es kam ihm vor, als griffen die Zweige nach ihm, als behinderten sie willentlich sein Vorankommen. Er hatte sich vor vielen Jahren in Neuseeland niedergelassen, und all die Jahre hatte er damit verbracht, gegen den Busch zu kämpfen. Anfangs hatte ihm sein Stück Land eine beachtliche Ernte an *kauri*-Bäumen beschert – diesen gewaltig hohen, gerade gewachsenen und nahezu knotenfreien Bäumen, die sich so gut als Schiffsmasten eigneten –, und seither hatte Stewart gegen die wilden, unablässig nachwachsenden Schlingpflanzen und Farngewächse angekämpft. Bisweilen sagte er sich, wenn er die Hände auch nur einen Tag lang in den Schoß legte, würde der Urwald all seine Arbeit zunichte machen und die ihm unter Mühen abgetrotzten Lichtungen wieder unter moosgrünen Wellen wuchernder Vegetation begraben. Wagte er sich dennoch einmal von seinem Stück Land fort, nahm er stets eine Axt mit, um sich den Weg freizuschlagen. Im Busch mußte ebenso wie unter den Maori, die ihn bewohnten, für Ordnung gesorgt werden. Stewart hatte sich jedoch überlegt, daß es sich wohl kaum schickte, seine neue Frau wie ein Landarbeiter mit der Axt in der Hand zu begrüßen, und so hatte er heute darauf verzichtet.

Alisdair Stewart war ein hochgewachsener Mann mit ebenmäßigen Zügen, der in seiner Jugend und noch jetzt im Älterwerden bei den meisten Frauen, die ihn kannten, als gutaussehend galt, bei seinen Tanten und Schwestern gar als schneidig, und nicht ganz über jede Eitelkeit erhaben, fragte er sich nun, was für ein Bild er wohl abgab. Er wankte, blieb stehen und nahm den schlammbespritzten Zylinder vom Kopf. Sein helles Haar und Gesicht waren naß vom Schweiß und von der Feuchtigkeit. Er holte einen Kamm aus der Tasche, zog ihn durchs Haar, zupfte den ebenso knapp wie schlecht sitzenden Anzug zurecht, einen Anzug, den er in den letzten zehn Jahren nur zweimal getragen hatte, doch er hatte darauf bestanden, ihn auf dem langen Marsch anzuziehen, um seiner Frau darin entgegenzutreten. Seiner Frau! Bei dem Gedanken erblaßte Stewart. Zum wohl hundertsten Male griff er in die Tasche und holte den kleinen ovalen Bilderrahmen mit der Daguerreotypie der Frau heraus, die er in Kürze kennenlernen sollte. Sie wirkt ruhig, redete er sich ein, gleichfalls nicht zum ersten Mal, und robust. Ada, sagte er leise und ließ den Namen im Geiste nachhallen. Ada, meine Frau.

George Baines, der andere Europäer im Trupp, blieb stehen und beobachtete, wie Alisdair Stewart die Daguerreotypie anstarrte. Baines selbst schien das genaue Gegenteil von Stewart: ebenso gedrungen und knorrig vor lauter Muskeln, wie der andere groß und hager war; mit seinem weiten, bunten Zeug ebenso wunderlich gekleidet, wie der andere allzu förmlich angezogen war; ebenso ruhig und schüchtern wie der andere verärgert und nervös. Baines fragte: »Halten wir an?«, aber Stewart war so sehr mit sich selbst beschäftigt, daß er ihn nicht hörte. Baines starrte Stewart an: Dieser Mann mit seiner Daguerreotypie, seiner fremden Frau und seiner steifen Unnahbarkeit war ihm unbegreiflich. »Sollen wir anhalten?« Auch diesmal antwortete Stewart nicht. Baines eilte den Maoris hinterher und rief: »*Tai hoa! Me tatari tatou ... me tutatou i konei* – Wartet! Wir halten an ... wir halten.« Als er sich umdrehte, sah er, wie Alisdair Stewart einen letzten verstohlenen Blick auf die Daguerreotypie warf und den ovalen Rahmen so ins Licht hielt, daß er sein Spiegelbild darin betrachten konnte. Plötzlich drängte Stewart resolut vorwärts und bekämpfte sein banges Vorgefühl, indem er sich zwischen den Bäumen voranarbeitete. »Wir müssen weiter«, sagte er bestimmt.

Die Maoris sahen Baines belustigt an. Einer von ihnen drehte sich um und folgte Stewart, der nun die Spitze bildete. »*Aue tepatupaiarehe!* – Kobolde und Feen, was kann man anderes erwarten?« sagte er.

Kaum hatte der Trupp sich aus der Umklammerung des Urwalds gelöst und den festen Sandstrand erreicht, kamen die Männer wesentlich rascher, ja geradezu flott voran. Es war ein zerlumpter Haufen; die Maoris waren höchst eigenwillig gekleidet, in den wildesten Mischungen aus ihrer herkömmlichen Tracht und europäischer Kleidung. Wie Alisdair Stewart trugen auch zwei der Maori-Männer Zylinder, doch waren ihre mit Federn und Perlen geschmückt. Zwei andere wiederum teilten sich ein Paar Schuhe.

Während Stewart über den Strand ging, erblickte er in der Ferne eine Ansammlung von Schachteln und Kisten. Panische Angst befiel ihn, denn er befürchtete, die Kisten seien zurückgelassen worden und es befänden sich keine Menschen bei ihnen. In der weiten Bucht war kein ankerndes Schiff zu sehen. Im Näherkommen jedoch erkannte er eine kleine weiße Blase, die nur eine Art Unterschlupf sein konnte. Während die Maoris die Kisten anstießen und mit Füßen dagegentraten, näherte Stewart sich der winzigen Behausung. Ruckartig blieb er stehen, als ihm bewußt wurde, daß sie aus einem Petticoat bestand; unter der weißen Baumwolle lugte ein kleiner, bestrumpfter Fuß hervor.

Die Geräusche der herannahenden Männer weckten Ada und Flora auf. Ada fuhr in die Höhe, sie hörte Stimmen, die sich in einer seltsamen Sprache unterhielten. Sie strich Floras Haar glatt und brachte ihr eigenes in Ordnung, dessen straff geflochtene Zöpfe sich während der langen Nacht nicht gelöst hatten. Als ein braunes, von langen schwarzen Locken umrahmtes Gesicht den Stoff hob und zu ihnen hineinspähte, klammerte Flora sich an ihre Mutter. Da vernahmen sie zu ihrer Erleichterung eine Stimme, die den Lärm übertönte: »Miss McGrath, ich bin Alisdair Stewart.«

Draußen vor dem kleinen Zelt nahm Stewart den Hut

ab, kämmte sich mechanisch abermals das Haar und klatschte die dicken, feuchten Strähnen auf der Stirn fest, in dem Gefühl, daß dies ein unheilvoller Auftakt zu seiner lange überdachten und sorgfältig geplanten Ehe war. »Sie müssen jetzt aufstehen. Ich habe Männer dabei, die Ihre Sachen tragen werden.«

Ada atmete mehrmals tief durch, um ihr klopfendes Herz zu beruhigen, und warf Flora einen ermutigenden Blick zu. Den langen Weg bis hierher hatten sie auf sich genommen, und nun traf man sie in einem Petticoat kauernd an. Ada kannte keine falsche Scham, und so schämte sie sich nicht, sondern empfand nur bange Unruhe und Neugier auf ihr neues Leben. Rückwärts schob sie sich unter den Reifen hervor, zog, kaum daß sie draußen war, die enganliegende Jacke zurecht und setzte eilig die Haube aufs Haar. Eine bunte Menschenschar empfing sie; Männer mit brauner Haut standen ihr gegenüber und starrten sie an, ein paar Frauen traten näher und zupften an ihrer Kleidung. An Bord des Schiffes hatte Ada zahlreiche Geschichten über die Wilden in Neuseeland gehört – daß sie kriegerische, grausame, zur See fahrende Kannibalen seien. Und hier waren sie nun, rings um sie her. Viele der Gesichter waren mit verschlungenen Mustern verziert. Sogar der zweite weiße Mann hatte eine ähnliche Zeichnung auf Stirn und Nase, und auf dem lockigen Haar trug er einen Strohhut, als wäre er auf einem Picknick. Einige der Maori-Männer hatten nackte Arme und Beine und setzten ihre unbehaarten Oberkörper und Bäuche der Brise aus. Ada schlug die Augen nieder, sie wußte nicht, wo sie hinblicken sollte, was sie als nächstes zu sehen bekommen würde. Noch nie zuvor hatte sie unbedeckte menschliche Haut gesehen, außer bei ihr selbst und ihrer Tochter. Die Männer und Frauen trugen Muscheln um den Hals, perlförmigen und geschnitzten Ohrschmuck, farbige Bänder im Haar, und sie gingen frei und unbeschwert von Stiefeln, Reifröken und anderen behindernden modischen Erfindungen aus Europa am Strand auf und ab. Als Ada vorsichtig den Kopf hob, um die Eingeborenen zu betrachten, starrten sie sie an und machten laute Bemerkungen, die sie nicht verstand. Eine von ihnen, eine große, kräftige Frau in einem Hemd und Rock aus grobem Sackleinen, der das lange schwarze Haar lose auf die Schultern fiel, trat näher und streckte die Hand aus. Ada blickte zu Boden und spielte nervös mit dem Band an ihrer Haube, während die Frau, Waimara, ihre Wange streichelte. »*Te komaa hoki . . . ano nei he Anahera enei?* Schaut, wie blaß sie sind. Wie Engel.« Es hatte den Anschein, als wären die Maoris über die beiden Frauen genauso erstaunt wie umgekehrt. Von plötzlicher Scheu befallen, versteckte Flora sich hinter dem Rock ihrer Mutter.

Ada, die ihrem Ehemann zum erstenmal gegenüberstand, war überwältigt, sie brachte es nicht über sich, Alisdair Stewart anzusehen, und auch er vermochte ihr nicht ins Gesicht zu sehen. »Nun«, sagte er mit Nachdruck in den Wind hinein und versuchte, seine Befangenheit zu überspielen, »wie ich sehe, haben Sie jede Menge Kisten dabei. Ich würde gerne wissen, was in jeder ist.« Während er noch sprach, spürte Ada, wie ihr Rock angehoben wurde. Zwei junge Männer lagen im Sand und stocherten mit einem Stock unter ihrem Petticoat herum, als wäre Ada ein seltsames Tier. Einer von ihnen zeigte auf ihre Füße und machte eine Geste, als hielte er einen von ihren Schuhen in Händen. »*Te mo-nohi hoki!* – Wie klein!« Nach Luft schnappend, trat Ada seitlich nach ihm, denn sie war an eine so dreiste Leibesvisite nicht gewöhnt.

Stewart sah Ada verblüfft an. »VERSTEHEN – SIE – MICH?« fragte er laut. Ada nickte und bedachte ihn mit einem frostigen Blick. Es beleidigte sie, daß er ihretwegen extra langsam und laut sprach. Die Maori-Frauen hatten unterdessen das Zelt abgebaut und hüpften ausgelassen in der Gegend herum. Eine von ihnen hatte den Reifrock über ihren eigenen zerlumpten Rock gestreift.

»Nun, das ist gut. Das ist gut.« Stewart lächelte und suchte auf Ada McGraths Gesicht nach einem Zeichen, daß sie ihn verstanden hatte. Die Undurchschaubarkeit seiner Frau irritierte ihn. Er hatte Schüchternheit und Bescheidenheit erwartet, ja erhofft, auf so strenge Sturheit war er nicht gefaßt gewesen. Er hörte auf zu lächeln, drückte sich das Haar erneut an die Stirn und ging zur erstbesten Kiste. Mehrere Maoris folgten ihm, und einer von ihnen äffte jede seiner Bewegungen nach. »Was ist hier drin?« fragte er und zeigte auf eine große Truhe.

Ada wies auf die Aufschrift: TÖPFE UND GESCHIRR. Sie hatte alles unter der strengen Aufsicht ihrer unverheirateten Tanten gepackt; jede Kiste war sorgfältig beschriftet, und in der Tasche hatte sie eine Bestandsliste.

»Aha, so ist das«, sagte Stewart und beugte sich vor, um die Aufschrift zu lesen, auf die ein Maori-Mann mit den Fingern tippte, als könnte sie sprechen. »Töpfe...« Stewart warf Ada unter dem Zylinder einen verstohlenen Seitenblick zu. Dann sagte er gedankenlos: »Sie sind klein. Ich hätte nicht gedacht, daß Sie so klein sind.« Bei diesen Worten schien Ada noch mehr zu schrumpfen.

Stewart schritt um die Truhe herum. »Und die hier?« sagte er, während er auf die größte Kiste am Strand zuging. »Sie ist sehr groß. Was ist da drin? Ein Bettgestell?«

Alles versammelte sich rund um die Lattenkiste, und als jemand dagegenstieß, entstand im Piano ein wummerndes Echo. Aus den Falten ihrer Jacke zog Ada einen silbernen Notizblock sowie einen Stift hervor, die sie um den Hals trug, doch bevor sie eine Antwort niederschreiben konnte, breitete Flora schützend die Arme vor der splitterigen Holzkiste aus und richtete zum erstenmal das Wort an ihren neuen Stiefvater: »Das ist das Piano meiner Mutter«, sagte sie und schob ein Seil beiseite, als ihre Mutter ängstlich neben sie trat.

Stewart wandte sich wortlos ab, als hätte er Flora nicht gehört. Er ging quer über den Strand auf den zweiten Europäer zu und wies ihn an: »Baines, sagen Sie den Männern, sie sollen paarweise tragen. Sie sollen alle Kisten, den Tisch und die Koffer mitnehmen.« Er machte eine wegwerfende Geste in Richtung Gepäck. Aus der Entfernung beobachtete Ada, wie die beiden weißen Männer innehielten und die Köpfe zusammensteckten. Was sie sagten, konnte sie jedoch nicht verstehen.

»Was halten Sie von ihr?« fragte Stewart leise und zuckte mit dem Kopf in Adas Richtung. George Baines dachte kurz nach. Die salzige Brise strich über sein

Gesicht und sein Haar, während er zu der Frau hinübersah.

»Sie sieht müde aus«, sagte er schließlich.

»Sie ist verkümmert, soviel steht fest«, antwortete Stewart schroff. Er ging davon. Baines sah zu, wie Ada ihrer Tochter erregt, aber mit entschlossener Miene Zeichen gab. Verblüfft sah das Kind sie an, und während Baines noch schaute, klappte Ada abermals den Notizblock auf und schrieb etwas darauf.

Flora brachte Stewart das weiße Stück Papier. »Und das Piano?« stand darauf.

»O nein, das können wir jetzt nicht mitnehmen«, sagte er bestimmt.

»Wir müssen es aber mitnehmen«, sagte Flora unbeirrt. »Sie will es so.«

»Ja, ich auch«, sagte er gelassen zu dem Mädchen, während sie zu Ada hinübergingen, die neben dem Piano stand. »Aber jetzt sind wir zu wenige, um es mitzunehmen«, erklärte er und fügte für Ada mit lauter Stimme hinzu: »Es ist zu schwer.«

Angst stieg in Ada auf. Rasch schrieb sie wieder etwas auf den Block und reichte den Zettel ihrem Mann: »ICH BRAUCHE DAS PIANO.«

»Sie meinen, lieber verzichten Sie auf Ihr Küchengeschirr und Ihre Kleidung? Wollen Sie das damit sagen?« fragte Stewart ungläubig.

Ada machte Flora Zeichen, und diese übersetzte: »Wir können das Piano nicht hierlassen.«

»Darüber wollen wir jetzt nicht länger reden. Ich bin hocherfreut, daß Sie wohlbehalten angekommen sind«, sagte Stewart förmlich in der Hoffnung, daß in seiner Stimme so etwas wie Freude über ihre Ankunft mitschwang und jegliche weitere Diskussion unterband.

»Mutter möchte wissen, ob die Männer es dann holen können . . .«

Stewart, der nicht glauben konnte, daß er von einem Kind unterbrochen wurde, überging Floras Frage und wandte sich an seine Frau: »Ich möchte Sie um Verzeihung wegen der Verspätung bitten, die bedauerlicherweise dadurch zustande kam, daß . . .«

Während er sprach, empfing Flora von ihrer Mutter wiederum Zeichen und unterbrach Stewart gleich darauf mit ebenso nachdrücklicher wie schriller Stimme: ». . . wenn sie die anderen Sachen weggebracht haben?«

Stewart wirkte verärgert. Sein Unterkiefer hing leicht herab. Er wandte sich ab, um nicht die Beherrschung zu verlieren.

Den Maoris schien die Situation allmählich Spaß zu machen, was seinen Verdruß noch verstärkte: »*Kia tupato . . . kuu pukuririhia . . . a te raho Maroke* – Schaut mal, der alte Schlappschwanz wird langsam sauer«, sagte Kamira, einer der älteren Männer. Die Maoris lachten. Auf Stewarts Gesicht zeigte sich ein verkniffenes, verständnisloses Lächeln.

Das Thema Piano war damit für ihn erledigt, doch Stewart fühlte sich von den beiden kleinen Frauen gedemütigt, die ihm getrotzt hatten, statt sich seinem Willen tunlichst zu fügen. Das Piano war überflüssig und schwer, und wäre er auf ihre Forderungen eingegangen, hätte dies einen unliebsamen Präzedenzfall dargestellt. Sie mußten seine Autorität akzeptieren.

Diese Angelegenheit hatte ihn jedoch gehörig aus

der Fassung gebracht. Die erste Begegnung war nicht so verlaufen, wie er es sich seit langem erträumt hatte; er hatte sie sich völlig anders vorgestellt. Er hatte sich sogar ausgemalt, daß er seiner Frau in einem bestimmten Augenblick die Hand küssen würde, doch erschien ihm das nun irgendwie befremdlich, ja fehl am Platz. »Ich darf Sie darauf aufmerksam machen, daß ein beschwerlicher Marsch vor Ihnen liegt«, sagte er brüsk zu Ada, während er sich umsah. »Der Busch wird Ihre Kleider zerreißen, und der Schlamm ist stellenweise sehr tief.«

Mit diesen Worten ließ Stewart Ada neben ihrem Piano stehen und ging davon. Flora rückte näher an ihre Mutter heran. Tröstend tätschelte sie ihr die Hand. Ada sah, wie Stewart auf die Maoris zuschritt, die sich die Zeit mit dem Sammeln von eßbaren Muscheln vertrieben, die sie *pipis* nannten. Mit dieser neuen Lage konnte sie sich unmöglich abfinden. Sie hatte das Piano von so weit her mitgebracht, über Tausende von Seemeilen, Tage und Monate. Es war ein Teil ihrer selbst, die Verkörperung ihrer Vergangenheit; sie konnte es nicht am Strand zurücklassen.

»Was soll das?« brüllte Stewart Baines an, als sich ein paar junge Männer gegenseitig ins Wasser jagten. »Für so etwas haben wir keine Zeit.«

Wenig später hatten die Männer so viel aufgelesen, wie sie tragen konnten, und der Trupp marschierte auf die Klippen zu, auf den scheinbar undurchdringlichen Busch, und kehrte dem schimmernden, tosenden Ozean den Rücken. Alisdair Stewart selbst sprach kein Wort mehr mit Ada McGrath, sondern trug Baines auf, den beiden Frauen auszurichten, daß sie ihnen folgen sollten. Ada, noch immer zwischen den wogenden Wellen und dem grünen Meer des Urwalds hin und her gerissen, wußte, daß ihr keine Wahl blieb. Baines gab die Richtung vor, und als sie den Rand des Urwalds erreichten, tat sich vor ihnen ein schmaler Pfad auf. Die Augen voller Tränen, das kleine, weiße Gesicht von Wut und Widerwillen umwölkt, faßte Ada Flora bei der Hand, setzte sich in Bewegung und ließ Baines zurück, dem es beim Schauspiel ihrer Gefühle die Sprache verschlug.

Als sie den langen Hang hinaufgestiegen waren, erreichte der schwer beladene Trupp einen Punkt, von dem aus sich Ada ein überraschender Blick auf das einsame Piano vor dem Hintergrund der schäumenden See bot. Sie blickte hinab, nach unten, wo es in seiner Lattenkiste verloren auf dem breiten, trostlosen Strand stand und die Wellen dann und wann an seinen Füßen leckten. Ohne ihr Piano fühlte sie sich weit weg von zu Hause, noch weiter als in der Nacht zuvor. Sie fühlte sich sprachlos, in einer Weise zum Schweigen verdammt, die nichts mit ihrer Stummheit zu tun hatte. Mehrere Minuten lang blickte Ada auf den Strand hinab, und eine Flut von Gefühlen brach über sie herein, während sie mit aller Macht den Drang zu unterdrücken suchte, ihrem Ehemann in den ersten Augenblicken ihrer Ehe die Stirn zu bieten. Sie griff nach Floras Hand wie nach einem rettenden Anker, denn ihre Tochter war alles, was ihr auf dieser Welt geblieben war. Sie würde zurückkommen, nahm sie sich vor, sie würde einen Weg finden, um das Piano vom Strand zu holen.

3

Als Ada McGrath heranwuchs, wuchs auch ihr sagenhafter störrischer Wille, und sie trug ihn wie ein zwar dorniges, aber prachtvolles Tuch. So war sie eben. Als Zwölfjährige war sie noch immer zierlich, adrett und makellos – nicht schön, aber anziehend. Der unerschrockene Ausdruck ihrer dunklen Augen hatte bisweilen etwas Beunruhigendes, und den eher schüchternen unter den Hausmädchen jagte sie mit ihrem beharrlichen Blick Angst ein.

Als sie zwölf war, tat Ada drei Dinge gern: lesen, etwas verschönern, was in der Regel bedeutete, daß sie es polierte, und auf dem Piano spielen. Am liebsten war ihr davon das Piano, und was dies betraf, so ließ ihr Vater ihr freie Hand. Er hatte das Piano seiner jungen Frau Cecilia zum Hochzeitstag geschenkt; auch sie hatte das Instrument mit einer Leidenschaft geliebt, die unter anderen Umständen als unziemlich hätte gelten können. Wyston und Cecilia hatten nur zwei Hochzeitstage miteinander verlebt, von denen der zweite mit besonderer Freude begangen worden war. Während der letzten sechs Monate ihrer Schwangerschaft hatte Cecilia jeden Tag auf dem Piano gespielt, und Wyston scherzte gerne, das Baby würde wohl singend zur Welt kommen.

Das Baby wurde geboren, aber niemand sang, denn die Niederkunft war entsetzlich langwierig und mühselig gewesen und hatte Cecilia sehr geschwächt. Wyston stürzte sich in die Arbeit auf dem Besitz, polterte durchs Haus und scheuchte das verängstigte Personal herum, obwohl er wußte, daß er sich besser still hätte verhalten sollen. Das Baby, ein Mädchen – sie tauften es Ada nach Cecilias eigener Mutter –, schien wohlauf, hatte rote Backen und wimmerte, doch die Mutter wurde zusehends schwächer. Drei Wochen später war sie tot. Wyston blieb nur das Kind. Und das Piano, das ihn an seine Frau erinnerte.

Es war ein Broadwood-Stutzflügel aus Rosenholz. In den Deckel waren zarte, verschlungene Pflanzenmotive geschnitzt, und seine Unterseite war mit tiefrotem Satin bespannt. Die kannelierten Füße liefen in Fäusten, oder, wie Ada meinte, in Löwentatzen aus. Am besten klang das Piano, wenn der Deckel abgenommen wurde, weil sich dann der Klang der harfenähnlichen Saiten frei entfalten konnte. Unter den Saiten befand sich eine filigrane Einlegearbeit aus hellem Holz und winzige Aufschriften, die der Klavierbauer bei der Arbeit zur Orientierung angebracht hatte. Der Filz war schwarz und an der einen Kante zusätzlich mit einem dünnen Streifen roten Filzes besetzt. Ada sah gerne zu, wenn McGregor, der Klavierstimmer, sich an ihrem Instrument zu schaffen machte, von dem so viele Teile entfernt werden konnten – die Klappe über den Tasten, der Deckel und auch jede einzelne Taste, wenn man sie vorsichtig herauszog. McGregor beglückwünschte sie zu ihrem Piano, und dann errötete die kleine Ada jedesmal vor Freude, als wäre das Piano ihre Mutter und als machte er dieser Komplimente über ihre wunderbaren Formen und Linien und den Klang ihrer Stimme. Niemand erwähnte je, daß das Piano einst Adas Mutter gehört hatte, doch Ada wußte es, und da sie sich an ihre Mutter nicht erinnerte, beschwor sie beim Spielen ein zartes, sanftes Wesen aus Musik und poliertem Holz herauf und nannte es »Cecilia«.

»Es klingt so klar wie eine Stimme«, sagte McGregor eines Tages, als er am Piano arbeitete. Er kam regelmäßig zu den McGraths, um es zu stimmen, wegen des feuchten, rauhen Klimas und der Häufigkeit, mit der auf dem Instrument gespielt wurde. Er sah Ada an, die die entfernten Teile nicht aus den Augen ließ, und fügte hinzu: »Und genauso gut, meine Kleine, genauso gut. Machst deinen Mund wohl niemals auf. Na? Was hast du drin versteckt? Eine Maus? Ist es so? Na los, mach ihn mal auf, dann hörst du, wie sie quiekt.«

Adas Gesicht umwölkte sich. Ihr Blick verfinsterte sich, und sie beugte sich vor, als wollte sie mit den Augen auf ihn zielen. Als er merkte, daß er das Mädchen verlegen machte, hörte er mit seinen Neckereien auf und arbeitete still weiter. Ada reichte dem Klavierstimmer die einzelnen Teile des Deckels, er setzte sie wieder ein und sagte bewundernd: »Sieh an, einfach, aber raffiniert!« Er drehte sich zu Ada um und nahm ihre Hand. Dabei blickte er ihr in die Augen. »Hast du ein Geheimnis, meine Kleine, ein großes Geheimnis? Irgend etwas Schreckliches, was du gesehen hast?« Feierlicher Ernst erfaßte die kleine Ada in diesem Augenblick, und ihre Augen füllten sich mit Tränen, als würde jemand eine Hymne singen. Als sie den Kopf schüttelte, kniff der Klavierstimmer die Augen zusammen und ließ zu, daß sie ihre kleine Hand aus seiner zog. Doch sein Instinkt sagte ihm, daß er recht hatte. »Hinter ihrem Schweigen verbirgt sich mehr, als man ahnt«, sagte er später zu den Küchenhilfen.

»Seien Sie nicht albern!« erwiderte die jüngste von ihnen. »Sie setzt nur ihren finsteren kleinen Willen durch. Sie ist ja verzogen worden, seit sie auf die Welt gekommen ist.«

Bevor sie auf dem Broadwood zu spielen anfing, schloß das kleine Mädchen die Tür, die vom Eßzimmer zur Küche führte, und auch die Tür zur Eingangshalle. Sie schloß die Tür der Eingangshalle, die Wohnzimmertür und die Tür zwischen dem Wohnzimmer und dem großen, holzgetäfelten Salon, der ihrer Mutter einst als Arbeitszimmer gedient hatte. Erst dann setzte sie sich und spielte, mindestens zwei Stunden, an manchen Tagen sogar vier oder fünf. Sie hatte nie Unterricht genommen, konnte jedoch jede beliebige Melodie, die sie irgendwo aufgeschnappt hatte, aus dem Gedächtnis nachspielen.

Noch im selben Monat wurde eine Damenschneiderin ins Haus bestellt, und Ada bekam ihr erstes langes Kleid mit Korsett und Reifrock. Am gleichen Tag schenkte ihr Vater ihr das Piano, und um ihm ebenfalls ein Geschenk zu machen, spielte sie ihm seine Lieblingsstücke vor.

Als Wyston McGrath sah, wie die kleine Person auf den mit zwei dicken Büchern erhöhten Hocker kletterte und sich ernsthaft und entschlossen über die Tasten beugte, überkam ihn Ehrfurcht. Ihr Spiel war schlicht, doch unerwartet fesselnd, leidenschaftlich, musikalisch. Es beeindruckte und verwirrte ihn zugleich, daß sie sich dabei hin und her wiegte und bisweilen sogar die Augen schloß, um ganz in der Musik aufzugehen. Er war feinfühlig genug, sein Privileg nicht zu mißbrauchen, indem er sie bat, vor Gästen, den Hausmädchen oder anderen Leuten zu spielen. Dennoch setzte sich in seinem Kopf die Idee fest, daß sie Klavierstunden erhalten sollte, von jemandem, der sie vielleicht nicht nur in Musik, sondern allgemein unterrichten könnte.

Der Marsch durch den Busch schien kein Ende zu nehmen. Es wurde immer heißer und schwüler, die schlammbespritzten Kleider klebten schweißdurchtränkt und schwer am Leib. Während sie sich langsam voranarbeiteten, bestaunte Ada den exotischen Reichtum an Pflanzen; alle möglichen Arten von kriechendem Kraut, Farnen und Moosen schienen in diesem Land zu wachsen, neue Bäume sprossen aus morschen, toten Stümpfen hervor, und alles schien zu einem unentwirrbaren Durcheinander aus dicken, rankenden Zweigen, Blättern und Wurzeln verwoben. Durch den Vorhang der Sonnenstrahlen veränderte sich das flache grüne Gesicht des Urwalds unablässig und bildete ein Kaleidoskop der Farben, vom blassen Grün eines jungen sich ringelnden Farnblattes bis hin zum purpurnen, fast schwarzen Glanz der riesenhaften Palmen. Ein Stück weiter vorn quatschten nackte braune Füße durch den Schlamm. Ada begriff, daß sie von den Maoris und dem Mann geführt wurden, der George Baines hieß und als Pfadfinder ebenso geschickt war wie als Stewarts Dolmetscher. Der Weg war beschwerlich, und Ada und Flora kämpften sich in ihren zierlichen Stiefeln und bauschigen Röcken vorwärts.

Alisdair Stewart eilte seiner neuen Frau und deren Tochter voran, er wagte nicht zurückzublicken, und in seinem Gemüt hatten sich widersprüchliche Empfindungen breitgemacht. Endlich war sie angekommen, aber sie war ganz anders, als er sie sich vorgestellt hatte. Er schalt sich selbst; als er erfahren hatte, daß sie stumm war, hatte er ihr die Eigenschaften einer schweigsamen Nonne angedichtet: fromm, fügsam, schön und ihm gegenüber unendlich respektvoll und dankbar. Natürlich traf nichts davon zu. Er hatte seine Frau per Postversand bestellt, und er war ein Narr, daß er eine stille Heilige erwartet hatte.

Auch Alisdair Stewart erfüllte Ada McGraths Erwartungen nicht, wenngleich ihre zweifellos weitaus niedriger gesteckt waren. Schließlich wird man nicht nach Übersee verkauft, um die Gemahlin eines Prinzen zu werden! In diesem Land gab es keine Prinzen, so viel wußte sie trotz Floras Geschichten bereits. Um nicht auszurutschen, trieb Ada die Stiefel fest in den Schlamm, ohne sich länger um den Zustand ihres Kleides zu kümmern. Die Maori-Männer krempelten die Hosen bis über die Knie hoch, die Frauen hoben vorsorglich die Röcke an. Ada sah, wie Flora sich ein Stück weiter vorn abmühte; ihre kleinen Beine waren nicht lang genug, ihr Atem ging rasch und schwer, und ihr blauer Schottenrock schleifte im Schmutz. Wenigstens litt das Kind nun nicht mehr unter der Eintönigkeit, die an Bord geherrscht hatte, sagte sich Ada, waren die Welt und die Menschen hier doch so seltsam und anders.

Flora kletterte über einen Felsblock. Das erste, womit sie in dieser Welt ihres neuen Stiefvaters und dem neuen Leben Bekanntschaft machte, war der Schlamm:

Schlamm an Beinen, Stiefeln und Füßen. Zu Hause hatte man ihr nie erlaubt, im weichen, grauen Schlamm zu spielen, aber hier erwartete man von ihr, daß sie in ihrem besten Reisekleid mitten hindurchwatete, was für Flora die reinste Freude war. Wie Ada war auch Flora von verhaltener Neugier beseelt, und während der langen Reise übers Meer hatte sie sich mit einer Leichtigkeit, wie sie Kindern eigen ist, von der Vergangenheit losgesagt. Sie hatte ihre Mutter bei sich, mehr brauchte sie nicht. Auf einer Lichtung machte der Trupp unerwartet halt. Baines setzte sich an die Spitze. Die Maoris besprachen sich.

»*E aha tenei* – Was ist los?« fragte Baines mit ruhiger Stimme.

Hone, der Anführer der Maoris, dessen Gesicht zum Teil mit den tiefen Furchen der rituellen Tätowierung bedeckt war, antwortete: »*E hinga te Koroua ra a Pitama i konei* – Der alte Pitama ist hier gestorben.« Er zeigte auf eine Stelle zwischen den Bäumen. »*Kare noa Kia hikina te tapu* – Das *tapu* ist noch nicht aufgehoben.«

Stewart schlug sich nach vorn durch. Er beachtete Hone nicht, sondern wandte sich direkt an Baines. »Was ist hier los?«

Hone setzte zu einer Erklärung an, doch Stewart schnitt ihm das Wort ab und fragte Baines: »Warum haben Sie angehalten?«

»Hier ist jemand gestorben. Es ist ein *tapu*«, sagte Baines sanft.

»Aber wir sind doch diesen Weg gekommen, oder nicht? Ich bin mir ganz sicher.« Stewart ließ nicht lokker. Er ärgerte sich über die unnötige Verzögerung.

Die Maoris setzten ihre Unterredung fort. *tapu* war

ein geweihter, heiliger Ort. Hone schlug vor, daß jemand loszog und sich nach einem anderen Weg umsah.

»Sie wollen mehr Geld«, schnaubte Stewart. »Sie wollen auf zwei Tage kommen.«

»Nein, nein«, erwiderte Baines. »Sie kennen einen anderen Weg – parallel zu diesem hier.«

Während die Männer über eine neue Route berieten, sahen Ada und Flora sich nach einem trockenen Platz um, wo sie sich hinsetzen und verschnaufen könnten. Mit einem Mal ging vom Urwald etwas Beklemmendes aus, als hätte er sich, kaum daß sie stehengeblieben waren, über ihren Köpfen zusammengezogen, so wie die gekräuselte Oberfläche aufgewühlten Wassers langsam wieder glatt wird. Ada ließ sich auf dem morschen Stumpf eines umgestürzten Baumes nieder, Flora kletterte ebenfalls darauf und setzte sich neben sie. Ada hatte das Gefühl, daß alles um sie herum eine feine Melancholie verströmte, der Gesang der Vögel ebenso wie der leichte Wind im Blätterdach über ihren Köpfen. Es war zutiefst bedrückend.

Links und rechts von Ada und Flora hatten sich zwei Maori-Frauen hingesetzt, die greise Waimara in ihrem Hemd aus Sackleinen und dem weiten Rock, die Ada am Strand aufgefallen war, und eine jüngere Frau. Ada fühlte sich durch ihre unergründliche Aura ebenso verunsichert wie durch den Busch. Mit dem langen, wehenden Haar und den locker sitzenden Kleidern sahen sie aus, als fühlten sie sich wohl in ihrer Haut, ihrem Körper, und es ging eine Unbeirrbarkeit von ihnen aus, die Ada mit ihrer Haube und dem enggeschnürten Korsett nicht fremder hätte sein können. Waimara griff mit ihren breiten Händen nach Adas silbernem Notizblock, ließ ihn an der Kette baumeln und betrachtete ihn von allen Seiten; die jüngere Frau zog das Tuch, das in Adas Schoß lag, klammheimlich zu sich herüber. Flink gab sie es hinter dem Rücken an Waimara weiter, die es sich triumphierend und genüßlich grinsend um die Schultern legte. Obwohl dies Ada nicht entging, blickte sie stur geradeaus, unfähig zu reagieren. Sie fühlte sich überlistet, doch wagte sie nicht, die ältere der beiden Frauen anzusehen, während diese das Tuch mal so und mal so über ihre breiten Schultern drapierte.

Unterdessen unternahm eine andere Frau den ebenso löblichen wie müßigen Versuch, Floras helle Sommersprossen wegzuwischen. Mißmutig ließ Flora sie gewähren.

Als Ada kurz vor der Verzweiflung stand, erreichten sie endlich den Ort, an dem Alisdair Stewart lebte. Es regnete nun in Strömen, und ein dunkler, niedriger Himmel hing drohend über dem durchweichten Boden. In der Mitte einer schlammigen, von verkohlten, schwarzen Baumstümpfen verunstalteten Lichtung stand das Haus, das Stewart selbst erbaut hatte, aus Holzplanken, die er im Schweiße seines Angesichts mit der eigenen Axt von *kauri*-Bäumen abgespalten hatte – er nannte es stolz ein Haus, und es war ein Haus, verglichen mit den anderen Behausungen in der Umgebung. Wo andere nichts als einen Sumpf aus Schlamm und verkohltem Holz sahen, hatte Alisdair Stewart eine Vision: dies war sein Besitz. Mittels Brandrodung hatte Stewart den Urwald rund um das Haus ausgetilgt, und er träumte von eleganten Gärten und Rasenflächen. Stewart hatte sich über den ekelerregenden

Schlamm erhoben; seine neue Familie würde an diesem Nachmittag den Tee aus chinesischen Tassen trinken.

In Adas und Floras Augen jedoch war das Haus nicht mehr als eine schäbige Hütte inmitten eines öden Friedhofs; durch den Regen war alles schwarz und grau. Obwohl sie froh waren, die Reise hinter sich zu haben, erfüllte es sowohl Ada als auch Flora mit einer bösen Vorahnung, daß sie an einem so schrecklichen Ort endete.

Die Maoris stellten die Kisten und Koffer auf der Veranda ab; Alisdair Stewart zahlte sie aus, und sie gingen. George Baines hatte sich bereits auf den Weg zu seinem eigenen Haus ein Stück weiter hinten im Tal gemacht. Ada bemerkte, daß sie zitterte.

Stewart führte Ada und Flora durch die wenigen Räume: Küche, Vorratskammer, Wohnzimmer. Alles war schlicht, aber sauber – Stewarts Tante Morag hatte ihm geholfen, das Haus für die Ankunft seiner neuen Frau herzurichten –, und an den Wänden hingen ein paar einfache Bilder. Ein klobiger Holzofen beherrschte die Küche, auf dem Tisch stand eine kalte Mahlzeit bereit. Auf dem Heimweg war Stewarts Wut verraucht, und voller Stolz führte er ihnen nun sein Haus vor. Als er ihnen die beiden Schlafzimmer zeigte, räusperte er sich verlegen und sagte: »Machen Sie es sich bequem«, ohne zu erklären, in welchem Zimmer sie ihre Sachen unterbringen könnten. Durch das Fenster zeigte er auf eine hölzerne Plattform im Hof, ein paar Meter vor dem Haus. »Das ist der Brunnen mit der Pumpe. Wie Sie sehen, habe ich einen Pfirsich-, einen Birn- und einen Apfelbaum gepflanzt. Im Spätsommer tragen sie schon ein paar Früchte. Es gibt noch viel zu tun.« Er drehte sich um und sah Ada hoffnungsvoll an. »Ich will hoffen, es ist alles zu Ihrer Zufriedenheit. Ich muß noch etwas tun, bevor ich schlafen gehe. Morgen werde ich Ihnen dann meinen –« er brach ab und räusperte sich abermals – »*unseren* Besitz zeigen.« Bei diesen Worten nickte er, wiederum voller Erwartung und Zweifel, setzte ein gequältes Lächeln auf, tauschte den Zylinder gegen eine Arbeitsmütze und schritt im Mondlicht davon.

Mit weit aufgerissenen Augen setzte Flora sich aufs Bett. »Hier will ich nicht bleiben.«

Ada seufzte. »Wir müssen aber.«

»Ich bleibe nicht hier.«

»Wo willst du denn hin?« fragte Ada.

Flora stand auf und ging zum Fenster. Ada trat hinter sie. Gemeinsam blickten sie hinaus in die Nacht, hinaus auf den dunklen Ort, an den es sie verschlagen hatte. »Mama, wo ist wohl die Toilette?«

Am nächsten Tag regnete es unvermindert weiter. Als Ada und Flora aufstanden, stellten sie fest, daß Alisdair Stewart das Haus bereits verlassen hatte. Sie hatten beide tief und fest geschlafen und im Schlaf das Schaukeln des Schiffes gespürt. Auf dem Tisch standen Brot und Eingemachtes für sie bereit. Sie frühstückten, und anschließend begann Ada mit dem Auspacken, wobei sie sich zuerst die Kiste mit Floras Spielsachen, ihren Puppen und den Puppenkleidern vornahm. Sie ging davon aus, daß das Schlafzimmer, an dessen Tür Stewart sich am Vorabend von ihnen verabschiedet hatte, für sie und ihre Tochter bestimmt war. Das andere war eher ein Männerzimmer, vollgestopft mit seinen Sachen. Ada kam nicht auf die Idee, daß Stewart sein Schlafzimmer mit ihr zu teilen gedachte.

Stewart kehrte gegen Mittag zurück. Stiefel und Hosen waren schlammbedeckt, und er roch nach harter Arbeit. Er zog sich hinter den Vorhang in das sogenannte Badezimmer zurück, und während er sich der zierlichen Waschschüssel und des Krugs bediente, die er aus Schottland mitgebracht hatte, teilte er Ada mit: »Meine Tante, ihre Begleiterin und der Reverend treffen gleich ein.« Als er dies sagte, blickte Ada aus dem Fenster und sah drei Personen, allesamt hochgewachsen und mit runden Schultern, die sich, mit Körben und Paketen beladen, ihren Weg durch den Schlamm und den strömenden Regen bahnten.

Alisdair Stewarts Tante Morag war eine große Frau mit länglichem Gesicht und einem dunklen Muttermal unter dem Mundwinkel. Wenn sie lächelte, wirkte ihr Gesicht freundlich, aber sie lächelte nicht oft, und wer sie zum erstenmal sah, dem mochte sie durchaus streng erscheinen. Nessie, Morags Gesellschafterin, war jünger und von ähnlicher Statur, als wäre sie von Morag abgekupfert, doch ihr rundes Gesicht hatte noch keine Falten und war in seinem Ausdruck noch nicht so erstarrt. Ihre Kleider aus einfachem Tuch hatten einen strengen, praktischen Schnitt und schlichte Spitzenkrägen, ohne Rücksicht auf die Mode, kein dicker Tartan, kein kostbarer Samtbesatz, wie Ada ihn gern mochte, und beide trugen Spitzenhäubchen, Nessie ein weißes, Morag ein schwarzes.

Lächelnd nickten sie und schnalzten mit den Zungen, erfreut darüber, nun endlich die neue Frau von

Morags Neffen kennenzulernen. Ada und ihre Tochter Flora wurden eingehend gemustert. Tante Morag befand sie für sehr klein und mager und meinte lächelnd: »Wir müssen darauf achten, daß Alisdair Sie ein bißchen mästet. Das Leben hier ist hart, und wir müssen bei Kräften bleiben.«

»Der einzige Vikar von hier bis Otaki«, verkündete Reverend Septimus Campbell, Morags jüngerer Bruder, als er vorgestellt wurde.

Sinn und Zweck dieses Besuchs war es, die notwendigen Vorkehrungen für ein Hochzeitsbild von Alisdair und seiner neuen Frau zu treffen. Kaum hatte Ada den Raum verlassen, jagte der Reverend, die dicken Arme in die Ärmel des falschen Hochzeitskleids gesteckt, die Brille mit den runden kleinen Gläsern schief auf der Nase, Tante Morag kreischend durchs Zimmer. »Septimus«, schalt Tante Morag den verkleideten Reverend, »zieh das aus. Zieh das sofort aus.« Unter großem Geschrei rannten sie polternd um den Tisch herum, so daß das Haus erbebte. »Paß auf, wo du hintrittst!«

»Paß auf, wo du hintrittst!« rief auch Nessie, die die Angewohnheit angenommen hatte, von allem, was Morag sagte, die letzten Worte zu wiederholen, doch Morag beachtete sie nicht.

»Oh, du zerreißt es noch! Hör auf!« rief Morag. »Hör auf!« wiederholte Nessie, ihr Echo. Doch der Reverend war nicht zu bremsen, und so setzten sie ihr neckisches Treiben juchzend und jauchzend fort. Ada fand das Ganze sehr beängstigend, denn sie war als einziges Kind in einem Haus aufgewachsen, das für seine Stille bekannt war. Flora und sie zogen sich in das ruhige Schlafzimmer zurück.

Kurz darauf folgten ihr Morag und Nessie und brachten das Hochzeitskleid mit, ein hinten offenes Gewand mit Schnüren, das einem Operationskittel glich und bisweilen beim Photographieren als Requisite diente. Erst jetzt begriff Ada, daß es für sie bestimmt war.

»Arm – hoch«, sagte Tante Morag langsam, als hielte sie Ada für taub. »Arm runter.« Flora stand neben dem Spiegel und sah zu, wie sie einen langen schäbigen Schleier auf dem Haar ihrer Mutter feststeckten. Die sonst so heitere Miene der Kleinen verfinsterte sich; schmollend setzte sie sich aufs Bett. Seit ihrer Ankunft drehte sich alles nur um ihre Mutter; an ihr schien niemand mehr interessiert zu sein. Flora neigte zwar nicht eben zu Übellaunigkeit, doch dies war eine Ausnahmesituation.

»Wie schön!« sagte Morag und betrachtete das Kleid. »Was für eine zarte Spitze!«

Plötzlich sagte Flora: »Mein richtiger Vater war ein berühmter deutscher Komponist.« Tante Morag und Nessie hielten mitten in der Bewegung inne und starrten das kleine Mädchen an, dem vor Freude über die erlangte Aufmerksamkeit die Brust zu schwellen schien.

»Sie lernten sich kennen, als meine Mutter Opernsängerin in Luxemburg war.«

Mit einer knappen, dringlichen Geste gab Ada ihr zu verstehen: »Schluß damit.«

»Wieso?« flüsterte Flora, und die freudige Erzählermiene auf ihrem Gesichtchen schrumpelte zusammen. Ada wandte den Blick ab. Als Morag und Nessie damit fortfuhren, die Spitze zurechtzuzupfen, kreuzte Flora wütend die Arme. »Ich will auch mit auf die Photographie«, sagte sie, bockig wie ein kleines Kind. Für Stewart jedoch kam es überhaupt nicht in Frage, daß Flora, die nicht einmal einen Vater hatte, auf seinem Hochzeitsbild posierte – nur das glückliche Paar sollte darauf zu sehen sein.

Die Beziehung zwischen Flora und ihrer Mutter war wie die zwischen Bild und Spiegelbild, eine Art Symbiose. Ada war hier eine Fremde und Flora ihre Mittlerin, eine Rolle, in die sie mit natürlicher Hingabe schlüpfte. Wie einst Ada war auch Flora ein bezauberndes, frühreifes Kind, an die Gesellschaft Erwachsener gewöhnt, doch war sie unbekümmerter und weniger ernst als Ada damals.

Das kleine Mädchen war eine begabte Erzählerin; in der Familie war sie bekannt für ihre phantastischen Geschichten, die Ada und Wyston wohlwollend als Ergebnis ihrer ausschweifenden Phantasie betrachteten, während das Personal und die Nachbarn sie schlichtweg als Lügen bezeichneten. Es war, als versuchte Flora mit ihren Geschichten einen Ausgleich zu schaffen für die Mysterien und Geheimnisse der Erwachsenenwelt, in der sie lebte, und das schreckliche Schweigen ihrer Mutter. Flora war der Hauptgrund dafür gewesen, daß Ada in die Heiratspläne ihres Vaters eingewilligt hatte, denn sie hielt es für ratsam, das Mädchen in eine neue Umgebung zu versetzen. Vielleicht würde an einem anderen Ort, in einem neuen, für seine Möglichkeiten überall gepriesenen Land die Vergangenheit keine so große Rolle mehr spielen. Kamen Ada Zweifel, ob sie die Reise tatsächlich antreten sollten, sagte sie sich, daß sie um Floras willen geheiratet habe, wenngleich sie Schottland in Wirklichkeit nicht weniger um ihrer selbst willen den Rücken kehrte.

Es regnete noch immer, als sie für die Aufnahme bereit waren. Dichter Sprühregen ging über dem fernen Busch nieder; das ganze Tal war nebelverhangen. Nessie hielt einen Regenschirm über Ada, während sie auf dem mit Holzbrettern ausgelegten Weg zu der Stelle gingen, an dem die Kamera vor zwei Stühlen aufgebaut war. Ihre Füße schlidderten unter den Röcken hin und her. »Ich wäre auf den Brettern fast ausgerutscht. Sie sind sehr glitschig geworden«, teilte Nessie Stewart mit, als sie die Plattform erreichten. Ein paar Siedler hatten sich eingefunden, um ihnen zur Hand zu gehen oder vielmehr um die neue Braut in Augenschein zu nehmen. Alisdair Stewart betrachtete Ada eingehend durch die Kamera: Sie saß, einen welken Blumenstrauß in Händen, vor einem von Vorhängen gerahmten Hintergrund mit einer sonnigen Landschaft, die eher der Toskana ähnelte als diesem trostlosen Ort. Er setzte sich neben Ada, besann sich kurz, nahm den Hut ab und kämmte das Haar zurück, voller Stolz über seinen neuen Status als Ehemann und Freude darüber, wie bezaubernd Ada in dem Spitzenkleid aussah. Gerade wandte er sich seiner Frau zu, um sie anzulächeln, als ein Blitz über den Himmel zuckte und sie von strömendem Regen eingehüllt wurden, der ihnen die Sicht nahm. Hastig schnappte Ada nach Luft und blickte grimmig in die Kamera, ohne auf die gewollt fröhlichen Worte des Photographen zu achten.

Eine Kerze erhellte das Schlafzimmer und offenbarte Tante Morags unbezähmbare Neugier. Sie freute sich, daß man sie damit beauftragt hatte, sich um das Kind zu kümmern, denn wenn sie erst mit dem Mädchen alleine wäre, könnte sie ihm vielleicht ein paar aufschlußreiche Einzelheiten über Floras Geburt und Adas schändliche Vorgeschichte entlocken.

»So so, sie lernte deinen Vater also in Luxemburg kennen«, sagte Morag zu Flora.

»Nein, eigentlich in Österreich, wo er das Königliche Orchester dirigierte . . .«

Morag zog die Brauen hoch, zwischen Staunen und Argwohn hin und her gerissen. Das Kind brachte die Tatsachen durcheinander. »Und wo haben sie geheiratet?« Morag warf einen Blick aus dem Fenster, um sich zu vergewissern, daß niemand kam.

»In einem riesigen Wald, mit richtigen Feen als Brautjungfern, die alle eine kleine Elfe an der Hand hielten.« Floras Stimme schwoll dramatisch an.

Morag lehnte sich ein wenig zurück und sah Flora freundlich, aber mißbilligend an. Sie strich ihr Haar zurück.

Flora spürte, daß Morag ihr nicht glaubte, und so sagte sie: »Nein, ich habe gelogen. Es war in einer kleinen Dorfkirche in den Bergen.«

»Welche Berge meinst du, Liebes?«

»Die Pyrenäen.«

»Oh, da war ich noch nie.« Morag beugte sich vor, nun wieder geneigt, ihr Glauben zu schenken.

»Mutter sang deutsche Lieder, und das Echo ihrer Stimme war in den Tälern zu hören . . . Das war vor dem Unfall.«

»Oh«, sagte Morag, »was ist denn passiert?« Sie war erpicht darauf, mehr zu hören – um ihres Neffen willen selbstverständlich.

»Eines Tages, als meine Mutter und mein Vater im Wald gemeinsam sangen, brach urplötzlich ein gewaltiger Sturm los. Doch sie sangen so leidenschaftlich, daß sie nichts merkten, und sie hörten auch nicht auf, als es zu regnen anfing, und als sie zu den letzten Takten des Duetts die Stimme hoben, schoß aus dem Himmel ein gewaltiger Blitz wie ein Pfeil hervor und traf meinen Vater, so daß er wie eine Fackel aufloderte. Und in dem Augenblick, als mein Vater vom Blitz erschlagen wurde, wurde meine Mutter mit Stummheit geschlagen!« Das Kind senkte geheimnistuerisch die Stimme: »Sie – hat – nie – wieder – ein – Wort – gesagt.«

»Oh!« sagte Morag voll aufrichtigem Entsetzen, denn sie hatte sich nun ganz auf Floras schillernde Phantasiewelt eingelassen. »Du liebe Güte! Kein einziges Wort?« Flora schüttelte den Kopf. »Der Schock, ja, das wird es sein«, mutmaßte Morag.

Floras fesselnde Erzählung wurde durch die Rückkehr der Brautleute unterbrochen, die vom Regen genauso durchnäßt waren wie das Paar in Floras Geschichte. Tante Morag, das Gesicht vor Bestürzung ganz faltig, stand auf und half Nessie, Ada das lange falsche Hochzeitskleid auszuziehen, das vor Nässe ganz schwer war. »Furchtbar . . . furchtbar . . .«, murmelte sie. Sie sah Ada nun in völlig neuem Licht. Bis auf die Knochen durchnäßt und unglücklich über diese Farce von einer Hochzeit, riß Ada sich das Kleid so heftig vom Leib, daß Bänder und Stoff zerrissen. Morag und Nessie zeterten und schimpften, doch das kümmerte Ada nicht. Ihre Gedanken waren woanders. Sie ging quer durch den Raum zum kleinen Fenster und blickte bang hinaus in den Regen; sie hatte Angst um ihr Piano. Nicht einmal die Zerstreuungen während des Tages hatten sie davon abzulenken vermocht. Sie stellte sich vor, wie das Piano, bis auf seinen Panzer schutzlos der dunklen, nassen Nacht ausgeliefert, am Strand stand und hohe Wellen seine geschnitzten Füße umspülten. Alisdair Stewart hatte kein Wort darüber verloren, ob er es holen lassen wollte. Ada hatte das sichere Gefühl, daß er entschlossen war, es am Sandstrand stehenzulassen, wie um ihre Vergangenheit zu leugnen. Es mußte einen Weg geben, um es zu retten, und sie würde ihn finden.

Flora hatte am nächsten Morgen gerade ihren Toast aufgegessen, als Alisdair Stewart das Schlafzimmer betrat. Er nahm das nasse Bündel vom Tisch – das Hochzeitskleid – und legte es verärgert wieder hin. Er beobachtete die beiden Frauen, die mit tanzenden Händen in ein Gespräch vertieft waren. Er fühlte sich wie ein Eindringling, denn ihm war ihre geheimnisvolle Unterhaltung ebenso fremd wie ihre weibliche Aura, und er ärgerte sich über seine Unfähigkeit, in ihre Welt vorzudringen. Als er auf sie zutrat, rückten Flora und Ada auseinander und setzten sich mit steifem Rückgrat aufrecht hin wie in Hab-acht-Stellung. Die Atmosphäre wandelte sich spürbar. Aus Versehen riß Stewart ein paar Reifen von den Haken an der Trennwand und hängte sie unbeholfen wieder auf.

»Ich muß für ein paar Tage fort«, sagte er entschuldigend. »Es gibt da ein Stück Maori-Land, an dem ich interessiert bin, und ich könnte es zu einem vernünftigen Preis kaufen.« Verlegen und von einem Fuß auf den anderen tretend, blickte Stewart zu Boden. »Ich hoffe, Sie nutzen die Zeit, um sich einzuleben, und vielleicht könnten wir irgendwie noch mal von vorne anfangen.« Er sah Ada hoffnungsvoll an. »Nicht wahr?« fragte er mit einem Nicken und wandte scheu den Blick ab, als Ada sein Nicken erwiderte. »Sollte irgend etwas sein, halten Sie sich an Mr. Baines, George Baines, den Sie ja schon kennengelernt haben. Er wohnt ein Stück weiter hinten im Tal – ich habe Ihnen eine Karte hingelegt.«

Stewart ritt davon. Die Eingewöhnung fiel seiner neuen Frau schwerer, als er geahnt hatte. Tante Morag hatte sich am Vortag nützlich gemacht und Ada in die Hausarbeit eingewiesen, die, wie sie übereingekommen waren, die Domäne seiner neuen Frau sein sollte: Waschen, Wassertragen, Feuermachen, Nähen, Kochen, der Gemüsegarten, die Hühner . . . Die Liste, die Morag peinlich genau durchging, hatte kein Ende nehmen wollen, doch das hatte Ada offenbar nicht abgeschreckt. Er würde ihr Zeit geben müssen, sagte er sich.

Kaum war Alisdair Stewart fort, dachte Ada an nichts anderes mehr als an ihr Piano. Ohne es war ihr Leben so farblos, und die Stunden zogen sich durch die Stille in die Länge. Während sie ihren Pflichten nachging – wo, hatte Stewarts Tante gesagt, war noch gleich das Waschbecken? –, legte sie sich einen Plan zurecht: Sie wollte Mr. Baines bitten, mit ihnen nachzusehen, ob das Instrument nicht längst von der Flut hinweggetragen worden war. Baines hatte ein freundliches Gesicht und ein ruhiges Wesen; vielleicht würde er ihrem

Wunsch entsprechen. Ada studierte die Karte, die Stewart auf den Küchentisch gelegt hatte. Dann zog sie Flora ihren Umhang und das Häubchen an; sie selbst trug einen schwarzen Mantel mit Stehkragen, der gut saß und ihr, wie sie hoffte, mehr Bewegungsfreiheit lassen würde, und schon machten sie sich auf den Weg und balancierten auf den Holzbrettern, die im Schlamm als behelfsmäßiger Gehweg dienten. Mehrmals traten sie daneben und versanken tief im Morast. Dickeren, schwärzeren, übelriechenderen Schlamm hatte Ada noch nie gesehen.

Baines' Hütte thronte auf einer Lichtung, die wesentlich freundlicher und laubreicher war als das bedrükkend öde Gelände rund um Alisdair Stewarts Haus. George Baines hatte es nicht für nötig befunden, die einheimischen Bäume und Pflanzen von seinem Grund und Boden zu verbannen. Vögel zwitscherten, und Ada erblickte ein papageienähnliches Wesen mit hellgrünem Brustgefieder, das aussah, als hätte man es in ein Färbebad getaucht. Der Regen hatte aufgehört. Die Sonne schien auf das steile strohgedeckte Dach von George Baines' Behausung. Ein Rotschimmel war neben der Hütte angepflockt.

Ada und Flora näherten sich der Tür, die zweigeteilt war wie eine Stalltür und deren unterer Schlag offenstand, und klopften. Flora ging in die Hocke und spähte ins Innere der Hütte. Sie erblickte ein Paar Beine, mit nichts bekleidet als mit langen Unterhosen. Rasch richtete Flora sich auf, und da öffnete Baines auch schon die Tür. Es war später Vormittag. Ada fragte sich, um welche Uhrzeit er wohl volle Bekleidung für angemessen hielt. Flink schrieb sie ein paar

Worte auf ihren silbernen Notizblock und reichte ihm den Zettel. George Baines drehte und wendete ihn und sagte dann ohne eine Spur von Verlegenheit mit ausdruckslosem Blick: »Ich kann nicht lesen.«

Verblüfft über das beiläufige Eingeständnis eines Unvermögens, das sie sehr bedauerlich fand, gab Ada Flora ein paar Zeichen.

»Bitte bringen Sie uns zu dem Strand, an dem wir gelandet sind«, übersetzte das Mädchen.

Nun war es Baines, der versuchte, sich seine Verblüffung nicht anmerken zu lassen. »Tut mir leid«, sagte er zu Ada und Flora, die ihn ruhig ansahen. »Das geht nicht. Ich habe keine Zeit.« Mit diesen Worten schlug er ihnen die Tür vor der Nase zu.

Da es niemand anderen gab, an den sie sich wenden konnten, beschloß Ada, sich hinzusetzen und darauf zu warten, daß Baines aus der Hütte kam. Für sie stand fest: Er mußte ihr helfen. Also setzten sie sich mit Blick auf die Tür. Flora erzählte Ada eine Geschichte von einem kleinen Haus auf einer kleinen Lichtung, in dem ein böser Mann lebte. »Wenn er aus dem Haus kommt, sammelt er alle Kinder ein, die sich verlaufen haben, und nimmt sie mit zu sich. Er gibt ihnen Süßigkeiten, um sich bei ihnen beliebt zu machen und damit sie sich ruhig verhalten und glücklich sind. Er nimmt die Kinder mit in sein Haus, in dem ein prasselndes Feuer brennt. Dann kocht er sie, eins nach dem anderen. Die anderen Kinder müssen zuschauen. Er kocht sie ganz langsam. Sie schreien gar schrecklich. Und dann ißt er sie, eins nach dem anderen, und spuckt die Knochen auf den Boden. Er ist ein böser Mann.« Ada sah ihre Tochter lächelnd an. Halb hörte sie zu, halb dachte sie an das Piano und fragte sich, wann George Baines wohl endlich herauskommen würde.

Als Baines schließlich, die Jacke über dem Arm, aus der Hütte trat, saßen die beiden Frauen noch immer da, und ihre Geduld war noch lange nicht erschöpft. Er traute seinen Augen nicht, als er sie so ruhig dort sitzen sah wie zwei Waldgeister, die gekommen waren, um ihn heimzusuchen. Als er auf sie zuging, blickten sie erwartungsvoll zu ihm auf. Er wußte nicht, was er von ihrer Hartnäckigkeit halten sollte.

»Ich – kann – Sie – nicht – hinbringen.« Er sprach langsam, was Ada haßte. »Ich kann nicht.« Baines nahm den Sattel vom Geländer vor dem Haus und hievte ihn schwungvoll auf den Rücken des Pferdes. Dabei musterte er die beiden Frauen verstohlen. Ada und Flora sahen ihm aus nächster Nähe zu, nicht etwa flehentlich, doch unbeirrbar und fest entschlossen, ihn umzustimmen. Er fand, daß sie sich auf verblüffende Weise ähnlich sahen, die eine eine bezaubernde Miniatur der anderen. Bei jeder Bewegung folgten sie ihm mit den Blicken und drehten im Einklang die blassen, von zwei gleichen schwarzen Häubchen umrahmten Gesichter. Nach einer Weile mußte er einsehen, daß er keine andere Wahl hatte als einzuwilligen und sich ihrer Beharrlichkeit zu beugen. Wenn er sie hier sitzen ließe, so befürchtete er, würden sie sich niemals mehr vom Fleck rühren, und die Vorstellung, die beiden Frauen könnten ihn ein Leben lang anstarren, behagte ihm ganz und gar nicht. Diese Befürchtung, gemischt mit Mitleid und einer Spur Neugier, erleichterte Baines die Entscheidung. Auf dem Rücken seines Pferdes führte er sie zum Strand, und auf diese Weise brachten sie die Strecke wesentlich rascher hinter sich als damals, als der Trupp, beladen mit dem Hab und Gut der McGraths, unterwegs gewesen war.

Wundersamerweise stand das Piano noch immer da, wie ein übergroßes Stück Treibgut thronte es noch immer an der Stelle, an der sie es zurückgelassen hatten, lediglich geschützt durch die Lattenkiste und das Öltuch. So schnell sie konnte, eilte Ada den steilen Hang hinab, doch das freudige Wiedersehen wurde ihr von Rock und Krinoline erschwert. Kaum hatte sie das Piano erreicht, brach sie die Latten, in die ihr Name eingebrannt war, über den Tasten mit bloßen Händen auf und legte dabei eine Gier und Ungeduld an den Tag, die George Baines staunend zur Kenntnis nahm. Er half ihr, einen behelfsmäßigen Schemel zu bauen, und Ada fing an zu spielen. Das Piano fand seine Stimme wieder, und Ada mit ihm. Ihr war, als könnte sie erst jetzt wieder atmen. Sie fühlte sich befreit.

Der blaßblaue Himmel war von langen Wolkenfetzen durchzogen, die am Nachmittag langsam davontrieben. Baines beobachtete, wie sich in Ada ein tiefer Wandel vollzog. Ihr Verhalten änderte sich von Grund auf. Sie schloß die Augen und wiegte sich, die Lippen leicht geöffnet und zu einem verhaltenen Lächeln verzogen, beim Spielen hin und her. Sie wirkte beschwingt, fröhlich, ja ausgelassen und hatte nichts mehr gemein mit der mißmutigen, bedrückten Frau, als die er sie kennengelernt hatte.

Von der Fröhlichkeit ihrer Mutter angesteckt, zog Flora sich auf dem nassen Sand bis auf die Petticoats aus; sie fühlte sich leicht und frei und vollführte einen wilden, ihrer eigenen Phantasie entsprungenen Tanz, bei dem sie Büschel aus Seetang in wellenförmigen Bewegungen hinter sich herzog. Sie tanzte und lief, hüpfte und drehte sich im Takt zu Adas Musik. Baines hatte bei Frauen noch nie eine solche Selbstvergessenheit erlebt. Adas gefühlvolles Spiel zog ihn in seinen Bann, und er ertappte sich dabei, wie er näher an sie heranrückte, während sie sich mit beglückter, verklärter Miene über die Tasten beugte.

Sie spielte rasche Arpeggios und luftige, flinke Triller, denen ein unterschwelliger Sog ähnlich dem der Gezeiten innewohnte. George Baines lauschte gebannt. Noch nie hatte er eine so sehnsuchtsvolle Musik gehört, und noch nie hatte er jemanden ein Instrument mit so leidenschaftlicher Hingabe spielen sehen. Er konnte den Blick nicht von dieser Frau abwenden, die sich in den Klängen ihrer Musik zu verlieren schien. Es war ein Augenblick von großer Schönheit, hier auf dem Sandstrand, mit den brechenden Wellen und den am Himmel kreisenden Vögeln. Ada spielte und spielte, mal von Flora begleitet, doch zumeist allein, und George Baines schaute ihr zu und lauschte. Die Musik war nicht von dieser Welt, und auch die Frauen selbst erschienen Baines wie Geschöpfe aus einer anderen Welt, ja wie Engel. Baines war tief bewegt, und am liebsten hätte er vor Freude über dieses schöne, außergewöhnliche Erlebnis laut geschrien.

Unterdessen verfiel Flora auf die Idee, aus Muscheln ein Seepferd zu legen, und sie begann damit, winzige Figuren zu bilden, doch Baines meinte, sie sollte das Seepferd größer machen, so groß, daß sie es oben von den Klippen aus sehen könnten. Willig kam er Floras Aufforderung nach, für sie Muscheln zu sammeln und sie nach ihrem Wunsch auszulegen. Es mutete ihn seltsam an, sich dem Willen dieses kleinen Mädchens zu unterwerfen, und ebenso seltsam und zugleich bezaubernd war es, mit den beiden Frauen allein am Strand zu sein. Bei Adas Musik fiel ihm jede Bewegung schwer, denn er lauschte ihr nicht nur mit den Ohren, sondern nahm sie mit jeder Faser seines Körpers in sich auf; sie durchströmte ihn, und er konnte gar nicht anders, als stillzuhalten und ihr zuzuhören.

Während sie arbeiteten, erzählte Flora Baines Geschichten von ihrer Reise, von der großen Fahrt über das blaue Band. »Und da waren auch fliegende Fische, die direkt in unserem Kochtopf landeten«, behauptete Flora, doch George Baines hörte ihr nur mit einem Ohr zu. Sein Kopf war erfüllt von Adas Musik.

Als die Schatten auf dem Sand sich in die Länge zogen, machte Baines sich daran, die Latten einzusammeln, die Ada von der Kiste entfernt hatte. Wenn er das Piano schon nicht mitnehmen konnte, wollte er es zumindest schützen. Als Ada sah, daß Baines auf sie zukam, um sie zum Aufbruch zu mahnen, verdüsterte sich ihre Stimmung. Eine Zeitlang spielte sie unbeirrt weiter, doch dann brach sie jäh ab und klappte den Deckel über den Tasten zu. Mit finsterer Miene legte sie sich das Cape um und setzte die Haube auf, und sie machten sich auf den Heimweg.

4

Als Ada zwölf Jahre alt war, beschloß Wyston McGrath also, daß sie Klavierunterricht erhalten solle, und obwohl er sowohl seinem Buchhalter als auch seinem Anwalt Mr. Beadsley, dem Klavierstimmer McGregor und in der Schenke Gott und der Welt von seinem Vorhaben erzählte, sollten noch vier Jahre vergehen, bis Delwar Haussler, ein dreiundzwanzigjähriger Mann, am Bahnhof in Edinburgh abgeholt und mit der Kutsche zum Anwesen der McGraths gebracht wurde.

Seine Anstellung hatte er nicht etwa McGrath selber, sondern Beadsley und dem Buchhalter zu verdanken, die die Angelegenheit in die Hände genommen und mehrere mittelgroße Universitäten angeschrieben hatten, weil sie auf diese Weise jemanden zu finden hofften, der billiger und bescheidener wäre. Daß nur eine einzige Antwort eingegangen war, erleichterte ihnen die Entscheidung, und Mr. Haussler willigte ein, Ada zunächst für eine Probezeit von zwei Monaten Musik- und Französischunterricht zu erteilen.

Der Besitz, auf dem man den jungen Mann empfing, war nicht mehr das prachtvolle, gepflegte Anwesen von einst, auf dem Ada zur Welt gekommen war. Das Tor schloß nicht mehr, seit eine Hälfte aus den Angeln gefallen war, und die Auffahrt war tief zerfurcht und von Schlaglöchern durchsetzt. McGrath, der es früher mit allem peinlich genau genommen hatte, schien den Verfall nicht zu bemerken, sondern legte ihm gegenüber vielmehr dieselbe wohlwollende Nachsicht an den Tag wie dem Altern, denn er fand es nur natürlich, daß es mit dem Besitz, wie mit ihm selbst, allmählich bergab ging. Wie bei allen unliebsamen Dingen hatte er die Marotte, einfach die Augen davor zu verschließen und sich wie ein Kind einzubilden, daß das Problem damit behoben sei. Als der auf seinem Gut lastende Schuldenberg wuchs, schaute er immer seltener in die Geschäftsbücher, bis er sich eines Tages weigerte, überhaupt noch einen Blick hineinzuwerfen. Pike, sein Buchhalter, ein kluger, freundlicher Mann, der selbst acht Kinder hatte, konnte es McGrath gut nachfühlen, doch gleichzeitig versuchte er, für McGraths kleine Tochter Vorsorge zu treffen, denn jedem, der sich die Bücher vornahm, war bewußt, daß der Hof früher oder später ruiniert sein würde, und Pike war besorgt um die Kleine, die, wie es hieß, nicht sprechen konnte und sich daher nie ihren Lebensunterhalt würde selbst verdienen können. Er überredete McGrath, einen gewissen Geldbetrag für die Mitgift und Erziehung des Kindes treuhänderisch verwalten zu lassen, eine Art eiserner Reserve, die nicht an das Schicksal des Besitzes gekoppelt war. Aus diesen Mitteln wurde nun Delwar Haussler bezahlt.

Delwar traf zu spät ein, um seine junge Schülerin gleich kennenzulernen, und während er im dritten Stock in seinem zugigen, ja schmutzigen Zimmer saß, verflüchtigte sich allmählich der romantische Beigeschmack seiner Expedition. Er hatte nicht damit gerechnet, daß es hier oben im Norden so kalt war und daß den Schotten, die er immer für herzlich und liebenswert gehalten hatte, jeglicher Frohsinn abging.

Delwars Muttersprache war Englisch, obgleich die Familie seines Vaters ursprünglich aus Deutschland stammte, doch hatten weder er noch sein Vater, ein lutherischer Pastor, dieses Land je besucht. Er war der jüngste von drei Söhnen und hatte eine ältere und eine jüngere Schwester. Delwar wollte Künstler werden, doch waren seine Vorstellungen von diesem Beruf allzu phantastisch, und er erwies sich lediglich bei der Gestaltung seines äußeren Erscheinungsbildes als erfolgreich. Das lange Haar zierte eine Samtmütze, und er trug eine purpurfarbene Weste mit Schärpe und einen schwarzen Gehrock, dessen Schöße im Wind eindrucksvoll flatterten. Den Gehrock hatten seine Schwestern genäht, und sein Schnitt war insofern etwas ausgefallen, als er über der Brust sehr knapp saß und der Kragen auf der rechten Seite fünf Zentimeter tiefer war als auf der linken. Delwar war von der Fleißarbeit seiner Schwestern gerührt und stellte diese eigenwilligen Details als originelle Abwandlungen dar. Er war der Liebling seiner Schwestern, und sie waren eifersüchtig auf das schottische Mädchen, das nun im Mittelpunkt seiner Aufmerksamkeit stehen sollte.

In der ersten Woche lernte Delwar Ada noch nicht kennen. Am dritten Tag eröffnete McGrath ihm, seine Tochter sei sehr scheu und an fremde Menschen nicht gewöhnt, doch habe sie eingewilligt, sich in der kommenden Woche dann und wann im Klavierzimmer sehen zu lassen. Bis dahin solle er sich nach Belieben die

Zeit vertreiben, auf ihrem Piano spielen und sich ein bißchen einleben.

Als Delwar am ersten Tag der zweiten Woche ins Musikzimmer hinunterkam, stellte er zu seiner Überraschung fest, daß sie bereits auf ihn wartete: ein zierliches, tadellos gekleidetes Mädchen, das wie zwölf aussah, seines Wissens aber schon sechzehn war. Ihr Gesichtsausdruck war ernst, fast streng, und auch ihr Kleid hatte etwas Strenges, wenngleich Stoff und Schnitt vom Feinsten waren. Kragen und Manschetten zierte eine zarte Spitze, und es rührte ihn, wie zerbrechlich auch sie selbst aussah, mit ihren winzigen Händen und dem langen schlanken Hals. Eine vollkommene, stolze Miniaturausgabe eines Erwachsenen.

Als Delwar auf sie zutrat, um sie zu begrüßen, klappte sie eine flache Metallschachtel auf, die an einem Band um ihren Hals hing, und nahm einen silbernen, an der Seite befestigten Stift. In der Schachtel befanden sich passend zugeschnittene Zettel aus cremefarbenem Papier. Rasch schrieb sie etwas auf das oberste Blatt, reichte es Delwar und stellte sich wieder neben den Tisch am anderen Ende des Raums. Auf dem Papier stand: »Ich kann nicht sprechen.«

In den kommenden zwei Wochen gelang es Delwar nicht, sie von ihrem Platz neben dem Tisch fortzubewegen, doch er betrachtete es als Fortschritt, als sie in der zweiten Woche das Zimmer verließ, gleich darauf mit einem Stuhl aus dem Eßzimmer zurückkehrte, diesen neben den Tisch plazierte und sich darauf setzte.

Erstaunt stellte er fest, daß er sich trotz der ungewöhnlichen Situation wohl fühlte und sehr gesprächig war. Bei ihren Gesprächen in den Pausen zwischen den

Klavierübungen übernahm er beide Seiten. Auf all seine Bitten, ihm etwas vorzuspielen, hatte Ada reagiert, indem sie errötete, den Kopf senkte und in der ersten Zeit sogar einmal das Zimmer verließ. Delwar selbst war ein durchschnittlicher Pianist; er besaß zwar ein gutes Einfühlungsvermögen, hielt den Takt und liebte Musik über alles, doch kannte er nur den Anfang des einen oder anderen Stückes auswendig.

Nachmittags setzte Ada ihre Haube auf, zog Überschuhe und Mantel an, und dann spazierten sie gemeinsam über den Besitz, manchmal auch über die benachbarten Felder, und bei ihrer Rückkehr waren ihre Taschen mit interessanten Blättern, Saatkörnern, Insekten und Steinen gefüllt. Mit diesen Fundstücken bildete Ada auf dem Tisch in ihrem Zimmer Tierformen nach. Besonders gut gelang ihr das Eichhörnchen, das aus der Beute einer ganzen Woche bestand, und diese war so üppig ausgefallen, daß sie mehrere Schichten winziger Zweige übereinanderlegen konnte, um das Fell darzustellen.

Auf einem dieser Spaziergänge ergriff Ada Delwars Hand. Das überraschte ihn, doch er freute sich darüber. Hätte sie schon die Statur einer Sechzehnjährigen gehabt, hätte ihn diese zärtliche Geste möglicherweise verwirrt, doch so verspürte Delwar lediglich tiefe Zufriedenheit, als hätte seine stille kleine Gefährtin in seine Seele geblickt und ihn für einen guten Menschen befunden.

Währenddessen ging es im Unterricht voran. Zögernd begann Ada, in Delwars Gegenwart zu spielen, obgleich sie dies im ersten Monat nur dann tat, wenn sie ihn außer Hörweite glaubte. Eines Tages spielte sie etwas, das sie irgendwo aufgeschnappt hatte, eine bekannte Melodie, die ihr Vater oft vor sich hinsummte. Als sie sich danach vom Piano abwandte, bemerkte sie, daß Delwar im Türrahmen stand. Er lächelte übers ganze Gesicht, hob die Hände und klatschte ein paar Mal, aber Ada war zu verschämt, um seinen Blick zu erwidern. Sie stand auf und schickte sich an, den Raum zu verlassen, doch da sagte Delwar in bestimmtem Ton: »Also gut, ab heute lernst du Noten lesen.«

Das Notenlesen war für Ada eine Offenbarung. Nie hätte sie gedacht, daß die geschriebene Sprache des Pianos so präzise und komplex wäre. Sie liebte Bücher, weil sie Geschichten erzählten, die sie, sofern sie gut geschrieben waren, in ein anderes Leben, in eine andere Welt fern ihrer eigenen zu entführen vermochten. Beim Notenlesen wurde sie auf ähnliche Weise in eine andere Welt versetzt, mit einer für sie neuen schönen Sprache, die in diesem Haus allein Delwar und sie beherrschten.

Nachdem sie ihre anfängliche Scheu überwunden hatte, entpuppte Ada sich als gute Klavierschülerin. Delwar Haussler hatte den Eindruck, daß ihr nichts zu schwer war, und bewegt stellte er sich vor, daß sie eines Tages vielleicht sein Niveau erreichen würde. Noch immer spielte sie ihm mit einem gewissen Widerwillen vor, der von ihrer Schüchternheit und Zurückhaltung herrührte. Delwar betrachtete dies jedoch nicht als hinderlich, denn er zählte zu den Musikern, die das förmliche, korrekte Spiel über das gefühlsbetonte, allzu bravouröse stellen.

Die Klavierstunden drängten Adas anderweitige Beschäftigungen zunehmend in den Hintergrund, das

Studium ebenso wie die Hausarbeit. Bislang hatten sie keine Anstalten unternommen, mit dem Französischunterricht zu beginnen, für den Delwar doch ebenso eingestellt worden war. Nachdem er Ada jedoch kennengelernt hatte, war ihm die Vorstellung unangenehm, seiner Schülerin eine neue Sprache aufzwingen zu müssen, noch dazu eine gesprochene.

Wyston McGrath nahm dies mit einem gewissen Unbehagen zur Kenntnis; seit jeher war seine Tochter vom Klavierspielen besessen gewesen, und nun hatte seine Idee, ihr regelrechten Unterricht erteilen zu lassen, ihre ungezügelte Leidenschaft nur noch verstärkt, mochte ihr Spiel auch ein wenig an Genauigkeit gewonnen haben. Doch nichts fiel ihm leichter, als derartige Bedenken in den hintersten Winkel seines Geistes zu verbannen. Schließlich ging ihm das Glück seines einzigen Kindes über alles. Delwar Haussler hatte gute Referenzen mitgebracht, der junge Mann fügte sich nahtlos in die Hausgemeinschaft ein, und Ada mochte ihn.

Erst mehrere Tage, nachdem Ada mit Baines und Flora einen Ausflug zum Strand gemacht hatte, kehrte Alisdair Stewart von der Besichtigung seiner Ländereien zurück. Auf einem großen Pferd – kein Spielgefährte für Flora – kam er durch den Busch geritten. Vorsichtig bahnte sich der Gaul seinen Weg durch den trocknenden Schlamm. Stewart betrachtete das Stück Land rund um sein Haus; er würde wohl eine neuerliche Brandrodung vornehmen müssen. Sicher hätte Ada gerne einen größeren Gemüsegarten, und in diesem Jahr mußte er die Zeit finden, einen Rasen anzulegen.

Als er sich dem Haus näherte, hörte er Gesang. Es

war eine Kinderstimme – Flora. Das Mädchen sang, und ihr zartes Stimmchen wehte zu ihm herüber, um ihn zu begrüßen. Der Gesang gefiel ihm, denn er vermittelte ihm das Gefühl, nach Hause zu kommen, ein Gefühl, das er an diesem Ort noch nicht empfunden hatte. Stewart stieg vom Pferd, wobei er sich bemühte, keinen Lärm zu machen. Flora sang ein trauriges Lied, das er nicht kannte. Als er eintrat, bemerkte er, daß sie nicht allein war. Ada saß am Küchentisch, und ihre Hände wanderten flink über die Holzplatte, als schlügen sie die Tasten eines Pianos an. »Hallo«, sagte Stewart zögernd. Ada und Flora hielten inne, standen auf und rückten vom Tisch ab. »Hallo«, erwiderte Flora freudig. Sie schien ein wenig überrascht, daß ihr Stiefvater zurückgekommen war.

Stewart fühlte sich nicht wohl unter ihren Blicken, und ihr gedehntes Schweigen behagte ihm nicht. Wortlos nahm er den Reisehut ab, rieb sich das unrasierte Kinn, ging hinüber zum Tisch und hob das Tuch an der Stelle an, die Ada hastig zugedeckt hatte. Seine Finger glitten über eine Reihe von Rillen und Furchen: Jemand hatte die Tastatur eines Pianos in die Tischplatte geritzt. Empört über diese Verunstaltung seines Eigentums – den Tisch hatte er selbst gebaut –, schloß er messerscharf, daß nur Ada dies getan haben konnte. Sie hatte sich eine Tastatur zurechtgeschnitzt, und jetzt spielte sie darauf. Er ließ das Tuch sinken und verließ das Haus. Eine fast kindliche Enttäuschung schürte seine Wut darüber, daß seine neue Familie ihn dermaßen verachtete.

Es war nicht Adas Absicht gewesen, ihren Mann zu verärgern. Sie hatte lediglich ihr Piano vermißt, und

Flora hatte so lange gequengelt, bis sie nachgegeben und ihre alte Angewohnheit wiederaufgenommen hatte: ihre nachmittägliche Gesangsstunde nach Erledigung der Arbeit. Flora hatte steif und fest behauptet, der Tisch sei in Wirklichkeit ein Piano und es klänge bestimmt wundervoll, wenn man darauf spielte. Sie hatte einen Stift geholt und grob eine Tastatur auf die Platte gemalt. Als sie von dem tonlosen Klopfen ihrer Finger auf dem Holz genug hatte, forderte sie Ada auf, für sie weiterzuspielen. Mit Floras plumper, ungefährer Zeichnung gab Ada sich jedoch nicht zufrieden: Sie nahm das Küchenmesser in die Hand und ritzte damit eine originalgetreue Klaviatur in den Tisch, wobei sie Flora anhielt, jede Taste einzeln zu benennen: »C, Cis, D, Dis, E, F, Fis . . .« Bis zu Stewarts Heimkehr waren sie sich keiner Schuld bewußt.

Stewart jedoch litt darunter, daß er bei seiner Rückkehr gleich an die Vergeblichkeit seiner Bemühungen erinnert worden war, Ada und Flora das Einleben zu erleichtern. Er machte sich ernsthaft Gedanken über Adas Schnitzereien. In seinem Geist wuchs ihre Bedeutung an, bis er sie für ein bedenkenswertes Zeichen von etwas anderem hielt.

Tags darauf stattete er seiner Tante Morag einen Besuch im Missionshaus ab. Das Missionshaus war solider und haltbarer gebaut als die anderen Gebäude in der Gegend, mit poliertem Treppengeländer, schwerer Holztäfelung, Spitzenvorhängen, Tapeten an allen Wänden und Morags selbstgestickten Bibelzitaten über dem Kaminsims. Tante Morags Wohnzimmer hatte mit dem eines schottischen Hauses weitaus mehr gemein als all die anderen, in denen Stewart sich für gewöhnlich aufhielt. Er fand es einladend und behaglich. Morags Hausmädchen Heni und Mary nähten, während Stewart seiner Tante half, Engelsflügel für die Weihnachtsaufführung in der Mission zu basteln.

Alisdair Stewart war an die Gesellschaft von Maoris nicht gewöhnt, wenngleich sie ihm beim Bau seines Hauses und auch bei fast allen anderen Arbeiten, die rund ums Haus anfielen, zur Hand gegangen waren. Tante Morag und Nessie hingegen unterstützten den Reverend hingebungsvoll in seinem Vorsatz, den christlichen Glauben unter den Heiden zu verbreiten, und lebten traulich inmitten der Bekehrten, so daß sie längst an deren Manieren und Bräuche gewöhnt waren, die Alisdair barbarisch fand, auch wenn sie sich durch die Erziehung verändert hatten.

Die beiden jungen Frauen Heni und Mary galten als tüchtige Stützen der Mission. Sie kleideten sich auf eine Art, die Stewart als adrett und durch und durch europäisch empfand. Sie waren gute Näherinnen, und Heni half Morag mittlerweile geschickt dabei, ihr Haar zu dünnen Ringellöckchen und winzigen, mit Pomade eingeriebenen Schlaufen zu bändigen – Morags einziges Zugeständnis an die Eitelkeit. Beide Mädchen hatte man zu Höflichkeit erzogen und ihnen gute Umgangsformen beigebracht, doch übten sie aufeinander einen schlechten Einfluß aus, indem sie voreinander unablässig kokettierten und gemeinsam ihrer Sucht nachgingen, indem sie in der Tonpfeife Tabak rauchten.

Stewart verließ das Haus, um Holz zu holen, und als er wiederkam, wurde er von Baines begleitet. Baines ließ sich im Missionshaus nur selten blicken und kam in der Regel nur, wenn es geschäftliche Dinge zu erledigen galt. Er konnte sich mit den Anstandsregeln, die Stewart und die anderen Siedler genauestens befolgten, nicht anfreunden. Deshalb hatte er sich angewöhnt, den Tee in der Küche zu trinken, während er wartete.

Morag blickte von ihrer Näherei auf. Sie kniff die Augen zusammen und musterte ihren Neffen Alisdair, der Nessie gerade eine Handarbeit reichte. »Nun, du hast aufgehört, dir ständig das Haar zu kämmen. Das ist gut so, es sah schon arg strapaziert aus«, sagte sie. Stewart errötete leicht. »Schau«, fuhr sie fort und hob das Bettlaken hoch, an dem sie gerade arbeitete, »dies hier sind die Schlitze für die Köpfe. Führ es ihm vor, Nessie . . . Der Reverend will Tierblut verwenden, damit sie wie richtige Tote aussehen. Es wird zweifellos dramatisch wirken.«

»Es wird zweifellos dramatisch wirken«, bekräftigte Nessie.

Plötzlich fuhr Tante Morag ihre Gesellschafterin an. »Tee!« befahl sie. Als Nessie aufstand, beugte Stewart sich mit besorgter Miene zu seiner Tante hin und sagte zögernd: »Was würdest du sagen, wenn jemand auf einem Küchentisch spielte, als wäre er ein Piano?«

»Als wäre er ein Piano?« fragte Morag verblüfft.

»Das ist seltsam, nicht wahr? Schließlich ist er kein Piano, und er gibt auch keinen Ton von sich.«

Tante Morag blickte zu Nessie hoch, als diese Stewart eine Tasse Tee reichte, und zischte: »Biskuits!« Nach einer kurzen Pause pflichtete sie ihm bei: »Nein, Töne gibt er keine von sich.«

»Daß sie stumm ist, wußte ich«, fuhr Stewart fort, »aber allmählich glaube ich, daß da noch mehr ist. Ich frage mich, ob sie nicht einen Hirnschaden hat.«

»Wirklich keinen Ton?« wiederholte Morag verdutzt.

»Nein, es war ein Tisch.«

»Nun, mit dem Hochzeitskleid ist sie ziemlich unsanft umgegangen. Sie hat ein großes Stück Spitze abgerissen. Ich möchte wetten, wenn ich nicht dabeigewesen wäre, hätte sie es mit den Zähnen zerfetzt« – an dieser Stelle fiel Nessie mit ein, und mit einhelliger Empörung sagten sie: »– und sich die Füße daran abgewischt!«

»Nun, noch ist nichts passiert. Ich mache mir nur Gedanken, das ist alles«, beeilte Stewart sich zu sagen.

George Baines stand in der Tür im Dunkeln und trank Tee aus einer feinen Porzellantasse, die nicht zu seinen derben Händen paßte. Mit einem belustigten Funkeln in den Augen hörte er Stewart zu. Tante Morag klappte den Fächer auf und wedelte heftig damit. »O ja, natürlich machst du dir Gedanken«, sagte sie und runzelte die Stirn.

»Immerhin hat das Schweigen etwas für sich«, sagte Stewart und rührte in seiner Tasse.

»Oh, in der Tat«, sagte Morag und legte den Fächer beiseite. »Zwirn!« befahl sie. Sie hielt die Nadel hoch, damit Nessie einfädelte.

Stewart klang ein wenig erleichtert, als er sagte: »Mit der Zeit, da bin ich mir sicher, wird sie bestimmt zutraulicher.«

»Gewiß«, erwiderte Morag. »Wer hält sich nicht gern ein Haustier, und die sind ja auch sehr schweigsam.«

Baines hörte wortlos zu. Er nippte an seiner Teetasse. Es wunderte ihn nicht, als er von der Sache mit dem »Pianotisch« erfuhr. Er hatte erlebt, wie eng Ada mit ihrem Piano verbunden war, und deshalb konnte er ihr nachfühlen, wie verzweifelt sie über die Trennung von ihrem geliebten Flügel sein mußte.

Nach dem Tee gingen er und Stewart zu dessen Haus zurück, um das Flora auf einem Phantasiepony ritt. Augenblicklich machte Stewart sich an seine tägliche Arbeit und fing an, Holz zu hacken. »Der große alte Herzog von York, der hatte zehntausend Mann . . .«, sang Flora, während sie herumhüpfte und die Scheite zwischen dem Holzhaufen und dem Hackblock hin und her trug. Ihr weißes Häubchen und die gestärkte, rüschenbesetzte Schürze hoben sich hell und sauber vom schwarzem Schlamm ab. Flora nutzte jede Gelegenheit, um an der frischen Luft zu sein, vorausgesetzt, es regnete nicht, und sie half Stewart gern bei der Arbeit. Es machte ihr Spaß, im kleinen Gemüsegarten zu graben und die Hühner herumzuscheuchen, und sie hatte damit begonnen, den Busch in unmittelbarer Nähe des Hauses zu erkunden, denn das dunkle Unterholz weckte ihre Abenteuerlust. Jedesmal wenn Stewarts Axt ein Holzscheit traf, zuckte sie zusammen, doch gleich darauf machte sie vergnügt weiter. Baines richtete das Wort an Stewart: »Die achtzig Morgen Land, durch die der Fluß führt – was halten Sie davon?«

»Das Land gehört doch Ihnen, oder?«

»Ja«, antwortete Baines und reichte Stewart, der beim Sprechen weiterarbeitete, ein Stück Holz.

»Gutes, flaches Land und jede Menge Wasser – warum? Ich habe kein Geld. Worauf wollen Sie hinaus?« fragte Stewart.

»Ich stelle mir einen Tausch vor«, erwiderte Baines.

»Womit?«

»Mit dem Piano.« Baines reichte ihm noch ein Scheit.

»Das Piano vom Strand?« fragte er, als gäbe es noch ein anderes. Er hörte mit dem Holzhacken auf, denn diese Angelegenheit verlangte seine ganze Aufmerksamkeit. Baines nickte. »Das Land ist doch nicht sumpfig, oder?« fragte er, plötzlich mißtrauisch geworden.

»Nein.« Baines lachte.

Stewart ließ die Axt auf den Hackblock sausen, verschränkte die Arme vor der Brust und grinste übers ganze Gesicht. Der Handel gefiel ihm. »So, so, Baines der Musikliebhaber. Hätte ich nie gedacht. Versteckte Talente, was, George?«

Wieder lachte Baines. »Ich werde Stunden nehmen müssen«, sagte er lächelnd. »Sonst hätte es nicht viel Sinn.«

»Ja, da haben Sie wohl recht.« Stewart blickte nachdenklich zu Boden und dann wieder zu Baines. »Nun, Ada kann Klavier spielen.« Baines zuckte mit den Schultern, sagte jedoch nichts. »Ich weiß aus einem Brief, daß sie gut spielt. Sie spielt seit ihrem fünften oder sechsten Lebensjahr«, sagte Stewart, den das Können seiner Frau eigenartigerweise mit Stolz erfüllte, obwohl er ihr das Piano nicht gönnte. Baines ließ sich nicht anmerken, daß er längst wußte, wie gut Ada spielte.

»Worauf denn?« fragte Flora, die von Ada ein Zeichen erhalten hatte. Stewart hatte ihnen soeben von seinem Tauschhandel mit Baines erzählt und war vor lauter Aufregung ganz rot im Gesicht. Sie saßen zusammen am Küchentisch, wo sie gerade ein von Ada sorgfältig zubereitetes, bescheidenes Mahl verzehrt hatten. Kochen war nicht eben ihre Stärke, und auch bei den anderen häuslichen Arbeiten, die man von ihr erwartete, stellte sie sich alles andere als geschickt an, doch sie war zu stolz, um ihre Unerfahrenheit oder Ungeschicklichkeit einzugestehen. Flora, die drei Tassen ihres eigenen kleinen Porzellanservices gefüllt hatte, trank mit den Erwachsenen Tee, das heißt mit ihrer Mutter und dem Mann, den sie nach wie vor als »Stiefvater« betrachtete, ein ebenso abstrakter Begriff, wie es das Wort »Neuseeland« bis vor kurzem gewesen war.

»Auf deinem Piano«, sagte Stewart zu Ada. »So lautet die Abmachung.«

Die schwarzen Augen vor Wut weit aufgerissen, gab Ada Flora ein Zeichen.

»Was sagt sie?« fragte Stewart. Es lähmte ihn, daß ihre Unterhaltung immer über Eck lief, und er war verblüfft, wie heftig seine Frau auf die Neuigkeiten reagierte.

»Sie sagt, es ist ihr Piano, und sie wird nicht zulassen, daß er es anfaßt«, übersetzte Flora, und aus ihrer Stimme sprach die tiefe Empörung ihrer Mutter. Ada stand auf und ging zornentbrannt auf und ab. Plötzlich blieb sie stehen und machte mit heftigen Bewegungen ein paar Zeichen. »Er ist ein Esel, er kann nicht lesen, er ist ungebildet.« Ada trat nach den Möbeln, stampfte mit den Füßen auf. Sie konnte ihre Wut nicht länger im Zaum halten.

»Er möchte sich weiterbilden . . .«, sagte Stewart mit wachsender Ungeduld. Bei diesen Worten warf Ada eine Teetasse auf den Boden, die zu ihren Füßen in Scherben zerbarst. ». . . und dann kannst du doch auch darauf spielen.«

Da begriff Ada, daß Stewart nicht die leiseste Ahnung hatte, was in ihr vorging. In flammender Wut riß sie seine frischgewaschenen Hemden von der Leine über dem Holzofen und schleuderte sie zu Boden. Dann klappte sie ihren Notizblock auf und schrieb, den silbernen Stift mit zitternder Hand umklammernd, zornig etwas darauf.

»Bring ihm bei, wie man damit umgeht«, sagte Stewart barsch.

Ada gab ihm den Zettel. Darauf stand: »NEIN, NEIN, DAS PIANO GEHÖRT MIR. ES GEHÖRT MIR.«

Entsetzt und wütend über ihren Gefühlsausbruch und ihre Verstocktheit, schlug er mit der Faust, in der er den Zettel hielt, auf den Tisch, so daß die anderen Tassen klapperten. Er stand auf. »So kann es nicht weitergehen. Wir sind jetzt eine Familie und bringen alle Opfer, und auch du wirst es tun«, brüllte er und zeigte zornig auf Ada. »Du wirst ihm Unterricht geben, dafür werde ich sorgen.« Er wandte sich ab und stolzierte steifbeinig hinaus. Ada blieb bleich und still zurück, die Augen auf die Tür geheftet, die Stewart hinter sich zugeknallt hatte. Sie war daran gewöhnt, daß man Nachsicht mit ihr übte und nie etwas gegen ihren Willen unternahm, und so erschien ihr Stewarts Verhalten seit ihrer Ankunft ebenso unerklärlich wie hart. Tiefer hätte er sie nicht verletzen können. Zuinnerst jedoch wußte Ada, daß ihr keine andere Wahl blieb, und dies brachte sie am meisten in Rage. Erbost beschloß sie, dem Befehl ihres Mannes zu folgen, doch nicht mit sonderlich viel Eifer, und sollte Mr. Baines den Handel bereuen und die Klavierstunden als unerträglich empfinden, nun, sei's drum, um so besser.

Noch immer vor Wut bebend, durchschritt Stewart

den Schlamm vor dem Haus. Sein geregeltes Leben war auf den Kopf gestellt; nichts lief so, wie er es sich erhofft hatte.

Alisdair Stewart war im Alter von zwanzig Jahren nach Neuseeland ausgewandert, um sich dort als Farmer niederzulassen. Er hatte hochfliegende Pläne: Ein Haus sollte gebaut, eine Viehherde gezüchtet werden. Die lange, beschwerliche Reise hatte seine Begeisterung ebensowenig zu dämpfen vermocht wie die harten Bedingungen in den Tropen, wo er ausgedehnte Ländereien zu erwerben hoffte. Stewart ließ in Schottland einen Bruder namens Thomas und seine betagte Mutter zurück, die immerfort krank war.

»Für zwei Männer gibt es hier nicht genügend Land und nicht genügend Arbeit, Alisdair«, hatte Thomas eines Tages zu ihm gesagt. Alisdair wußte, daß sein älterer Bruder Heiratspläne hatte und die Farm für zwei Familien nicht groß genug war. Schottland war ein Land von Auswanderern; seit Generationen schon zog es die Menschen in die Ferne, und der Strom riß nicht ab. Damals beschloß Stewart, daß auch er das Land verlassen würde. Fragte sich nur, wann und welches ferne Gestade er ins Auge fassen wollte.

Obgleich er mit niemandem darüber sprach, nicht einmal mit Thomas, hegte auch Alisdair Stewart die Hoffnung, eines Tages zu heiraten. Allerdings besaß er alles andere als ein ungestümes Wesen und war sich bewußt, daß man in diesen Dingen viel Feingefühl an den Tag legen und sie gründlich planen mußte. Er hatte ein Auge auf Louisa Douglas geworfen, ein Mädchen aus einer guten ortsansässigen Familie. Sie hatte blondes Haar, blaue Augen und war groß, genausogroß wie Alisdair selbst mit vierzehn Jahren, doch dann war er stärker gewachsen als sie. Zwei- oder dreimal hatte Alisdair Louisa nach dem Gottesdienst zur Farm ihres Vaters zurückbegleitet, doch blieb ihm für solche Dinge wenig Zeit. Auf diesen Spaziergängen mit Louisa war ihm eine Idee gekommen, und obwohl er sie in den letzten Monaten nur ein einziges Mal gesehen hatte, wanderten seine Gedanken häufig zu ihr.

Der junge Mann entschied sich für Neuseeland: Dort gab es billiges Land zu kaufen, die Überfahrt war von Glasgow aus möglich, und der Auswanderung in ein so entlegenes Land haftete ein Beigeschmack von Abenteuer an. Über die Antipoden hatte Alisdair zwar noch nicht sehr viel gehört, doch er wußte, daß die Jahreszeiten dort um ein halbes Jahr verschoben waren, so daß Weihnachten und Silvester in den Sommer fielen. Der Gemeindepfarrer sagte ihm, in Neuseeland lebten viele gute Presbyterianer aus Schottland, und so malte Alisdair sich Dörfer mit Kirchen, Farmen, Feldern und Häusern aus, die sich, von den auf den Kopf gestellten Jahreszeiten einmal abgesehen, von denen zu Hause kaum unterschieden. Nicht lange, nachdem er seinen Entschluß gefaßt hatte, traf ein Brief von der Schwester seines Vaters ein: Tante Morag wollte noch diese Woche in Begleitung ihrer jungen Gesellschafterin und mit den Geldern, die ihre Gemeinde gesammelt hatte, in christlicher Mission nach Neuseeland aufbrechen. »Man sagt, es gäbe dort jede Menge Land und es herrsche Überfluß«, schrieb Tante Morag. »Und es gilt eine Unmenge von heidnischen Seelen zu retten.« Alisdair glaubte, seine Reise stehe unter einem guten Stern.

Noch ein Stück Land wurde verkauft und zwei Kisten mit seiner persönlichen Habe vollgepackt: Kleidung, ein paar Bücher – die Bibel, Shakespeare, Defoes *Robinson Crusoe*. Das würde, zusammen mit etwas Geld, genügen, um seinen ersten Hausstand zu gründen. Nachts lag Alisdair in banger Erwartung und zitternd vor Aufregung wach.

Und Louisa Douglas, fragte Alisdair sich, wann würde sie ihm folgen? Sofort oder erst, nachdem genügend Zeit vergangen wäre, um ein Haus zu bauen? Einen Monat vor seiner Abreise richtete er es so ein, daß er sie an einem Sonntag nach der Kirche nach Haus begleiten konnte. Es war ein schöner Frühlingstag, und alle Geschöpfe Gottes schienen den trostlosen grauen Winter abzuschütteln. Während sie über die Hügel gingen, redete Alisdair unentwegt, er erzählte Louisa seine Pläne bis ins letzte Detail, ja bis hin zu jedem einzelnen Gegenstand, den er in seinen Kisten sicher verpackt hatte. Er glaubte sie durch seine Erzählungen begeistern zu können, doch sie nickte nur und hörte ihm aufmerksam zu. Über Neuseeland wußte sie ein bißchen mehr als Alisdair. »Es ist ein Land von Wilden«, erklärte sie, »ein Land voll heißer Quellen und Kannibalen.«

Kannibalen! dachte Alisdair. Das Bild von Neuseeland, seinem Traumland mit den schottischen Kirchen, den Farmen und Feldern flimmerte vor seinen Augen, und plötzlich sah er statt dessen Robinson Crusoe und einsame Fußspuren am Strand. »Nun«, erwiderte er, »Tante Morag ist ja zum Missionieren da. Bis zu meiner Ankunft werden die Wilden längst Christen sein und Biskuits zum Tee essen.« Louisa und Alisdair lachten, doch da erreichten sie schon Louisas Elternhaus.

»Auf Wiedersehen, Alisdair Stewart«, sagte Louisa, und er glaubte aus ihrer Stimme Bedauern herauszuhören.

»Auf Wiedersehen, Miss Douglas«, antwortete er, zog den Hut und lächelte verlegen. Er fragte nicht: Wirst du mir folgen, werden wir heiraten, willst du meine Frau werden, und kommst du dann nach? Er sagte nicht: Warte hier, ich lasse dich holen, und dann wirst du in das neue Land kommen und deine Kleider, dein Gesangbuch und deine feine schottische Lebensart mitbringen. All dies ging ihm durch den Kopf, doch da er jung und schüchtern und in Verführungskünsten ungeübt war, sagte er lediglich: »Ich werde dir schreiben.« Dies schien ihm der Gipfel der Romantik.

Und so reiste Alisdair Stewart ab, auf einem Schiff, dessen Laderaum mit den Habseligkeiten und Träumen von Siedlern wie ihm gefüllt war, hoffnungsvollen jungen Männern und einer Handvoll Frauen, die die alte Welt auf der Suche nach einer neuen verließen, einige davon auf der Flucht. Sie hatten die unterschiedlichsten Dinge dabei: eiserne Bettgestelle, Vitrinen, Porzellan und Eßtische für die Wohnzimmer, Küchen und Schlafzimmer, die sie erwarteten.

Auf seiner großen Reise träumte Alisdair Stewart von Louisa Douglas und davon, wie ihr Haar im Fahrtwind wehte. Auch von Kannibalen träumte er, von großen Menschen mit roten Zähnen. Sie bedrohten Louisa Douglas, aber Alisdair rettete sie eines ums andere Mal vor ihren Messern und gierigen Mündern.

Drückende Schwüle empfing ihn bei der Ankunft in Neuseeland. Er beförderte sein Gepäck landeinwärts bis zu dem Ort, an dem sich seine Parzelle befand. Dort war nichts, und doch war alles da: mehr Bäume, mehr wilde, in allen Farben schillernde Pflanzen, mehr Wachstum, als er in den Gärten und auf den kahlen Hügeln Schottlands je gesehen hatte. Er baute eine Art Unterstand, unter dem er schlafen und sein Hab und Gut vor dem Regen schützen konnte, doch die Feuchtigkeit des Urwalds kroch überall hinein. Dann machte er sich an die Arbeit, sägte, rodete, baute. Zum Briefeschreiben blieb keine Zeit, doch nachts träumte er noch immer von Louisa Douglas.

Nach vier Monaten, in denen er niemanden sah außer den Maoris, die in der Gegend lebten – ein seltsamer Menschenschlag, befand er, obwohl sie harmlos wirkten, kaum wie Kannibalen –, ritt Alisdair nach Stratford, um seine Vorräte wieder aufzufüllen. Dort warteten drei Briefe auf ihn: einer von seinem Bruder Thomas, der einen Wechsel enthielt sowie ein paar Zeilen über die Farm, von denen Alisdair fast krank vor Heimweh wurde; ein zweiter von Tante Morag, in dem sie ihm mitteilte, sie habe beschlossen, in den Süden zu kommen und in der Mission zu leben, die Alisdair am nächsten war; und ein dritter von seiner Schwester Mary mit der Nachricht von der Geburt ihres ersten Kindes und allerlei Klatschgeschichten aus dem Dorf, die ihren Bruder interessieren könnten, darunter auch die beiläufig erwähnte Neuigkeit, daß Louisa Douglas im kommenden Frühjahr heiraten werde. Auf der Landkarte an der Wand der Poststation sah Alisdair Stewart, daß er sich in einem Land am unteren Rand der Welt befand. Louisa Douglas hätte nicht weiter weg sein können.

Ada McGraths Piano mußte eingetauscht werden. Stewart hatte eine Frau bestellt, eine Gefährtin, jemanden, der ihm die Einsamkeit erträglicher machen sollte, die er nun, in der Mitte des Lebens, zu verspüren begann und die, wie er wußte, mit der Zeit schlimmer werden würde. Auf eine Frau, der eine Kiste aus Holz und Elfenbein mehr am Herzen lag als die Wünsche ihres Ehegatten, war er nicht gefaßt gewesen.

Stewart glaubte, sein Überleben hinge vom Erwerb neuen Landes ab. Die Bewirtschaftung ging nur langsam und mühselig voran; Land war die einzige Währung, die etwas taugte. Für Müßiggang und luxuriösen Zeitvertreib, wie man ihn in den Salons ferner Städte pflegte, war keine Zeit. Wenn Ada McGrath so sehr an ihrer Musik hing, konnte sie sich ja anbieten, das Klavier im Festsaal der Mission zu spielen. Für Alisdair Stewart war Land unendlich viel wichtiger als das Piano am Strand, und am meisten freute ihn, daß er für das Instrument eine so gute Verwendung gefunden hatte: Achtzig Morgen Land, das war ein sehr guter Tausch.

5

So kam es, daß George Baines noch einmal zum Strand zurückkehrte, um das Piano zu holen. Diesmal wurde er allerdings nicht von einer zierlichen Frau und deren Tochter begleitet, sondern von acht Maori-Männern, darunter auch Hone, dem Sohn von Häuptling Nihe. George Baines hatte sich die Sprache der Maoris im Lauf der Zeit angeeignet und auch einige ihrer Verhaltensweisen angenommen, die er als natürlich und für das Leben im Busch als nützlich erachtete. Brauchte er Arbeitskräfte, gab es immer ein paar Männer, die bereit waren, ihm zu helfen. Baines tat sich in derartigen Dingen wesentlich leichter als Alisdair Stewart, der mit seiner stolzen, frommen Unerschütterlichkeit bei den Maoris zur Zielscheibe ihres unverhohlenen Spotts geworden war.

Einsam und verlassen wie ein Schiffswrack stand das Piano noch immer an der Stelle, an der sie es zurückgelassen hatten. Seit Adas Pilgerreise hatte es offensichtlich noch anderen Besuch erhalten: Der Sand rund um die Lattenkiste wies Fußspuren auf, und einige von den Brettern, die Baines wieder eingesetzt hatte, waren entfernt worden. Als Baines sich erinnerte, wie Ada McGrath auf dem Piano gespielt hatte, schürte dies seinen Wunsch, das Instrument zu besitzen, und Begeisterung war durchaus vonnöten, denn kaum ein anderer Gegenstand wäre so umständlich über die schmalen Pfade zwischen den nebelverhangenen Bäumen zu transportieren gewesen. Stöhnend und fluchend mühten sich die Männer ab.

»*Hiki na ake muri na!* – Hoch mit dem Hintern!« befahl Hone.

»*Tero – Tero!* – Arschloch!« war die unverblümte Antwort.

»*Hei niti niti maau!* – Leck mich doch!« Lautes Gelächter war die Folge, und Baines hielt damit inne, den Weg freizuschlagen, um darin einzustimmen. In diesem Augenblick stolperte einer der Männer, das hintere Ende des Pianos krachte auf den Boden, und die untersten Tasten schlugen laut und wummernd an, so daß es weithin durch den Busch hallte. Die Männer liefen auseinander, als wäre die Bestie im Inneren der Lattenkiste zum Leben erwacht.

Nachdem sie das Piano in Baines' Hütte abgestellt und die Männer sich zum Ausruhen auf dem Boden und der Veranda niedergelassen hatten, entfernte George Baines den Lattenverschlag. Das Piano erwies sich als ein Gegenstand von ungewöhnlicher Schönheit; trotz aller Mißhandlungen schimmerte es unter der Salzschicht, die das Rosenholz überzogen hatte. Baines machte sich daran, das Piano zu säubern, und begann an den Füßen, denen das Meerwasser am meisten zugesetzt hatte. Putzend und ölend arbeitete er sich nach oben und gab dem Instrument etwas von seiner einstigen Würde zurück. An den elfenbeinernen Tasten angelangt, beschloß er, sie mit einem Tropfen Wachs zu polieren. Als er es einrieb, erzeugten die angeschlagenen Tasten unter seinen Fingern Töne, und selbst sein ungeschultes Ohr hörte, daß die Saiten nicht mehr straff waren und verstimmt klangen.

Ada McGrath saß auf dem Pferd ihres Mannes, das dieser am Zügel zu George Baines' Hütte führte. Flora thronte vor Ada und war glücklich, endlich wieder auf einem Pferd zu reiten, doch nicht einmal die Wärme, die vom Körper ihrer Tochter ausging, vermochte Adas düstere Stimmung aufzuheitern. Der Weg schlängelte sich den Hang hinauf durch einen seltsam zerfransten Wald mit kahlen, glänzenden Baumwipfeln; jedesmal wenn Ada hierherkam, erschien ihr der Wald verblüffend neu und fremd, als wechselte die Landschaft über Nacht ihr Gesicht.

»Ich würde mit ein paar Kinderliedern anfangen«, riet ihr Stewart, »nichts Schwieriges . . .« Er sah hinauf zu seiner Frau, doch Ada würdigte ihn keines Blickes. Sie gehorchte ihm zwar, zeigte jedoch keine Reue und hatte nicht die geringste Lust, George Baines, dem neuen Besitzer des Pianos, Unterricht zu erteilen.

»Du mußt ihn ermutigen und darfst nicht zuviel von ihm erwarten«, sagte Stewart und sah Ada erneut an, doch das Gesicht seiner Frau blieb reglos und verschlossen.

Bei ihrer Ankunft begrüßte Baines die drei höflich und lächelte den Frauen scheu zu, doch sie schenkten ihm keinerlei Beachtung. Im Inneren der Hütte schimmerte das Piano aus Rosenholz, das einzige polierte Möbelstück in der primitiven Hütte. Alisdair Stewart ging hin, fuhr mit der Hand darüber und klappte den Deckel hoch, denn er war neugierig, wie der Gegenstand aussah, den er soeben eingetauscht hatte. »Sieht gut aus«, meinte er lächelnd und nickte Ada zu. »Sehr hübsch. Nun . . .« Er wandte sich Baines zu, der ebenfalls strahlte, weil er glaubte, Ada freue sich darüber, daß er das Piano vor der Bedrohung durch das Meer gerettet hatte. »Viel Erfolg«, sagte Stewart. »Die beiden Damen sind schon ganz aufgeregt.«

Ada und Flora sahen jedoch alles andere als aufgeregt aus. Flora, der die innere Anspannung ihrer Mutter nicht entging, zupfte schüchtern an einer langen Haarsträhne, die sich unter dem Häubchen gelöst hatte. Ada blickte mit frostiger, grimmiger Miene zu Boden.

»Flora wird Ihnen alles erklären, was Ada sagt«, sagte Stewart leichthin. »Die beiden unterhalten sich mit den Fingern. Sie können sich nicht vorstellen, was sie mit den bloßen Händen alles ausdrücken können.« Mit diesen Worten verabschiedete sich Stewart und überließ seine Frau und deren Tochter der ersten Klavierstunde.

George Baines trat ans Piano. Er klappte den Deckel hoch und bewunderte die glänzenden Tasten, als wollte er Ada zu verstehen geben, daß der Unterricht nun beginnen könnte. Ada gab Flora ein Zeichen, und Flora sagte zu Baines: »Meine Mutter möchte Ihre Hände sehen. Zeigen Sie sie her.«

Nach kurzem Zögern streckte Baines die Hände aus und spreizte die Finger, als hielte er eine große Kugel umschlossen.

»Nein, nicht so . . .« Flora zeigte ihre eigenen gepflegten Hände vor, hielt sie erst mit dem Rücken nach oben und drehte sie dann um. Mit verhaltenem Eifer machte

Baines es ihr nach, nur waren seine großen Hände rauh und vom Leben gezeichnet.

Ada signalisierte Flora. »Sie müssen sie waschen.«

»Sie sind gewaschen.«

»Dann waschen Sie sie eben noch mal.«

Baines blickte auf seine Hände hinab, als gehörten sie einem anderen. »Besser geht es nicht«, sagte er bedächtig und hielt sie Ada zur Begutachtung hin. Ada blickte weg. »Das sind alles Narben und Schwielen.«

Ada und Flora rührten sich nicht von der Stelle, doch Flora starrte gebannt seine schrundigen Hände an. Mit hängenden Schultern nahm Baines einen Blecheimer von einem Nagel an der Wand und ließ mit dumpfem Scheppern eine Bürste und ein Stück Seife hineinfallen. Durch das kleine Fenster beobachtete Ada, wie Flora, die neben Baines stand, ihm mit ernster Miene zeigte, an welchen Stellen er seine Hände schrubben sollte.

Zögernd näherte Ada sich dem Piano. Sie sehnte sich danach, es zu berühren, doch war sie hin und her gerissen: Einerseits wollte sie die elfenbeinernen Tasten unter den Fingern spüren, doch andererseits wußte sie, daß das Piano ihr nicht mehr gehörte. Es kam ihr so vor, als wäre es ein verbotener Gegenstand. Sie strich über das lackierte Holz, wobei ihre Hand die Oberfläche kaum berührte. Eine Hand ängstlich vor den Mund haltend, legte sie den Finger auf eine Taste und drückte das Elfenbein ganz langsam nach unten. Ein gedämpfter Ton erklang. Behutsam schlug Ada noch ein paar Tasten an und zuckte zurück. Das Instrument war schrecklich verstimmt, jeder einzelne Ton klang völlig verzerrt und scheppernd. Ada schlug den Deckel zu und ging hinaus zu Flora, die Baines noch immer auf die Finger schaute. Heftig gestikulierend stieg Ada die Stufen vor der Veranda hinab.

»Das Piano ist völlig verstimmt«, sagte Flora. »Sie kann Ihnen darauf keinen Unterricht geben.«

Der Klavierstimmer war blind und ihn zu befördern eine mühselige Angelegenheit: Baines mußte ihn über weite Strecken auf dem Rücken tragen. Mit Freude sah er dem weißhaarigen alten Mann zu, wie er mit dem Piano umging, und lauschte, wie sein Klang wiederhergestellt wurde.

»Ah, ein Broadwood«, sagte der Klavierstimmer, als er mit seinen erfahrenen Händen über das Holz fuhr. »Ein schönes Instrument. Hier habe ich noch keins gesehen, und in New South Wales auch nicht, obwohl ich dort schon an die zweihundert Klaviere gestimmt habe. Ja, die Leute dort hängen an ihren Klavieren.« Er zog eine sorgfältig eingepackte Stimmgabel aus der Tasche, wickelte sie aus, nahm den Flügel des Pianos ab, klappte den Deckel über den Tasten hoch und begann es zu stimmen, indem er die wie bei jedem Flügel über Kreuz verlaufenden Saiten nachzog. Dann beugte er sich über das Instrument und schnupperte. Baines sah, wie er die Nase dicht an die Tasten hielt. »Parfum«, sagte er. »Und Salz, natürlich. Was werden Sie darauf spielen, jetzt, wo es gestimmt ist?«

»Ich kann nicht spielen«, sagte Baines.

»Sie können nicht spielen?« Verblüfft richtete sich der blinde alte Mann auf, doch gleich darauf mußte er lachen. Im ersten Augenblick konnte er kaum fassen, daß sie den langen Marsch durch den Busch bis zu dem entlegenen Tal für nichts und wieder nichts auf sich genommen hatten, doch dann rührte ihn das schlichte Eingeständnis dieses Mannes zutiefst, denn es ließ ihr gemeinsames Abenteuer als göttliche Farce erscheinen.

»So, so, meine liebe Miss Broadwood«, sagte er und klopfte sacht auf den Klavierdeckel, »nun sind wir also gestimmt und müssen schweigen.« Kopfschüttelnd und mit einem Glucksen fuhr der Klavierstimmer fort: »Ich glaube, ich verstehe Sie besser, als Sie ahnen. Wissen Sie, meine Frau hatte früher einmal eine glokkenreine Stimme, aber nach der Heirat hörte sie auf zu singen. Sie sagte, ihr sei nicht mehr danach, das Leben mache sie traurig. So lebte sie dahin, und hinter ihren verschlossenen Lippen verbarg sich eine vollkommene Stimme.«

George Baines hatte sein Stück Land jedoch nicht eingetauscht und das Piano nicht bis zu seiner Hütte schaffen lassen, um es in aller Stille zu bestaunen; er wußte, daß Ada McGrath dem Instrument, jetzt, wo es gestimmt war, nicht mehr würde widerstehen können. Er freute sich auf die erste Klavierstunde und die Gelegenheit, Ada McGraths Anwesenheit und ihre ungewöhnliche Musik, deren Nachhall seit jenem Tag am Strand seine Gedanken und Träume durchzog, aufs neue zu genießen.

Nachts lag Ada wach, sie träumte nicht, fand keinen Schlaf. In ihr herrschte ein sonderbarer Aufruhr der Gefühle. Einerseits war sie erleichtert, daß das Piano gerettet worden war, bevor es mehr und mehr im Sand versank, doch andererseits konnte sie einfach nicht glauben, daß Alisdair Stewart den einzigen Gegenstand verschachert hatte, der ihr am Herzen lag, das einzige in ihrem Leben, abgesehen von ihrer Tochter, was ihr Freude und ein Gefühl von Freiheit vermittelte. Sie konnte doch nicht so weit gereist sein, um ihr Piano zu verlieren. Es war, als hätte Stewart ihr die Stimme weggenommen und als wäre sie stumm zurückgeblieben. Dieser Verlust schmerzte sie so sehr wie der Verlust der Liebe eines anderen Menschen; sie fühlte sich beraubt, und ihr Herz war gebrochen. Das Piano war das einzige, bei dem sie je den Wunsch verspürt hatte, es zu beherrschen, es sich zu eigen zu machen, und als ihr dies bewußt wurde, wanderten ihre Gedanken zu Delwar Haussler. Jäh verdrängte sie die Erinnerung an ihn und rollte sich in dem kleinen Bett, das sie mit Flora teilte, auf die andere Seite.

Der Tag der nächsten Klavierstunde kam. An diesem Morgen zog Ada sich langsam an; die vielen Lagen machten ihre Kleidung schwer: Unterhosen, Reifrock, Petticoats, Bluse, Leibchen und Korsett. Aus Schottland hatte sie strapazierfähige Garderobe aus gutem, schönem Stoff mitgebracht: dunkler Tartan mit purpurfarbenen, schwarzen und blauen Streifen, schlichte hochgeschlossene Kleider für die Hausarbeit sowie eines oder zwei ihrer liebsten Seidenkleider. Doch das neuseeländische Klima hatte diesen Kleidungsstücken bereits arg zugesetzt. Der Schlamm und der muffige Geruch ließen sich in dem primitiven Waschzuber kaum auswaschen, an den sie sich bisweilen angekettet fühlte. Nicht nur ihre eigenen und Floras Kleider hatte sie sauberzuhalten, sondern – zusätzlich zum Kochen und Bodenschrubben – auch die von Alisdair Stewart, in denen der Schmutz besonders hartnäckig festsaß. Fast jedesmal, wenn Stewart ihr Schlafzimmer betrat, riß er versehentlich die Reifen vom Haken an der Wand. Und nun kam er herein, um Ada und ihre Tochter zu holen und auf den Weg zu Baines zu schicken.

Auf halber Strecke zu Baines' Hütte überkam Ada plötzlich Sehnsucht. Sie ließ sich auf den moosigen, farnbewachsenen Boden sinken und breitete den schwarzen Mantel unter dem dunkelroten Kleid aus. Flora machte es sich ein Stück hinter ihr bequem, schloß die Augen und hielt das Gesicht in die wärmende Sonne. Das Strohhäubchen auf ihrem Kopf fing das Licht ein und hielt es fest. Ganz im Einklang mit den Gefühlen ihrer Mutter, dachte Flora an Schottland, an ihr Pony Gabriel und die Rollschuhe, die sie zurückgelassen hatte. Sie spielte mit einem Farnwedel, den sie aus dem Erdreich herausgezupft hatte, während ihre Mutter aufrecht dasaß, von fiebrigem und so heftigem Heimweh überwältigt, daß sie fast ohnmächtig wurde. Was mochte ihr Vater gerade tun? Ob er an sie dachte? Würde sie ihn je wiedersehen? Welche Jahreszeit herrschte wohl gerade in Aberdeen? Warum hatte sie dieser weiten Reise nur zugestimmt? Ada sehnte sich in die vertrauten Zimmer und Flure des Hauses zurück, in dem sie seit jeher gelebt hatte. Sie hätte nicht gedacht, daß die Trennung von ihrem Zuhause so schmerzhaft wäre. Wie hätte sie es auch ahnen sollen? Und was war das für ein Ort, an den es sie nun verschlagen hatte? Was für ein Leben sollte sie hier führen?

Eine Weile saß sie wie verhext da und kämpfte gegen die Verzweiflung an, dann erhob sie sich und gab Flora ein Zeichen, und sie setzten ihren Weg fort. Am Ende des Weges angekommen, schickte Ada ihre Tochter vor, damit sie an die Tür der Hütte klopfte. Sie selbst wartete in einiger Entfernung, während Flora ausrichtete, was sie ihr aufgetragen hatte. »Mutter sagt, sie erträgt es nicht, Klavierstunden zu geben, wenn das Piano völlig verstimmt ist. Deshalb soll ich mit Ihnen Tonleitern üben.« Flora betrat die dunkle Hütte, während Ada draußen vor der Veranda wartete. Ihre Tochter setzte sich ans Piano, drehte sich zu George Baines um und sagte in einem Tonfall, wie er sich ihrer Meinung nach für eine Lehrerin ziemte: »Ich hoffe, Sie haben sich die Hände geschrubbt.« Sie schlug ein paar Tasten an, hörte jedoch sofort wieder auf. »Oh, es ist ja gestimmt!« rief sie überrascht aus. Dann setzte sie mit mehr Überzeugung zu einer Tonleiter an.

Als Ada McGrath den klaren, sauberen Klang des Pianos vernahm, kam sie näher und trat ein. Eilig ging sie hinüber zum Piano, schob Flora beiseite und setzte sich. Sie legte die Hände auf die Tasten, spielte ein paar Akkorde und traute ihren Ohren kaum. Das Piano hörte sich gut an, die Töne klangen exakt, ja mathematisch genau. Als Ada noch ein paar Akkorde anschlug, protestierte Flora: »Ich unterrichte ihn.« Sie wollte sich das Zepter nicht aus der Hand nehmen lassen, aber Ada beachtete sie nicht, und so ging Flora mit stampfenden Schritten davon. Nach einem letzten Akkord blickte Ada auf und sah George Baines an, der auf ihre Überraschung mit einem freudigen Lächeln reagierte. Da stand Ada auf, entfernte sich ein Stück vom Piano und gab Flora ein paar Zeichen, die sie gleich darauf übersetzte. »Mutter möchte gerne hören, was Sie spielen können.«

»Ich möchte lieber nicht spielen«, sagte Baines zögernd. »Ich möchte zuhören und auf die Art lernen.«

Flora und Ada runzelten die Stirn. »Jeder muß üben«, sagte Flora patzig. Sie selbst hatte sehr viel üben müssen.

»Ich möchte nur zuhören«, beharrte Baines in seiner geradlinigen Art.

Ada war ratlos. Sie wollte ebensowenig einen Zuhörer haben, wie sie Unterricht erteilen wollte. Gleichzeitig jedoch fühlte sie sich durch den herzlosen Handel ihres Ehemannes verpflichtet, verpflichtet auch gegenüber ihrem Vater in Schottland, der ebenfalls einen Handel, allerdings mit ihrer Hand, geschlossen hatte, und so trat sie ans Piano. Abrupt klappte sie den Deckel hoch und klemmte Baines die Finger ein, der lässig am Piano lehnte. Er zog die Hand weg – sie machte keinerlei Anstalten, sich zu entschuldigen. Dann spielte sie rasch eine Tonleiter und blickte zu dem Mann auf, der ihr Piano gekauft und es ihr weggenommen hatte, als wollte sie zu ihm sagen: »Nun, jetzt haben Sie etwas gehört. Reicht Ihnen das?«

»Sehr hübsch«, sagte George Baines, um sie zu ermuntern.

Also begann Ada langsam und trotzig zu spielen. Sie würde den von ihrem Mann geschlossenen Vertrag erfüllen, wenn auch widerwillig. Doch noch ehe sie wußte, wie ihr geschah, verflog ihre Wut, und sie ging immer mehr in der Musik auf. Die Musik entführte sie aus dieser schmutzigen, unwirtlichen Hütte mit dem offenen, qualmenden Feuer, dem altbackenen Laib Brot auf dem Tisch und dem Mann, der weder lesen noch Klavier spielen konnte; sie trug sie fort von der

Mühsal ihres neuen Lebens. George Baines stand am Fenster und hörte zu, während Flora, noch immer enttäuscht darüber, daß nicht sie Baines' Lehrerin sein durfte, draußen umherging. Ada spielte eine Stunde lang, bis sie George Baines' glühenden Blick, den sie im Nacken spürte, nicht mehr ertragen konnte. Als ob er etwas lernte, indem er sie anstarrte!

An diesem Abend fühlte Ada sich verzagt. Sie empfand eine Einsamkeit so tief und bodenlos wie das Meer. In ihrem neuen Heim gab es so viel Arbeit, es war kein Ende abzusehen. Als es mit ihrem alternden Vater immer mehr bergab gegangen war und er den Besitz hatte verkommen lassen, hatte Ada sich gezwungenermaßen zunehmend um die Hausarbeit gekümmert, doch diese Arbeit war nichts gewesen verglichen mit der tagtäglichen Plackerei im Haus ihres Mannes, wo es nichts gab, was ihr die Mühsal ein wenig erleichterte. Ada sperrte sich nicht gegen die Arbeit, immerhin half sie ihr, die Zeit totzuschlagen, die vielen Stunden auszufüllen, in denen sie sonst Klavier gespielt hätte, wäre sie mit ihrem Instrument zu Hause gewesen. Doch die Schinderei schien kein Ende zu nehmen, und abends fiel Ada müde und mit schweren Gliedern ins Bett.

Alisdair Stewart arbeitete die meiste Zeit irgendwo auf seinem Land; die Nächte verbrachte er bisweilen in einem Zelt in irgendeinem Winkel des vom Urwald überwachsenen Flickenteppichs, den er seinen Besitz nannte. War er zu Hause, blieb er seiner Frau gegenüber sehr zurückhaltend. Nach ihrem Wutausbruch wegen des Pianos gingen sie äußerst zuvorkommend und zugleich spröde miteinander um, wobei aus Stewarts Höflichkeitsfloskeln ein gewisses Schuldgefühl herauszuhören war, während Ada sich kühl und entrückt gab.

An diesem Abend war Alisdair zu Hause. Er las im Zimmer nebenan, als Ada Flora ins Bett steckte. Flora wollte eine Geschichte hören, sie wollte etwas über ihren Vater erfahren. »Ich habe dir die Geschichte von deinem Vater doch schon x-mal erzählt«, teilte Ada ihr in Zeichensprache lächelnd mit. Flora wurde jedoch nie müde, von ihrem Vater zu hören. Auch Ada wurde es nicht leid, von ihm zu erzählen, obgleich sie Flora nach all den Jahren aus verwickelten Gründen noch immer nicht die ganze Geschichte, sondern lediglich einige einfache, beruhigende Versionen der Wahrheit erzählt hatte.

»Ach, erzähl sie mir noch einmal«, bettelte Flora. Sie griff nach oben, um das Gesicht ihrer Mutter zu streicheln, und zog sie im warmen, goldenen Licht der Kerze zu sich heran. »War er ein Lehrer?« Ada nickte. »Wie hast du mit ihm gesprochen?«

»Ich brauchte nicht zu sprechen«, gab Ada ihr zu verstehen. »Ich konnte Gedanken in seinem Geist ausbreiten wie ein Laken.« Ihre Hände strichen die Luft glatt.

»Was ist passiert? Warum habt ihr nicht geheiratet?« wollte Flora wissen und runzelte die Stirn wie jedesmal, wenn sie an diesen Punkt der Geschichte gelangten.

»Er bekam Angst und hörte mir nicht mehr zu«, erwiderte Ada.

In diesem Augenblick öffnete Alisdair Stewart die Tür zu ihrem Zimmer. Er blieb stehen, als hielte ihn eine unsichtbare Schranke zurück. »Soll ich dir einen Gutenachtkuß geben?« fragte er Flora, aber Ada bezog die Frage auf sich selbst. Flora verkroch sich unter der Bettdecke; sie wollte nicht, daß Stewart näher kam. Ada starrte ausdruckslos vor sich hin. Alisdair nickte, drehte sich um, verließ mit schweren Schritten das Zimmer und schloß die Tür.

Zur nächsten Klavierstunde mußten Flora und Ada durch den strömenden Regen zu Baines' Hütte gehen. Baines hatte einen gutmütigen Hund, einen Mischling namens Flynn, und Flora machte sich einen Spaß daraus, ihn mit einem Stock zu piesacken. Der Hund ließ ihre Neckereien schicksalsergeben über sich ergehen, flüchtete sich jedoch unter die Hütte, als Flora allzu großen Eifer an den Tag legte. Daraufhin versuchte Flora ihn wieder in den Regen hinauszuscheuchen, indem sie mit dem Stock in einem Loch im Fußboden der Veranda herumstocherte, und ihr aufgeregtes Gehopse und Gekreische paßte sich den rhythmischen Melodien ihrer Mutter an.

Im Inneren der Hütte schritt George Baines auf und ab, während Ada McGrath unermüdlich ihre lyrische und zugleich eindringliche Musik spielte. Sie hatte sämtliche Bemühungen aufgegeben, Baines zu unterrichten, spielte nun zu ihrem eigenen Vergnügen und stahl sich unter seinem unverwandten Blick etwas Zeit für sich selbst.

Baines hatte in den Schenken der verschiedensten Häfen manchen Sänger und Musiker gehört; er hatte selbst auf See das eine oder andere Seemannslied gesungen; er hatte mit den Füßen gestampft und mit

Frauen getanzt, die ihre Röcke lüpften und ausgelassen herumwirbelten. Doch das war etwas anderes gewesen als das, was er jetzt erlebte. Zwar hatte er weder ein feines noch ein geschultes Gehör, doch bei Ada McGraths Spiel gingen ihm die Ohren auf, seine Seele öffnete sich und wurde überflutet von Gefühlen. Ihm war, als könnte er ihr ewig zuhören. Er sah, daß sie mit der linken Hand einen festen Rhythmus vorgab und mit der rechten einen anderen dagegensetzte. Ein Stück schien nahtlos in das nächste überzugehen. Dies waren keine Volkslieder, Gigues oder Gassenhauer; dies waren ganz andere Harmonien. Baines fühlte sich von Ada angezogen, von ihrer Selbstbeherrschung und ihrem Schweigen. Es war, als erfüllte die Musik ihr Schweigen auf wundersame Weise mit Leben.

Anfangs hielt Baines den Kopf gesenkt, doch als ihr Spiel selbstsicherer wurde und sie sich immer mehr in die Musik vertiefte, blickte er auf und sah ihr zu. Er setzte sich in die hinterste Ecke des Raums und genoß den Anblick der Frau am Piano.

Nach einer Weile rückte Baines seinen Stuhl näher heran und betrachtete sie aus einem anderen Winkel. Als Ada spürte, daß er hinter ihr vorbeiging, blickte sie flüchtig auf. Sie fand es befremdlich, daß er sich mit dem Zuhören begnügte, denn sie konnte sich einfach nicht vorstellen, daß jemand nicht den Wunsch verspürte, selbst zu spielen. Sie gab sich wieder der Musik hin, und Baines beobachtete sie aufmerksam, wie sie sich mal vom Piano zurücklehnte, mal über die Tasten beugte.

Abermals nahm er den Stuhl, trug ihn hinten um das Piano herum und stellte ihn auf der gegenüberliegenden Seite hin. Ada entging dies nicht, sie war sich seiner forschenden Blicke bewußt, spürte die Wärme seines Körpers bald von hier, bald von dort. Von seinem neuen Platz aus konnte Baines sie besser sehen und sich daran erfreuen, wie ihre Finger flink über die Tasten wanderten und sich auf ihrem Gesicht jede Regung abzeichnete. Ihre Hände waren so geschmeidig, ihre spitz zulaufenden Finger kraftvoll, doch zugleich schlank und feingliedrig. Wiederholt schloß er die Augen und holte tief Atem, denn ihn durchströmte ein sehnsüchtiges Verlangen. Als seine Augen geschlossen waren, warf Ada ihm einen argwöhnischen Blick zu.

Während George Baines ihr zuhörte, dachte er ans Meer, dachte er an seine eigenen Reisen. Seiner Ansicht nach paßten Frauen und Musik gut zusammen. Und diese Frau mit dem schmalen, ausdrucksvollen Rücken und den zierlichen Händen, die sich auf den Tasten so weit spreizen konnten, schien hier in seiner Hütte so entrückt, so in ihre Musik versunken, wie sie es am Strand gewesen war. Heute trug sie das Haar anders als sonst, stellte Baines fest, in dünnen, kunstvoll um die Ohren gelegten Zöpfen, so daß ihr Nacken entblößt war. Baines starrte sie an. Ihr langer weißer Hals, noch immer feucht vom Regen, durch den sie gekommen war, war unwiderstehlich. Ohne darüber nachzudenken, was er tat, ging er zu ihr, legte ihr die Hand auf die Schulter, beugte sich hinab und küßte ihren Nacken.

Nach Luft ringend, wich Ada vom Piano zurück und preßte die Hand auf den Mund, als wollte sie einen Schrei unterdrücken. Wankend ging sie zur Tür.

»Ada«, sagte Baines. Er war sich bewußt, daß er einen Fehler begangen hatte. »Warte ... warte doch.« Er sprach hastig und leise, ohne zu überlegen, was er sagen würde, denn er wollte nicht, daß sie ging. »Weißt du, wie man ... einen Handel schließt?« Wie eine Eingebung hatte er plötzlich das Angebot parat.

Ada fuhr herum und sah George Baines scheel und mit angespannter Miene an.

»Es gibt einen Weg, wie du dein Piano zurückbekommen kannst.« George Baines hatte sich seine Worte nicht zurechtgelegt, doch als er sie nun aussprach, gingen sie ihm glatt über die Lippen. »Willst du es zurückhaben?« fragte er ruhig, und er kannte ihre Antwort.

Ada wich seinem Blick aus.

»Willst du es zurückhaben?« wiederholte er etwas lauter.

Ada blickte auf. Sie sah ihm fest in die Augen und wartete darauf, daß er etwas sagte.

»Also, ich würde gerne einen Handel mit dir machen.« George Baines schaute zur Seite. Da er schon so weit gegangen war, konnte er auch fortfahren. »Es gibt da ein paar Dinge, die ich gerne tun würde, während du spielst.«

Angewidert hielt sie die Luft an. Er war genauso ungehobelt, wie er aussah. Sie drehte sich um, sammelte die Notenblätter ein und griff nach Mantel und Haube.

»Wenn du mich läßt, kannst du es dir zurückverdienen«, schlug er vor.

Sie ging zur Tür.

»Was hältst du davon? Ein Besuch für jede Taste.«

Ada blieb stehen. Sie sah das Piano an. Wenn sie nun ginge, würde sie es nie wiedersehen. Langsam schritt sie um den Broadwood herum, der seit jeher ein Teil ihres Lebens gewesen war, ein Teil ihres eigenen Wesens, und ihr Gesicht spiegelte sich in dem auf Hochglanz polierten Rosenholz. George Baines wartete. Hinter dem Instrument blieb sie eine Weile stehen. Ihre Gedanken überschlugen sich, doch dann räusperte sie sich, als wollte sie etwas sagen. Sie hielt einen Finger in die Höhe und zeigte auf ihre Schulter.

»Dein Kleid?« fragte Baines. Ada schüttelte den Kopf und umschloß mit der Faust ein Stück Stoff.

»Rock...?« Voller Verzweiflung über seine Begriffsstutzigkeit fuhr sie mit dem Finger über die schwarzen Tasten des Pianos, einmal rauf, einmal runter. »Einen für jede schwarze Taste?« fragte Baines. »Das sind viel weniger. Die Hälfte«, sagte er, noch immer feilschend. Ada steuerte erneut auf die Tür zu. »In Ordnung«, lenkte er ein und machte einen Schritt zur Seite, um ihr den Weg zu versperren. »Einverstanden. Nur die schwarzen Tasten.«

Anmutig raffte Ada ihren Rock und setzte sich wieder ans Piano. Es war ihr gelungen, ihren Teil auf die Hälfte zu reduzieren, und trotz der für sie kompromittierenden Umstände war sie stolz darauf. Sie schlug die unterste schwarze Taste an, hielt einen Finger hoch und begann zu spielen.

Bevor er sich seine Hütte im Busch baute, verbrachte George Baines sein Leben auf dem Meer. Er wurde in einem Dorf an der Nordostküste Englands geboren, vor den Toren von Hull, in einer Gemeinde, die ihren

Lebensunterhalt mit dem Fischfang bestritt. George wuchs auf Kuttern auf, und er kannte das Meer unter dem Kiel seines Bootes genausogut wie andere das Land, über das sie auf dem Rücken ihres Pferdes reiten. Im Alter von sechzehn Jahren war George Baines die schier endlose Plackerei jahrein, jahraus an der Seite seines Vaters leid; er wollte höher hinaus, es weiter bringen, und schon bald wußte er, wie er dieses ehrgeizige Vorhaben in die Tat umsetzten könnte. In einer Schankstube hatte er betrunkene Seeleute ihre Geschichten erzählen gehört, die um so phantastischer wurden, je weiter der Abend voranschritt.

Wale. Diese großen, kraftstrotzenden, wasserspeienden Riesen der Meere. George Baines hatte einmal einen Grauwal gesehen, als er zwölf Jahre alt war und seinen Vater zum erstenmal auf dessen Boot begleitete. George ruhte sich gerade aus, lag auf dem Rücken in der Sonne und nippte an dem starken, von seinem Vater aufgebrühten Kaffee, als das ruhige Wasser steuerbord rund fünfzehn Meter von ihnen entfernt plötzlich aufgewühlt wurde und ein mächtiger, grauer Rükken die Oberfläche durchbrach und Georges Tagtraum zerriß. Er fuhr in die Höhe und stieß dabei die Kaffeetasse ins Meer. Als er laut aufschrie, richtete sich sein Vater, der seinen Sohn in Gefahr glaubte, von seiner Arbeit im Heck des Bootes gerade noch rechtzeitig auf, um den Wal blasen zu sehen. Eine sprühende Fontäne schoß hoch in die Luft, und George Baines erinnerte sich noch lebhaft an den fauligen Geruch, der zu ihnen herüberwehte, als die Tropfen niederfielen. Abermals kam der Wal an die Oberfläche und wuchtete noch mehr von seinem massigen Körper aus dem Ozean, bevor er wieder in der Tiefe versank und nicht mehr zu sehen war.

Für George Baines war dieses Erlebnis eine Art Epiphanie. Wieder einmal war ihm die unerschütterliche Macht des Meeres vor Augen geführt worden. In seinem Dorf hatte die Fischerei in noch fast jeder Saison ihre Opfer gefordert, das Leben junger, kräftiger Männer, und George Baines hatte den Ozean, dem seine Familie ihren Lebensunterhalt verdankte, noch nie als wohlwollend empfunden. Das Auftauchen des Wals erstaunte und erschreckte den Zwölfjährigen gleichermaßen.

Baines wurde also Walfänger und befuhr jahrelang die Meere, auf der Jagd nach dem Grönlandwal, nach dem ungeselligen, einzelgängerischen Weißwal und in südlicheren Gefilden nach dem Pottwal. Zweimal kehrte er heim, einmal nach sechs Monaten, das zweite Mal nach zehn Jahren, und es dauerte eine Weile, bis sein Vater das vom Wind gegerbte Gesicht seines Sohnes erkannte. Baines gewöhnte sich an das Leben auf See. Er mochte die Männer, mit denen er arbeitete, und freute sich auf die weibliche Gesellschaft in den Häfen. Er liebte die Wale, er liebte es, ihnen beim Sterben zuzusehen und dabei, wie ihnen auf See die Haut abgezogen wurde, damit man den Tran, die Knochen und den Amber bekam. Doch dann wurde er das Abschlachten leid, wurde seiner eigenen Rastlosigkeit müde, und eines Tages heiratete er im quirlenden Hafen von Hull ein Mächen, das er schon seit Jahren kannte. Er holte sie aus dem Bordell, in dem sie lebte, sie gründeten einen eigenen Hausstand in einer kleinen Wohnung an der Hauptstraße, er brachte sein Erspartes auf die Bank und nahm im Hafen eine neue Arbeit an, an Land, nicht auf See. So lebten sie ein Jahr vor sich hin und waren halbwegs glücklich. Elizabeth konnte nicht kochen, nicht nähen und auch sonst nicht viel außer es sich gutgehen lassen, und das taten sie denn auch. Doch sowohl George als auch Elizabeth hatten dieses Leben bald satt, denn sie kamen sich vor, als würden sie Theater spielen. Also trennten sie sich in aller Freundschaft, George fuhr wieder zur See, und Elizabeth ging ihrem früheren Gewerbe nach. Er gab ihr ein wenig Geld, damit sie sich über Wasser halten konnte, und dann buchte er einen Platz auf einem Schiff, das in die Südsee fuhr mit Kurs auf Neuseeland.

Als bei Kap Horn und später kurz vor seinem Ziel Wale gesichtet wurden, sah George, wie die Ungetüme aus den Wellen auftauchten, und war froh darüber, daß er unterwegs zu einem Land war und nicht zu dem blutigen Gemetzel auf See.

Flora hatte sich draußen vor George Baines' Hütte unter der Dachtraufe zusammengekauert und hielt Flynn, den sie in ihr rotes Cape gewickelt hatte, eng umschlungen. Sie streichelte seine Ohren und seine lange Schnauze und redete auf ihn ein: »Armer Kleiner«, gurrte sie. »Was für eine schreckliche kleine Person hat dich in den Regen hinausgescheucht und dich mit einem Stock gepiesackt? Hm? Hm? Bei mir bist du in Sicherheit.« Sie küßte ihn auf den Kopf. Wenn Flora Ada zur Klavierstunde begleitete, ärgerte sie sich jedesmal, weil ihre Mutter darauf bestand, daß sie draußen blieb. Flynn war ihr Freund, ihr einziger Freund, sagte sie sich mit einem Anflug von genüßlichem Selbstmitleid. »Wir sind hier ganz allein«, flüsterte sie dem Hund zu, »niemand liebt dich außer mir.«

Während Ada quer durch den Wald nach Hause ging und Flora fröhlich neben ihr herhüpfte, fragte sie sich, auf was für einen Handel und auf was für einen Mann sie sich eingelassen hatte. Stark und entschlossen und innerlich unangreifbar, wie sie bei aller äußeren Zerbrechlichkeit war, grübelte sie jedoch nicht allzu lange über die Natur des Handels nach. Sie mußte ihn einhalten. Sie mußte ihr Piano zurückbekommen.

6

Die Vorbereitungen für die Weihnachtsaufführung in der Mission, dem Ereignis des Jahres, waren in vollem Gange. Froh darüber, den allzu engstirnigen Ansichten seiner Heimatkirche entronnen zu sein, gefiel Reverend Septimus Campbell sich darin, das traditionelle Christfestspiel der Kinder durch ein paar unkonventionelle Einfälle aufzulockern. Ein gut Teil des Jahres brachte er mit der Planung zu, und während der wenigen verbleibenden Monate bis zu dem großen Tag herrschte im Missionshaus emsige Betriebsamkeit.

An diesem trüben Nachmittag half Stewart Tante Morag dabei, Stäbe zu basteln, an deren einem Ende gemalte Monde und Sterne baumelten. Der Reverend war eifrig damit zugange, aus Pappkarton die Formen auszuschneiden. »Schere!« befahl Tante Morag ihrem Neffen gebieterisch, wie ein Chirurg, der einer Krankenschwester Anweisungen gibt. Stewart reichte ihr den Nähkorb.

»Nessie«, sagte der Reverend, »stell das mal ab. Komm her und streck die Hand aus.« Nessie servierte gerade den Tee und trug ein mit Tassen, Kuchen und Biskuits beladenes Tablett.

»O nein. Nehmen Sie doch Mr. Stewart«, sagte sie schüchtern und legte den Kopf zur Seite.

»Komm schon, Nessie, bitte«, sagte der Reverend. Als Nessie sich abwandte, beschloß der Reverend, der mit seiner Arbeit vorankommen wollte, Mary, eines von den Maori-Mädchen, einzuspannen. »Knie dich hier hin«, sagte er und zeigte auf den Boden. Folgsam kam Mary zu ihm herüber.

Aus Angst, man könnte sie ausbooten, stellte Nessie rasch das Tablett ab. »Also gut«, sagte sie mit einem neckischen Kopfschütteln und kniete vor dem Reverend nieder.

»Streck die Hand aus«, sagte der Reverend, der ein Paar winziger Engelsflügel trug. Nessie hielt die Hand hoch. Sie genoß die allgemeine Aufmerksamkeit, doch als der Reverend mit der Pappaxt ausholte, schnappte sie nach Luft und zog die Hand hastig zurück. »Nein, nein«, sagte der Reverend ungehalten. »Streck die Hand aus. Ja, so.« Wieder hob er die Axt und ließ sie herabsausen, wobei er Nessies Hand nur knapp verfehlte. »Da, schau hin, ich schlage jetzt zu«, sagte er und brachte ihre Hand wieder in die richtige Position. An der Wand sah Nessie ihre Schatten, sie sah, wie die Axt herabsauste und ihre Hand abgehackt wurde: Der Reverend war der Mörder mit dem Hackebeil und sie sein wehrloses Opfer. Als der Reverend abermals zuschlug, stieß Nessie einen spitzen Schrei aus. Die anderen lachten. »Und mit dem Blut«, meinte der Reverend, »wirkt das sicher sehr gut.«

Versonnen streichelte der Schatten des Reverend den Schatten der Axt, entzückt von seinem brillanten Einfall, doch dieses Streicheln ließ Morag erschauern. Ihr Bruder gab auf der Wohnzimmerwand ein sehr bedrohliches Bild ab. Die Axt sah allzu echt aus, und

Morag überlegte laut, ob das mit dem Tierblut nicht zu weit ging.

Alle drei Tage fand eine Klavierstunde statt. Mehr Zeit konnte Ada neben der Hausarbeit nicht erübrigen. Hätte das Piano ihr gehört, hätte sie sicherlich alles daran gesetzt, um ihrer häuslichen Gefangenschaft jeden Tag für ein paar Stunden zu entfliehen. Wie gewöhnlich begleitete Flora ihre Mutter zu George Baines' Hütte, mußte während des Unterrichts jedoch draußen warten. Mittlerweile verkroch sich Flynn, der Hund, schon unter dem Haus, wenn er Flora plappernd und mit raschelndem Kleid näher kommen hörte. Flora wickelte sich in ihr rotes Cape, legte sich unter der Veranda auf den Bauch und rief nach ihm. Baines' Hütte stand auf kurzen Pfählen, um den Holzboden trocken und Ungeziefer und Insekten fernzuhalten. Flora kroch ein Stück darunter, doch als es um sie herum dunkel und modrig wurde und ihr die Schritte über ihrem Kopf angst zu machen begannen, wich sie zurück. »Flynn«, rief sie, »Flynn!« Allmählich verlor sie die Geduld mit dem Tier. Doch der Hund blieb wohlweislich in seinem Versteck.

Die Aussicht, wieder einen Nachmittag allein verbringen zu müssen, erschreckte Flora, und so ging sie die Stufen zur Veranda hoch und klopfte an die Tür. »Ich möchte meine Mutter sprechen«, verlangte sie, als Baines öffnete. Ada hörte auf zu spielen, trat hinaus auf die Veranda und schloß hinter sich die Tür. »Ich will nicht draußen bleiben, ich will zusehen«, bettelte Flora.

»Nein«, gab Ada ihr zu verstehen. »Du mußt dich still verhalten und draußen spielen.«

»Ich werde auch ganz still sein.«

»Er ist sehr schüchtern und noch ein Anfänger.«

»Ich werde ihn nicht ansehen«, sagte Flora flehentlich. Aber Ada schüttelte den Kopf, entschlossen, mit der Stunde fortzufahren. Sie wußte nicht recht, was sie von Baines und seinem Handel halten sollte. Flora mußte draußen bleiben. Ada verschwand in der Hütte und schloß vor den Augen ihrer Tochter die Tür. Lustlos schlenderte das kleine Mädchen über die Veranda, ließ den Kopf und die Schultern hängen, und die Enttäuschung und Wut standen ihm ins Gesicht geschrieben, während drinnen die Klaviermusik seiner Mutter vor sich hin plätscherte. Flora ließ sich auf die klobige Bank plumpsen. Sie war unglücklich, denn sie war weder daran gewöhnt, so lange alleine sein zu müssen, noch daran, daß die Aufmerksamkeit ihrer Mutter einem anderen Menschen galt als ihr.

Im Inneren der Hütte sah George Baines Ada beim Spielen zu. Heute war ihre Ausstrahlung anders, zuversichtlicher, so ähnlich wie damals am Strand. Aufmerksam hörte er zu, sein Geist war erfüllt und zufrieden, und dennoch wollte er mehr. Er ging in der Hütte auf und ab, zog die Kreise enger und enger, so wie ein Tier sich langsam an seine Beute heranschleicht. Zwar spielte Ada mit der üblichen Hingabe, doch entgingen ihr Baines' Bewegungen nicht. Als er stehenblieb, sich ans hintere Ende des Pianos lehnte und sie anstarrte, blickte sie kurz zu ihm auf und schloß rasch die Augen, denn sie wollte in ihrer Musik leben, nirgendwo sonst.

In dieser Nacht träumte George Baines von Musik. Er träumte von Ada McGrath und den seltsamen Melodien, mit denen sie sein Haus erfüllte. Er hatte die Hütte vor Jahren gebaut, kurz nachdem er das Stück Land gekauft hatte, auf dem sie stand. Sie hatte ihn nur ein paar Wochen Arbeit gekostet, weil er das Holz der Bäume verwendete, die er gefällt hatte, um eine Lichtung zu schaffen. Die Hütte bot nur das Nötigste: einen Raum mit einer Schlafecke hinter einem Vorhang, Fenster mit Laden, aber ohne Scheibe. Er hatte vorgehabt, sie zu einem späteren Zeitpunkt auszubauen, doch dieser Zeitpunkt war nie gekommen. Er fand sie gemütlich, und sie ließ bei aller Einfachheit keine Wünsche offen.

Und nun beherbergte seine Hütte ein Möbelstück, ein Musikinstrument, prächtiger als alle, die er in den letzten Jahren gesehen hatte. Wenn er morgens die Augen aufschlug, war das Piano das erste, worauf sein Blick fiel. Er schob den Spitzenvorhang vor dem Bett beiseite, und da war es und wartete, daß jemand auf ihm spielte, ein so wunderbarer Eindringling in seinem rauhen Leben wie Ada McGrath selbst.

George Baines stieg aus dem Bett und streckte seinen ausgeruhten Körper. Morgendliche Sonnenstrahlen fielen durch das Fenster, Staubkörnchen flimmerten in der Luft. Magisch zog ihn das im Licht erstrahlende Rosenholzpiano an. Auf dem Holz hatte sich Staub gesammelt, und so streifte George Baines das Nachthemd über den Kopf und wischte damit über das Piano, bis das glatte Holz wieder glänzte. Warm schien die Sonne auf seinen Rücken, während er um das Piano herumging, und erst da bemerkte er, daß er nackt war. Seine Bewegungen wurden langsamer und langsamer, und statt den Staub wegzuwischen, streichelte er das Piano. Es war, als wäre nun auch er vom Piano besessen, von einem zarten Verlangen nach dem Instrument und der Frau, die darauf spielte.

George Baines lebte nun seit über neun Jahren in Neuseeland. Die anderen europäischen Siedler hielten ihn für einen Einsiedler und Sonderling, der allein in seiner Hütte hauste. Bei den *pakeha* zählten die Maoris nämlich nicht als »Leute«, denn mit den Maoris pflegte Baines sehr wohl Umgang. Sie wußten weitaus mehr als die Siedler über dieses feuchte Land, in dem es von allem reichlich gab. Von ihnen konnte man viel lernen, und fiel die Ernte einmal knapp aus, hielten sie sich wie Baines ans Meer. Manchmal reiste er nach Nelson und heuerte dort auf einem der Fischerboote an. Hatte er davon genug, kehrte er zu seiner Hütte zurück und bestellte wieder mühselig sein Land.

Baines schätzte die Einstellung der Maoris zu Arbeit, Müßiggang und Natur ebenso wie ihre zwanglose, friedfertige Art und ihre gutmütige Nachsichtigkeit ihm selbst gegenüber. Ihn faszinierten die Tätowierungen – *moko* –, die viele von ihnen trugen. Ein *moko* zu machen erforderte großes Geschick, und die *tohunga ta moko* – Meister der Tätowierung – zogen durchs Land und lebten von Auftragsarbeiten wie die großen Holzschnitzer, deren handgefertigte Schnitzwerkzeuge den verzierten Sticheln der *tohunga* auffallend ähnelten. Eines Sommers waren die *tohunga* erschienen, und auf Betreiben von Hone und Mana hatte Baines sich schließlich ebenfalls ein *moko* machen lassen, doch hatte man sein Gesicht nur stellenweise mit Zeichnungen versehen. Eine vollständige Tätowierung wie die symmetrischen Muster, die das Gesicht von Häuptling Nihe zierten, erforderte den regelmäßigen Besuch der *tohunga* über Jahre hinweg, und die Bearbeitung mit dem Stichel und das Färben der Haut führten zu bösen Schwellungen und Schmerzen. Zwar scheute Baines die Schmerzen nicht, doch war er zu unruhig, um all die Stunden stillzusitzen, die die *tohunga* brauchten, um ein *moko* fertigzustellen. Er hatte sich an die Zeichnungen in seinem Gesicht gewöhnt und scherte sich nicht um die Geringschätzung der anderen europäischen Siedler, deren Zahl in der Gegend langsam wuchs.

Baines war kein Maori, aber ein richtiger *pakeha* war er auch nicht mehr. Lange Zeit jedoch war er zufrieden gewesen, denn er hatte sich von beiden Welten das Beste herausgesucht. Die Ankunft von Ada McGrath und ihrem Piano hatte seine innere Ruhe erschüttert. Nun ertappte er sich dabei, wie er darüber nachsann, was Ada wohl von ihm halten mochte, und er wünschte, sie käme nicht nur zu ihm, weil sie hier auf ihrem Piano spielen konnte. Immerhin: Die Klavierstunden würden fortgesetzt. Darüber war er froh.

Tante Morag, Nessie und Mary gingen auf den Holzplanken vor dem Haus über das Schlammbad, das den Garten darstellen sollte, zu der Stelle, an der Stewart Holz hackte. Morag in Schwarz, Nessie in Braun, Mary in Rot, alle mit Schürze, Häubchen und Cape, und das Trio bildete vor den verkohlten Baumstümpfen einen heiteren Farbtupfer. »Seid vorsichtig«, warnte Morag sie vor den Holzplanken. ». . . vorsichtig«, wiederholte Nessie, ihr Echo, als hätte Mary sie womöglich nicht verstanden.

Ada hörte ihre Stimmen näher kommen, während sie sich selbst auf einem zweiten mit Brettern ausgelegten Pfad auf den Weg zur Klavierstunde bei Baines machte.

»Eigentlich bräuchte ich dir keine zu geben, aber hier hast du trotzdem eine«, sagte Tante Morag zu Stewart. Nessie nahm Mary den Korb mit den Einladungen ab. Als sie die Einladung für Stewart gefunden hatte, reichte sie sie Tante Morag, die sie feierlich an Stewart weitergab. »Komm nicht zu spät«, mahnte sie ihn. »Wie du siehst, stehen zwei Uhrzeiten darauf« – sie zeigte auf die Einladung –, »und da du von einer Künstlerin begleitet wirst, solltest du dich wohl besser an die erste halten.«

Während Morag noch sprach, wandte Alisdair Stewart sich plötzlich ab. Er hatte Ada und Flora bemerkt, die auf den Brettern vorsichtig einen Fuß vor den anderen setzten. Flora hob den Rocksaum ihrer Mutter an, damit er nicht im Schmutz schleifte. »Wartet«, rief er. Sie blieben stehen und drehten sich zu ihm um. »Wie geht der Unterricht voran?«

Ada nickte verhalten. Der Unterricht lief gut; Baines ließ sie spielen, was sie wollte. Es erfüllte Ada mit leiser Freude, daß Alisdair Stewart von ihrem Handel mit George Baines nichts ahnte. »Kommt ihr voran?« fragte Stewart. Ada deutete ein Lächeln an und nickte abermals. Dann gingen sie weiter.

»Sie erscheint mir ruhiger«, versetzte Tante Morag und beugte sich verschwörerisch zu ihrem Neffen hin. »Ist sie auch zutraulicher?« Verlegen wich Stewart ihrem Blick aus. »Nun ja«, sagte Morag, »Geduld, Geduld.«

Auf dem Weg zu George Baines' Hütte war Flora ungewöhnlich still. An diesem Morgen wimmelte es in der Luft von Vögeln, und Flora lauschte ihrem lauten, inbrünstigen Gesang. Zuerst glaubte sie, die eigentümlicheren unter den Lauten stammten von irgendwelchen sonderbaren Geschöpfen des Urwalds, doch als sie den Geräuschen nachging, stieß sie auf einen Vogel mit grellbuntem Gefieder, wie sie noch nie einen gesehen hatte. Flora blieb stehen, um ihrer Mutter den Vogel zu zeigen, und gab ihm einen Phantasienamen, den sie für ebenso schillernd wie das Gefieder hielt, doch Ada ging weiter, als wäre sie nicht nur stumm, sondern obendrein taub.

Je näher sie George Baines' Hütte kamen, desto härter wurde der Schlamm, und es ging sich leichter. Ada hatte sich damit abgefunden, daß der Saum ihrer Röcke stets schmutzig war. Heute regnete es nicht. Flynn kam zu ihrer Begrüßung aus seinem Versteck hervor, und Flora tollte schon mit ihm herum, noch bevor Ada an die Tür klopfte. Es dauerte eine Weile, bis Baines reagierte, und als er schließlich öffnete, starrte er Ada so eindringlich an, daß sie sich fragte, ob er wohl getrunken hatte. Er führte in seiner Hütte ein so ungeregeltes Leben, daß sie auf alles gefaßt war.

Mittlerweile betrachtete Ada den Handel mit Baines als einen weiteren Bestandteil ihres neuen, ungewöhnlichen Daseins. Sie wußte nicht, was er als Gegenleistung für die Tasten von ihr erwartete, falls er überhaupt etwas erwartete. Ada war fest entschlossen, das Piano wieder in ihren Besitz zu bringen. Die Art des Handels interessierte sie nicht weiter: Für Geheimnisse hatte sie schon immer eine Schwäche gehabt.

Ohne Baines, der wie verzaubert in der Tür seiner Hütte stand, eines Blickes zu würdigen, ging sie geradewegs zum Piano, breitete die Notenblätter aus und setzte sich. Aus den Augenwinkeln nahm sie wahr, daß George Baines ans Fenster trat. Gewöhnlich stand er hinter ihr, so daß sie seine Anwesenheit vergessen und völlig in der Musik aufgehen konnte. Heute jedoch setzte er sich seitlich von ihr hin, als führte er etwas im Schilde, stützte sich auf den Ellbogen, starrte sie an und ließ den Blick langsam von ihren Händen die Arme hinauf und von dort über ihren Hals zu ihrem Gesicht wandern.

Nachdem sie eine Weile gespielt hatte, sprach Baines zum erstenmal an diesem Tag. »Zieh den Rock hoch«, sagte er ruhig und mit fester Stimme.

Ada hörte auf zu spielen und ließ ihre zierlichen Hände auf den Tasten ruhen. Angst hatte sie nicht, aber sie war schockiert. George Baines gegenüber ließ sie sich ihre Verblüffung jedoch nicht anmerken. Ohne ihn anzusehen, besann sie sich kurz. Das also stellte er sich unter einem Handel vor. Ihre Gesichtszüge erstarrten, als sie den Rock ein kleines Stück anhob, so daß die schlammbedeckten Lederstiefel zu sehen waren. Dann spielte sie weiter.

George Baines rutschte auf seinem Stuhl unruhig hin und her. Ihm war, als träumte er noch immer und als wäre Ada McGrath ihm im Traum erschienen. Er wollte etwas von ihr, was, wußte er nicht, doch er wollte sie nicht verschrecken. Er wußte, daß er vorsichtig sein mußte und sie nicht zu sehr drängen durfte.

»Heb ihn höher.«

Diesmal unterbrach Ada ihr Spiel nur kurz, zog das

Kleid mit einer knappen Bewegung noch ein paar Zentimeter höher und legte die Hände sofort wieder auf die Tasten. George Baines verließ seinen Platz am Fenster. Ehe sie sich versah, hatte er sich auf alle viere niedergelassen, und noch bevor sie einen weiteren Ton gespielt hatte, lag er, auf die Seite gerollt, unter dem Piano. Keiner wußte, was als nächstes passieren würde. Beiden war, als wäre die Luft mit einem Mal dick und schwer zu atmen.

»Höher«, sagte Baines, aber Ada tat so, als hätte sie ihn nicht gehört. Da schlug er mit der Hand zweimal von unten gegen das Piano, und erst bei dieser rohen, beharrlichen Störung hörte sie auf zu spielen. »Heb ihn höher«, sagte er sanft.

Ada holte tief Luft. Sie zog den Rock samt dem Petticoat mit seinem weißen Spitzensaum bis übers Knie. »Alles«, befahl Baines, und so raffte sie auch den Reifrock, so daß ihre Unterhosen und darunter die schwarzen Wollstrümpfe zu sehen waren. Voll unverhohlener Verachtung blickte sie unter das Piano. Noch nie zuvor hatte sie einen Mann zum Vergnügen auf dem Boden liegen sehen. Noch nie hatte man ihr solche Dinge abverlangt. Sie spielte weiter, denn etwas anderes blieb ihr nicht übrig.

George Baines legte sich rücklings auf den harten Holzboden, als machte er es sich auf großen, weichen Kissen bequem. Er war von Adas Beinen und den behenden Bewegungen ihrer Füße auf den Pedalen fasziniert. Die wohlgeformten, bestrumpften Waden steckten in Stiefelchen mit zierlichen Spitzen. Sein Blick fiel auf ein kleines Loch im linken Strumpf, gleich unterhalb des Spitzensaums. Weiße Haut schimmerte hindurch, Adas Haut, der Luft und Baines' Blicken ausgesetzt, eine Blöße in der Hülle ihres unerschütterlichen Wesens. Ohne nachzudenken, streckte er die Hand aus. Mit einem schmutzigen, rauhen Finger, dessen Nagel von Tabak und Arbeit schwarz war, befühlte er durch das Loch ihre Haut, kühl, weich, glatt – Ada.

Bei seiner Berührung zuckte Ada leicht zusammen. Sie zwang sich weiterzuspielen. Wenn sie spielte, kam es ihr so vor, als gäbe sie Baines weniger von sich selbst, als könnte er ihr weniger wegnehmen. Seine Berührung war seltsam, eine langsame, zärtliche Liebkosung, die sie zugleich demütigte und ihr die Kehle zuschnürte. Nur einmal hatte ein Mann sie berührt, lange war es her, und noch nie war sie das Objekt einer so eingehenden, rückhaltlosen Musterung gewesen. Sie spürte, wie ihr Gesicht zu glühen begann, und dort, wo Baines sie mit dem Finger sacht berührte, prickelte die Haut. Ada McGrath spielte weiter. Die elfenbeinernen Tasten des Pianos waren wie immer kühl, ihr Klang verläßlich und fest.

Wie gern hatte Ada Delwar Haussler beim Klavierspielen zugehört! In den ersten Wochen nach seiner Ankunft im Haus ihres Vaters, in denen sie ihm noch nicht vorspielen wollte, hatte er gespielt und gespielt und ihr die Freude gegönnt, einfach nur dazusitzen, zuzuhören und zu beobachten, wie seine langen Finger geschmeidig über die Tasten glitten, wie er bei schwierigen Passagen die Stirn in Falten legte und sich sein Gehrock im Rücken spannte, bis Ada fürchtete, er könnte platzen. Ada wußte nur zu gut, was für ein Genuß es war, zuzuhören.

Als Delwar Haussler eintraf, hatte sie zu ihrer Überraschung festgestellt, daß es sich um einen jungen Mann handelte. Sie hatte mit jemandem im Alter von McGregor, dem Klavierstimmer, gerechnet, mit einem alten Tattergreis, der nach Pfeifenrauch und Schnupftabak roch. Doch Delwar sah so jung aus mit seiner Samtkappe und der purpurroten Schärpe. Er lächelte immerfort und wußte fesselnde Dinge von Büchern, Theaterstücken und großen Komponisten zu berichten, die in sagenhaften europäischen Städten lebten. Er war nach Wien gereist, um in die Oper zu gehen, und nachdem Ada dies gehört hatte, bat sie ihn wieder und wieder, aufs neue davon zu erzählen. Das Opernhaus, die Sänger, das Orchester, das Bühnenbild, wie viele Vorhänge es gegeben und wo genau er gesessen hatte – sie wollte jedes Detail auskosten, so fern schien ihr diese Welt von der Behaglichkeit und Begrenztheit im Haus ihres Vaters.

Ada war sechzehn, als Delwar Haussler zu ihnen kam, gerade noch, fast schon siebzehn. Mit Gleichaltrigen hatte sie nie viel Umgang gehabt. Zwar gab es in der Stadt andere junge Leute, Kinder von Freunden und Bekannten ihres Vaters, die sie in der Kirche und bei gesellschaftlichen Anlässen traf, und ein-, zweimal war sie sogar auf ein Fest eingeladen worden, aber nicht hingegangen, sondern lieber mit sich und ihrer Stummheit allein geblieben. In großen Menschenansammlungen fühlte sie sich unwohl, und nicht selten meinten die Leute Ada anbrüllen zu müssen, als wäre sie nicht nur stumm, sondern auch taub.

Delwar Haussler hatte in der Stadt rasch Freunde gefunden, andere Musiker, zumeist junge Leute.

Nachdem er mehrere Monate bei den McGraths gewohnt hatte, fing er an, abends gelegentlich auszugehen, und schon bald hatte er seinen eigenen Kreis. Wyston McGrath kümmerte sich nicht weiter um die abendlichen Unternehmungen des Lehrers seiner Tochter; einmal in der Woche erkundigte er sich bei Ada, ob es im Unterricht vorangehe, und nie erhielt er eine Antwort von ihr, die ihn nicht zufriedengestellt hätte. Sooft sich die Gelegenheit ergab, genoß er es, sich mit Delwar lang und breit über Adas Begabung zu unterhalten. Anfangs hielt Delwar es für geraten, sich über die Maßen beeindruckt zu zeigen und dadurch die Eitelkeit des stolzen Vaters noch zu schüren, doch als Ada ihm dann vorspielte, Notenlesen lernte und ihr Repertoire erweiterte, war er tatsächlich begeistert.

Die Freunde in der Stadt beneideten Delwar um seine Stellung in dem großen Haus mit nur einer Schülerin. Delwar ließ ihnen ihre Illusionen und verschwieg lieber, daß der Haushalt mit jedem Monat der Auflösung ein wenig näher rückte. Er hatte keine Ahnung, wie es um Wyston McGraths Finanzen stand oder welche Pläne er für die Zukunft hegen mochte; solange sein, Delwars, Gehalt weiterhin auf die Bank eingezahlt wurde, war er zufrieden.

Ada strengte sich im Unterricht sehr an. Delwar Haussler führte sie in Musiktheorie, Harmonielehre und Kontrapunkt ein. Ihr Vater gab ihnen Geld, damit sie in London und Edinburgh Notenblätter und Bücher bestellen konnten, und Adas Wissen wuchs immer mehr – und mit ihm ihre Freude.

Nach einem Jahr war Delwar nicht mehr wegzudenken, aus dem Haus der McGraths ebensowenig wie aus den musikalischen Zirkeln von Aberdeen. Trotz seiner lutherischen Erziehung war er dazu übergegangen, gemeinsam mit den McGraths zur Kirche zu gehen, weil er die Musik hören und seine Freunde im Chor sehen wollte. Er wurde in das Konzertprogramm der Stadt eingebunden, sowohl als Dirigent wie auch als Pianist. Seine Freunde und er organisierten Klavier- und Kammermusikabende, und bisweilen erbat das eine oder andere Mitglied der Gemeinde ihre Anwesenheit bei privaten Feiern oder besonderen Anlässen. Schon bald war er in allen großen Häusern aufgetreten, und sein Ensemble erfreute sich einer so großen Beliebtheit, daß sie für ihre Auftritte einen kleinen Obolus verlangen konnten. Wenn es ihr angemessen schien, wohnte Ada der einen oder anderen Veranstaltung bei. Stets nahm sie ganz hinten im Raum Platz und verließ diesen, kaum daß die Musik geendet hatte, am Arm ihres Vaters oder eines seiner Freunde. Solche Ausflüge in hellerleuchtete Salons waren für die ernste junge Frau Opfergang und außerordentliches Vergnügen in einem.

Ada freute sich über Delwars Erfolg. Er achtete darauf, daß seine anderweitigen Verpflichtungen den Unterricht nicht beeinträchtigten. Spielte sie ihm vor, war er nie zerstreut, sondern hörte ihr aufmerksam zu. Delwar war sich bewußt, daß er seinen Erfolg in Aberdeen zu einem großen Teil der Gönnerschaft der MacGraths verdankte, und dafür war er ihnen verbunden. Außerdem war Ada eine bezaubernde Schülerin.

Einmal begleitete Ada Delwar mit Erlaubnis ihres Vaters zu einem Streichquartettabend, den seine Freunde organisiert hatten. Delwar hatte Ada schon viel von der jungen Violinistin Judith McDougall erzählt, die an diesem Abend auftreten sollte. Er war von ihrem Können tief beeindruckt, und Ada freute sich darauf, sie spielen zu hören. Gemeinsam nahmen sie im vorderen Teil des Saales Platz. Ein leises Gemurmel erfüllte den Raum, denn in der Stadt stellte man an Veranstaltungen dieser Art mittlerweile hohe Erwartungen, und es hatten sich zahlreiche Zuhörer eingefunden.

Das Quartett trat auf: drei Männer in schwarzem Gehrock und Judith in einem schwarzen Kleid mit enganliegender Jacke, die sehr gewagt geschnitten war, damit die Arme Bewegungsfreiheit hatten. Das blonde Haar hatte sie straff zurückgekämmt. Eine Welle der Erregung durchlief das Publikum; in Aberdeen war man an den Anblick weiblicher Musiker bei öffentlichen Konzerten nicht gewöhnt. Mit Befriedigung nahmen die Anwesenden zur Kenntnis, daß ihnen dieser Abend einen Hauch von Weltläufigkeit verleihen würde.

Als die Musiker zu spielen begannen, bemerkte Ada, wie Delwar sich vorbeugte und mit den Händen die Kante des Stuhls umklammerte. Sie sah, daß seine Aufmerksamkeit allein Judith McDougall galt. Als die Musik ausgeklungen war und das Publikum begeistert applaudierte, sprang Delwar auf, eilte zu den Musikern und ließ Ada allein in der Menge zurück. Der Saal leerte sich allmählich, doch Ada blieb sitzen. Sie sah, daß Delwar nicht nur von Judith McDugalls musikalischer Darbietung, sondern allem Anschein nach auch von ihr selbst sehr angetan war. Da stand Ada auf und ging ans andere Ende des Saals, wo Mr. Beadsley, der Anwalt ihres Vaters, auf sie zutrat und sie fragte, ob er sie nach

Hause begleiten dürfe. »Lassen wir die Musiker unter sich, nicht wahr?« sagte er leichthin. Doch Ada stürmte an seinem dargebotenen Arm vorbei auf die Straße.

Ada war nun achtzehn, und noch war nicht die Rede davon gewesen, einen Mann für sie zu suchen. Ihr Vater betrachtete sie noch immer als Kind. Zwar kam die Frage von Zeit zu Zeit auf, wenn Beadsley Adas Aussteuer und das für sie treuhänderisch verwaltete Geld überprüfte, doch auch er ertappte sich dabei, wie er den Gedanken beiseite schob. Ada war so zierlich, so ernst und still, daß es ein leichtes war, sie für ein Kind zu halten. Und wer würde schon eine Stumme heiraten? Was für ein Mann würde sich für sie wohl finden lassen? Es war besser, gar nicht erst darüber nachzudenken.

Ada selbst zerbrach sich darüber natürlich nicht den Kopf. Sie war sich ihres Alters bewußt und fühlte sich im Haus ihres Vaters ohne Mutter bisweilen schon um Jahre älter. Dennoch wollte sie nicht, daß man für sie einen Mann suchte, weil sie der Meinung war, daß sie nicht zu heiraten brauchte. Sie würde einfach mit den Klavierstunden weitermachen, und sie würde mit Delwar im Haus ihres Vaters glücklich sein. Mehr brauchte sie nicht.

Als sie Delwar jedoch lächelnd, plaudernd und alles um sich herum vergessend neben Judith McDougall hatte dastehen sehen, waren Regungen in ihr erwacht, die sie noch nicht benennen konnte, und sie fühlte sich auf dunkle Weise bedroht. Hastig machte sie sich auf den Heimweg, Mr. Beadsley, der ihr mehrmals nachrief, sie solle doch langsamer gehen, zwei Schritte vorauseilend. Sie beachtete ihn nicht. Zu Hause angekommen, begab sie sich geradewegs nach oben in ihr Zimmer, statt im Musikzimmer auf Delwar zu warten, wie sie es manchmal tat, um eine heiße Milch oder Schokolade zu trinken und mit Delwar über den Abend zu plaudern.

Den ganzen Vormittag des nächsten Tages verschanzte Ada sich in ihrem Zimmer und schützte Arbeit vor, wo früher keine gewesen war. Als es Zeit für die nachmittägliche Klavierstunde war, ging sie hinunter ins Musikzimmer und spielte laut eine mißtönende Melodie, eine Improvisation von der Art, wie sie sich ihnen unermüdlich hingegeben hatte, bevor sie Notenlesen lernte. Wenig später betrat Delwar den Raum. »Was spielst du da?« brüllte er gegen den Lärm an, den sie verursachte. Sie brauchte ihn nicht erst anzusehen, um zu wissen, daß er lächelte, und so spielte sie noch lauter, bis alle Saiten des Pianos in Schwingung gerieten. Delwar trat neben das Piano, doch sie beachtete ihn nicht, sondern konzentrierte sich auf ihre Finger, die grimmig in die Tasten griffen. Wieder rief er etwas, aber sie verstand seine Worte nicht. Sie spielte weiter. Als er die Hand ausstreckte, um ein paar Baßtöne anzuschlagen, als wollte er in ihre Kakophonie einstimmen, hörte Ada abrupt zu spielen auf, schlug den Deckel zu und hätte um Haaresbreite seine Finger eingeklemmt. Dann stand sie auf, sah ihn durchdringend an und drehte sich rasch um, als wollte sie aus dem Zimmer laufen. Da faßte er ihr Handgelenk und fragte sanft: »Was ist mit dir?« Noch nie hatte sie sich ihm gegenüber so gehenlassen.

Ada stieß den Klavierhocker um und versuchte sich Delwars Griff zu entziehen, doch er hielt sie fest. »Ich habe das Gefühl«, sagte er langsam, denn eine Ahnung stieg in ihm auf, »daß du eifersüchtig bist.« Ada wand und sträubte sich noch heftiger. »Ich habe das Gefühl, daß du auf Judith McDougall eifersüchtig bist, Ada McGrath.« Nach Luft ringend, blickte sie zu ihm auf. Die Röte schoß ihr ins Gesicht. Ihr Handgelenk noch immer umklammernd, beugte Delwar Haussler sich zur ihr herab und küßte sie auf die Lippen. Es war ein zärtlicher Kuß, trotz der Heftigkeit der Szene. Dann lockerte er seinen Griff, und Ada ließ sich auf die Klavierbank sinken. Delwar setzte sich neben sie. Noch nie hatten sie Seite an Seite auf der Bank gesessen; es war gerade genug Platz für zwei. Leise fing er an, ein Stück zu spielen, das sie gut kannte. Als er mit der Rechten höhere Töne anschlug, streifte er Adas Arm, doch sie wich nicht zurück, um ihm Platz zu machen. Ada McGrath rückte nicht von der Stelle, und neben ihr auf der Bank saß Delwar Haussler und spielte Klavier. »*Adagio*«, sagte er leise, »ganz langsam.«

7

Als Baines zum Fluß hinunterging, um zu baden und seine Sachen zu waschen, sah er an der Ausbuchtung zwei Frauen. Ihre Kinder spielten in einem Kanu, und ein junger Maori-Mann namens Tahu rekelte sich auf einem Ast über dem Wasser. Sie beobachteten Baines und bedachten ihn mit Bemerkungen, die mal tiefernst, mal albern ausfielen. Eine der Frauen, Hira, die das schwarze Haar zu einem langen Zopf geflochten trug und ein *moko* auf der Unterlippe hatte, setzte sich auf einen übers Wasser ragenden Ast und fing an, Baines ein paar mütterliche Ratschläge zu erteilen.

»Du brauchst eine Frau«, sagte Hira. »Es ist nicht gut, wenn du ihn für den Rest des Lebens zwischen deinen Beinen schmollen läßt.« Baines grinste, und die Kinder und Waimara in ihrem Sackleinenhemd kicherten.

»Keine Sorge, Peini«, sagte Tahu schelmisch, Baines mit seinem Maori-Namen anredend, »ich rette dich.« Verführerisch ließ Tahu ein Bein im Wasser baumeln. Er trug eine Muschelkette und hatte ein buntes Tuch um die schmalen Hüften geschlungen.

»Ich habe eine Frau«, sagte Baines. Sie wechselten bei ihrer Unterhaltung zwischen Englisch und Maori.

»Das macht nichts«, erwiderte Tahu und spielte mit seinem Haar. »Die rette ich auch.«

»Sei still!« herrschte Hira ihn an. »Deine Eier sind so überflüssig wie ein Kropf.«

»Wenn du wüßtest!« sagte Tahu neckisch. Baines lachte.

Hira beugte sich vor. »Wo ist deine Frau?«

»Meine Frau?« fragte Baines. »Oh, die führt ihr eigenes Leben. In Hull, in England.«

»Sie muß häßlich sein, wenn du ihr weggelaufen bist.«

Baines reagierte nicht darauf. »Du brauchst eine andere Frau. So ein Schatz« – sie zeigte auf sein Glied – »sollte nachts nicht auf deinem Bauch schlafen.«

Die Frauen brachen in Gelächter aus, und Baines wandte sich grinsend wieder der Arbeit zu.

Ada hatte an diesem Nachmittag kaum zu spielen begonnen, als Baines, von einem unbezähmbaren Drang getrieben, zu ihr sagte: »Zieh dein Kleid aus.« Ada McGrath warf ihm einen so erbosten Blick zu, daß er sich fragte, ob er wohl zu weit gegangen war. »Ich möchte deine Arme sehen«, fuhr er seelenruhig fort, als wäre dies eine alltägliche Bitte.

Schicksalsergeben nickte Ada und öffnete die Lippen, als wollte sie sagen: Ich hätte mir denken können, daß das als nächstes kommen würde. Baines saß in einer dunklen Ecke der Hütte, so daß Ada sein Gesicht nur schemenhaft erkennen konnte. Sie gehorchte, wenn auch widerstrebend – ein Handel war ein Handel –, und zog die Schlaufe, an der ihr silberner Notizblock mit dem Stift hing, über den Kopf.

Ada stand auf und öffnete die Knöpfe ihres kurzen Jäckchens. Sie schlüpfte aus den Ärmeln und wandte sich vom Piano ab, um die Jacke aufzuhängen. Sie trug ein enges Mieder, aus dem eine weiche, kurzärmelige Bluse hervorsah. Die durchscheinende Haut an Hals und Schultern wirkte verletzlich, und als Ada sich wieder zum Piano umdrehte, starrte Baines auf ihren Rükken, wo die Bluse ihre zarten weißen Schulterblätter frei ließ. »Spiel«, sagte er.

George Baines stand auf und zog das Hemd aus. Darunter kam ein graues, langärmeliges Unterhemd zum Vorschein. Adas Haut war so blaß, daß sie fast durchsichtig schien. Ein filigranes Geflecht aus blaugrünen Adern überzog ihre glatten Unterarme. Ihre Handrücken, der einzige der Sonne ausgesetzte Körperteil, waren vergleichsweise braun. Dieser zarte Kontrast faszinierte Baines.

Ada setzte sich und begann zu spielen. Sie hörte, wie George Baines von hinten auf sie zukam. Die Bodendielen knarrten unter seinem Gewicht, und sie spürte seinen Atem im Rücken. Er beugte sich herab und fuhr mit seinen klobigen, schwieligen Fingern der Länge nach über die zarte Haut ihres Unterarms. Da hörte sie auf zu spielen und faßte sich an den entblößten Hals. »Zwei Tasten«, flüsterte er ihr, sein Angebot erhöhend, ins Ohr.

Ada begann, eine zögerliche Melodie zu spielen. George Baines umfaßte Adas Handgelenk – es war so schmal, und die Knochen so fein. Sie spielte weiter, und seine Finger wanderten langsam ihren Arm hinauf bis zu der warmen Kuhle unter ihrer Achsel. Dann trat er einen Schritt zurück, und Ada, die angestrengt lauschte, hörte, wie er das Unterhemd auszog und zu Boden fallen ließ. Ada starrte vor sich hin, sie wollte weder hören, noch sehen, noch fühlen, als Baines an sie herantrat und mit den Händen langsam und zärtlich über ihren Nacken und ihre nackten Schultern strich. Sie zwang sich weiterzuspielen, obwohl ihr seine Berührung unerträglich war. Empört über seine Zudringlichkeit spielte sie eine spöttische, lebhafte, ja fast alberne Gigue. Baines kam sich plötzlich lächerlich vor. Der Zauber war gebrochen, sie hatte den Bann gelöst. Er ließ von ihr ab und zog sich, die Hände auf den Hüften, in den hinteren, im Dunkel liegenden Teil des Raumes zurück. Triumphierend spielte Ada weiter. Sie hatte einen Aufschub erwirkt.

Geduldig stand Flora auf einem Stuhl, während Tante Morag und Nessie ihr das Korsett mit den Engelsflügeln aus Draht anpaßten, das sie bei der Weihnachtsfeier tragen sollte. Die beiden Frauen bemühten sich, einige der Gesten zu erlernen, mit deren Hilfe Flora und ihre Mutter sich verständigten.

Flora untermalte ihre Worte mit den entsprechenden Zeichen. »Ich werde bei der Probe genau zuhören, weil ich zu weit weg wohne, um öfter hinzugehen.« Nessie bemühte sich, Floras flinke Handbewegungen nachzuahmen.

»Wie ist das Zeichen für ›Probe‹?« fragte Tante Morag. Flora zeigte es ihnen noch einmal. Sie machten es ihr nach und stutzten kurz, als Flora innehielt, um sich am Arm zu kratzen. »Oh«, sagte Morag und gab auf, »ich kann mir kein schlimmeres Los vorstellen, als stumm zu sein.«

»Taub zu sein?« schlug Nessie vor und schnitt eine schauerliche Grimasse.

»O ja, auch noch taub zu sein. Schrecklich.« Morag erschauerte. »Furchtbar.«

»Um euch die volle Wahrheit zu sagen«, erklärte Flora, als Nessie und Tante Morag sich wieder an den Flügeln zu schaffen machten, »Mama meint, die meisten Menschen reden sowieso nur Blödsinn, und es lohnt sich nicht, ihnen zuzuhören.«

Morag und Nessie wechselten einen Blick. »Nun«, sagte Morag steif, »das ist eine deutliche Meinung.«

»Ja«, erwiderte Flora, »es ist gottlos.«

Morag und Nessie schwiegen. Es erschreckte sie, solche dreisten, unheimlichen Worte aus dem Mund eines Kindes zu hören, das sie noch dazu in stolzem Tone aussprach.

Steif und mit angespannter Miene trat Alisdair Stewart Häuptling Nihe, dem Führer der Maoris, und seinen Leuten gegenüber. Stewart beabsichtigte, ihnen ein Stück Land abzukaufen, und hatte Baines als Vermittler bei sich. Baines konnte zwar nicht nachvollziehen, warum Stewart so versessen darauf war, immer mehr Land zu erwerben, doch er war bereit, zwischen dem *pakeha* und den Maoris zu vermitteln. Stewart seinerseits wußte, daß er nie Baines' Leichtigkeit im Umgang mit diesen Menschen und ihrer unsäglichen Sprache haben würde, und er wollte es auch gar nicht, doch andererseits paßte es ihm nicht, daß er auf einen Mittelsmann angewiesen war, der ihm obendrein in die Karten schauen konnte.

Der Maori-Häuptling trug einen europäischen Tweedanzug und eine Melone, und um Augen und Mund hatte er symmetrische *moko*. »Auf diesem Land befinden sich die Flüsse und die Grabstätten unserer Ahnen«, sagte der Häuptling bedächtig und mit eindrucksvoller Unbeirrbarkeit auf Maori und unterstrich seine Worte mit ausholenden Gesten in sämtlichen Himmelsrichtungen. »Sag ihm das, Peini.« Häuptling Nihe zeigte auf Stewart.

Während der Häuptling noch sprach, raunte Stewart Baines zu: »Was sagt er? Werden sie verkaufen?«

Der alte Mann fuhr fort: »Glaubt ihr etwa, wir verkaufen die Knochen unserer Ahnen?«

»Bieten Sie ihnen die Decken für die Hälfte des Landes«, flüsterte Stewart. Baines nickte.

»Niemals. Es ist unbezahlbar«, sagte der Häuptling, bevor Baines Gelegenheit hatte zu übersetzen.

»Zwölf«, sagte Stewart mit angespanntem Lächeln und verdeutlichte die Zahl mit den Fingern.

»Te, kaumarua paraikete mo te tahi hawhe o te whenua nei – Er bietet euch zwölf Decken für die Hälfte des Landes«, erklärte Baines. Hone, der Sohn des Häuptlings, trat vor und spuckte ihnen vor die Füße.

»Gewehre, Baines, bieten Sie ihnen die Gewehre an«, drängte Stewart, der immer nervöser wurde. Während Baines übersetzte, zog Stewart die Decke von den Gewehren, stellte eines auf den Kolben und führte es ihnen mit einem unsicheren Lächeln vor.

Häuptling Nihe gab eine heftige Wortsalve von sich, die Baines nicht übersetzte. Dann erhoben er und seine Leute sich wie auf Kommando und ließen die beiden *pakeha* stehen.

Mit den verschmähten Decken und Gewehren beladen, machten sich Stewart und Baines nach der erfolglosen Verhandlung auf den Heimweg. Sie gingen am Rand des Grundstücks entlang, gegen das Stewart das Piano eingetauscht hatte. »Wozu brauchen sie es eigentlich?« schimpfte er über die Maoris. »Sie kultivieren es nicht, roden es nicht, gar nichts. Woher wissen sie überhaupt, daß es ihnen gehört?«

Baines blieb neben einem erst kürzlich in den Boden gerammten Zaunpfahl stehen. Schweigend und ein wenig beklommen beobachtete Stewart ihn. Baines ging zum nächsten Pfahl und befühlte das frisch gespaltene Holz. Er dachte an das Land, das er hergegeben hatte. »Ich dachte mir, ich sollte es besser abstekken«, erklärte Stewart zögernd.

»Ja«, sagte Baines. »Warum nicht?«

Sie stiegen weiter bergan. »Ada meint, Sie machen Fortschritte auf dem Piano. Ich komme mal vorbei und höre Ihnen zu. Was spielen Sie?«

»Noch gar nichts.«

»Nichts?« fragte Stewart verblüfft. Er befürchtete schon, Ada würde ihren Teil bei dem Handel nicht erfüllen. Er hatte kein Vertrauen zu ihr, dabei war er so sehr darauf angewiesen. Sie gingen weiter bergauf und legten den Rest des Weges in grüblerischem Schweigen zurück.

Ada zog das Jäckchen aus, um wie vereinbart im Mieder zu spielen. Wie selbstverständlich fand sie sich damit ab, daß es nach jedem Schritt, war er erst einmal getan, kein Zurück mehr gab. Sie hängte die Jacke über eine Stuhllehne. Tatsächlich konnte Ada sich ohne sie viel freier bewegen, aber das hätte sie Baines gegenüber nie eingestanden.

Baines hatte ihr ohne ein Wort des Grußes geöffnet, und Ada fand, daß er für einen Menschen, der sprechen konnte, äußerst wenig sagte. Doch sie hatte sich an seine Schweigsamkeit gewöhnt, und trotz der Zugeständnisse, die sie bei jedem Besuch machen mußte, freute sie sich doch auf den Augenblick, an dem das Piano wieder ihr gehören würde. Für Ada war dies noch immer das Wichtigste, das einzige, was zählte.

Während sie spielte, sich dicht über die Tasten beugte und gegen den Rest der Welt verschloß, stand Baines auf und ging zu dem Stuhl, an dem Adas Jacke hing. Er nahm sie in die Hand, strich den Stoff glatt und ging mit ihr zurück zu seinem Platz, genau in Adas Rücken. Baines drückte die Jacke an sich. Sie war noch warm von Adas Körper. Mit geschlossenen Augen hielt er sie vors Gesicht und schnupperte daran. Dann senkte er die Arme, öffnete die Jacke und spreizte die Ärmel ab, die ihm so schmal vorkamen, so klein. Diesen Stoff trug Ada dicht auf ihrer Haut. Die Augen noch immer geschlossen, betastete er die Nähte und befühlte die Knöpfe. Er hob die Jacke hoch und vergrub abermals das Gesicht darin. Wie das Piano war auch der Stoff von Adas Duft durchdrungen.

Beim Spielen drehte sich Ada leicht um. Als sie sah, was er tat, hörte sie, entsetzt über diese befremdliche Spielart von Sinnesfreude, abrupt auf. Das Gesicht in ihrer Jacke zu vergraben, als wäre sie lebendig – für einen Mann ein absonderliches Verhalten. Das ging zu weit. Ada fuhr auf dem Stuhl herum und streckte mit strenger, tadelnder Miene die Hand nach der Jacke aus. Baines reagierte nicht darauf: Seine Augen waren noch immer geschlossen. Er war ganz in sich versunken und bemerkte nicht, daß die Musik aufgehört hatte. Da ging Ada zu ihm und riß ihm die Jacke aus der Hand. Verdutzt blickte er auf. Ada zögerte und wartete ab, was er wohl tun würde, bevor sie sich umwandte.

Baines stand auf und ging ihr nach. Plötzlich packte er Ada am Arm und drehte sie gewaltsam zu sich hin. Er griff nach den Ärmeln ihrer weißen Bluse, riß sie nach unten und entblößte Adas blasse Schultern und ihre Brust. Dann preßte er das Gesicht in ihre Halsbeuge und küßte sie leidenschaftlich. Ada rang nach Luft, doch gab sie dabei nur ein leises Geräusch von sich, nicht laut genug, um Flora herbeizurufen. Baines zerrte Ada hinter sich her, und voller Schrecken wurde ihr bewußt, daß er aufs Bett zusteuerte. Sie sträubte sich, stemmte sich ihm entgegen. Das war zuviel, damit hatte sie nicht gerechnet. Erst als er auf dem Bett saß, ließ er sie los. Ada zupfte das Mieder zurecht und bedeckte die Schultern. Die Jacke an sich pressend, drehte sie sich zum Piano um, diesem zweifelhaften Heiligtum.

»Ada«, sagte Baines leise und ruhig, doch in seiner Stimme schwang unterdrückte Verzweiflung mit. »Vier Tasten.«

Ada hielt die Hand mit gespreizten Fingern hoch und bedeutete ihm stumm: »Fünf«, während sie mit der anderen das Mieder glattstrich.

»Warum fünf?« fragte Baines. »Ich möchte nur neben dir liegen.«

Mit pochendem Herzen, aber festen Blickes sah Ada Baines an. Sie würde nicht von ihrer Forderung abgehen.

»Ist ja gut, fünf.« Baines hob die Hände und gab sich

geschlagen. Lächelnd legte er sich hin, sah sie aus seinem breiten Gesicht schelmisch an und klopfte neben sich auf das Bett, als wäre seine Bitte die natürlichste Sache der Welt.

Ada McGrath betrachtete George Baines, wie er dort lag. Sie konnte es nicht fassen, daß ihr Handel sie so weit gebracht hatte. Sie holte tief Luft, raffte ihr Mieder nochmals zusammen und legte sich neben Baines bäuchlings aufs Bett.

Nach einem Augenblick der Stille fing Baines an, Adas Schultern zu streicheln und schob die Ärmel ihrer zerrissenen Bluse erneut nach unten. Sie schloß die Augen, hielt den Atem an und öffnete sie erst wieder, als sie spürte, wie er mit den Lippen über ihre Haut fuhr. Er küßte ihren Rücken, ihr Ohr und drückte das Gesicht sanft an ihren Hals. Seine Bewegungen waren voller Feingefühl und Zärtlichkeit. Ada hielt vollkommen still, ihre Wangen aber glühten. Als George Baines ihre Reglosigkeit bemerkte, hielt er ebenfalls still. So verharrten sie und lauschten dem Gesang der Vögel, der von draußen hereindrang, und dem Geräusch ihres eigenen Atems. Das seltsam taumelige Gefühl, das in ihr aufstieg, beunruhigte Ada, ja es erschreckte und beschämte sie, daß sie überhaupt etwas empfand.

Baines richtete sich auf, um über ihre Schulter blikken zu können, denn er erhoffte sich von ihrem Gesicht Aufschluß über ihre Gefühle. Diesen Augenblick nützte Ada, um sich von ihm freizumachen. Sie stand auf und ging hinüber zum Piano. Vom Bett aus sah Baines ihr zu, wie sie mit der Hand lautlos über die polierten Tasten aus Elfenbein strich, eine zärtliche Geste, die ihm bislang nicht zuteil geworden war. Er ging zu ihr und klappte den Klavierdeckel mit besitzergreifender Geste zu, so daß Ada gezwungen war, ihre Hand zurückzuziehen. Sie griff nach ihrer Jacke und zog sie an. Sie war den Tränen nahe, so sehr setzten ihr seine unberechenbare Art und ihre eigene ungewisse Lage zu.

Auf dem langen Heimweg schossen ihr die wildesten Gedanken durch den Kopf. Was war mit ihr geschehen? In all den Jahren der Stummheit hatte sie nie den Wunsch verspürt, sprechen zu können, doch nun wünschte sie sich, sie könnte ergründen, was sich hinter George Baines' eigener Schweigsamkeit verbarg. Seine Aufmerksamkeit schmeichelte ihrer Eitelkeit, das mußte sie sich eingestehen, und sie fand es bedrohlich. Doch nun war sie bei ihrer Übereinkunft schon so weit gegangen, und sie kannte sich: Sie war entschlossen, sie bis zum Ende durchzuhalten, komme, was wolle, um ihr Piano zurückzugewinnen. Kein Opfer könnte sie so schmerzen wie der Verlust ihres Pianos.

Sie war so sehr mit sich selbst beschäftigt, daß sie Flora keine Beachtung schenkte. Ihre Tochter plapperte unentwegt von der Weihnachtsaufführung, die in wenigen Tagen stattfinden sollte. Flora merkte zwar, daß ihre Mutter nicht zuhörte, doch sie redete unverdrossen weiter. Ihr gefiel es nicht, wie ihre Mutter sich in der letzten Zeit verändert hatte. »Und nächstes Jahr werde ich das Jesuskindchen spielen, Mama, und dann muß jeder tun, was ich will«, sagte sie, doch Ada reagierte nicht darauf.

George Baines blieb in seiner Hütte in einem Zustand bittersüßer Qual zurück, denn Adas Duft war ihm noch immer gegenwärtig. Er malte sich aus, wie sie durch den Busch nach Hause ging, sich von ihm immer mehr entfernte. Er drohte in ein düsteres schwarzes Loch zu stürzen. Warum blieb sie nicht und legte sich mit ihrem warmen Körper zu ihm?

Endlich war der Tag der Aufführung da. Flora konnte ihre Aufregung kaum bezähmen. Ada half ihr, das Kostüm anzuziehen, das Tante Morag erst an diesem Vormittag fertiggestellt hatte. Während ihre Mutter die Stoffstreifen in ihren Haaren löste und die Ringellöckchen herabfielen, die Flora schon immer hatte haben wollen, sang die Kleine »Es ist ein Ros' entsprungen«, ihr liebstes Weihnachtslied. Es war sonderbar, Weihnachten in dieser Jahreszeit und bei so warmem Wetter zu feiern, aber auf Flora machten die starken Kontraste und die Unwägbarkeiten ihres neuen Daseins schon lange keinen Eindruck mehr. Sie liebte ihre Engelsflügel und freute sich auf ihren ersten Auftritt.

Es war ein goldener Abend. Stewart, in seinem besten Hemd und Anzug, spannte das Pferd vor den Wagen, um seine kleine Familie zur Missionsschule zu bringen. Als sie eintrafen, wurden andere Gäste gerade in Leiterwagen durch den tiefen Schlamm befördert. Kostümierte Kinder wurden hochgehoben und von Hand zu Hand weitergereicht wie Wassereimer bei einem Brand, und zu allem läutete die Kirchenglocke.

Im Saal herrschte großes Durcheinander. Zusätzliche Stühle wurden hereingetragen, um für den Andrang gewappnet zu sein. Hinter der Bühne trommelte der Lehrer der Sonntagsschule die Kinder zusammen, um ihnen ein letztes Mal die Reihenfolge der Lieder einzuschärfen und sich zu vergewissern, daß ihre Frisuren saßen, ihre Lippen angemalt waren und sie alle noch einmal auf dem stillen Örtchen gewesen waren. Ein paar Kinder spähten durch die Gucklöcher im Vorhang in den Zuschauerraum. Zwei Helferinnen waren damit beschäftigt, den strahlenden Gesichtern der Engelchen ein wenig Farbe zu verleihen, und zwei der Engel bekamen einen Klaps, als sie die in weißen Handschuhen steckenden Händchen in den Eimer mit dem Blut tauchten, das Reverend Campbell für die Aufführung angemischt hatte. Überall huschten Mitglieder der Theatergruppe herum, die in dem vom Reverend inszenierten Stück mitspielten.

Rund vierzig Personen hatten sich im Saal eingefunden, darunter Häuptling Nihe und ein knappes Dutzend seiner Leute in ihren besten europäischen Gewändern. Alles redete freudig durcheinander, bis auf die Maoris, die dem bevorstehenden Ereignis mit feierlichem Ernst entgegensahen. Tante Morag kümmerte sich um die Aufstellung der hinzugekommenen Stühle. Am Eingang standen ein paar Männer und begrüßten die eintretenden Gäste. Da erschien George Baines: Er bot ein merkwürdiges Bild, denn er trug einen Zylinder, den er irgendwo zwischen seinen Habseligkeiten hervorgekramt hatte. Baines ließ sich bei derartigen Anlässen sonst niemals blicken, und er selbst fühlte sich mehr als fehl am Platz.

»Seht mal, wer da kommt«, sagte einer der Männer. »Unser musikalischer Mr. Baines.«

»Was wirst du denn heute abend für uns spielen, George? Den Flohwalzer?« fragte ein zweiter.

»Wie wär's mit einer kleinen Kostprobe, George?«

Blinzelnd nahm Baines den Hut ab. Er beachtete die

Männer nicht, sondern ging grußlos an ihnen vorbei. Sie allerdings setzten ihre Sticheleien fort, während er sich im Saal nach Ada umsah. Die spitzen Bemerkungen der Männer störten ihn zwar nicht, doch er fühlte sich dennoch nicht wohl in seiner Haut. Da kam Stewarts Tante, das kunstvoll frisierte Haar zur Feier des Tages mit roten Bändern geschmückt, geschäftig auf ihn zu. Sie faßte Baines am Arm und nahm ihn beiseite.

»Vielleicht möchten Sie Nessie die Noten umblättern?« schlug sie vor. »Sie begleitet die Kinder auf dem Klavier.« Sie führte Baines zu ihr.

»Ich bin verkleidet«, sagte Nessie entschuldigend und schlug die Augen nieder. Sie trug ein weißes Kleid mit einem Hochzeitsschleier.

»Ich finde es beachtlich, daß Sie mit dem Klavierspielen angefangen haben«, sagte Tante Morag zu Baines, als wäre es ihr ein persönliches Anliegen. Sie blätterte im Notenbuch. »Wo ist denn nun dieses Lied?«

In diesem Augenblick betrat Ada McGrath in Begleitung von Alisdair Stewart den Saal. Sie sah fabelhaft aus in ihrem Kleid aus roter Seide, und die Haut an Dekolleté und Hals schimmerte matt. Beim Anblick ihrer ungewöhnlichen Schönheit stockte Baines der Atem. Ada schob sich durch eine Stuhlreihe zu ihrem Platz, blieb jedoch unvermittelt stehen, als sie seinen eindringlichen Blick auf sich spürte. Für sie war es wie ein Schock, Baines unter all den Leuten zu treffen, und schon bereute sie, daß sie überhaupt gekommen war. In der Abgeschiedenheit seiner dunklen Holzhütte haftete ihren Begegnungen etwas Besonderes an, und es war, als spielte sich alles, was sich dort zutrug, in einer anderen Welt ab. Daß sie ihn an diesem Abend hier sah, entzauberte jene Situation. Baines war echt, so wirklich wie seine seltsame Besessenheit und ihre eigenen intimen Zugeständnisse, auf unerträgliche Weise wirklich.

Wortlos ließ Baines Tante Morag und Nessie stehen, die ihm, verwundert über seinen Mangel an Manieren, nachblickten. Er drängte sich dieselbe Stuhlreihe entlang wie Ada und Stewart und setzte sich, einen Platz freilassend, neben Ada, hinter rothaarige Zwillinge in prachtvollen Kostümen. Ada übersah ihn so geflissentlich wie er die Männer am Eingang.

»Entschuldige, George«, sagte nun einer dieser Männer, »wie wär's mit ›Maria und das kleine Lamm‹. Bäh, bäh.«

»Oder mit einer Polka? Sag schon, George, was steht auf dem Programm, na?« schloß sich ihm ein zweiter an.

Stewart drehte sich um und musterte die Männer, die Baines verspotteten. »Dummköpfe!« stieß er hervor. »Kommen Sie, George, rücken Sie auf.« Als Baines sich anschickte, sich auf den Platz neben Ada zu setzen, fuhr sie herum, legte mit herrischer Geste die Hand auf den Stuhl und gebot ihm mit einem vorwurfsvollen Blick Schweigen. Resigniert lehnte George Baines sich wieder nach hinten. Ihre schroffe Zurückweisung schmerzte ihn.

»Meine Damen und Herren«, verkündete der Reverend auf der Bühne. »Bitte nehmen Sie Ihre Plätze ein. Gleich fangen wir an.« Der Vorhang öffnete sich, und die aufgeregten Kinder marschierten im Gänsemarsch auf die Bühne. Sie hielten Kerzen umklammert, waren als Wolken oder Engel verkleidet und trugen die Stäbe mit den Sternen und Monden daran. Beim Anblick ihrer lieblichen Unschuld seufzte das Publikum einmütig. Die Kinder stellten sich im Halbkreis auf und sangen mit tiefernsten Mienen ein Lied, doch waren sie so verschüchtert, daß ihre zarten Stimmchen kaum zu hören waren. Als Flora auf der Bühne vortrat, nahm Alisdair Stewart Adas Hand in seine, und sie ließ ihn gewähren. Stewart lächelte selig. Ada blickte auf ihre verschränkten Hände hinab und lächelte ebenfalls. Aus den Augenwinkeln heraus sah sie, daß George Baines diese Geste der Zuneigung nicht entgangen war. Als sie sich ausmalte, wie sehr ihn das wohl traf, loderte in ihr eine kleine Flamme der Genugtuung auf. Ihr Mann drückte ihre Hand. Da verfinsterte sich George Baines' Gesicht; er verlor die Beherrschung, stand auf und ging. Ein trotziges Triumphgefühl erfüllte Ada, als sie ihm nachblickte.

Als nächstes trat der Reverend auf. Er steckte in einem Harlekinkostüm mit einer großen Halskrause und trug ein Tablett mit brennenden Kerzen, die sein grell geschminktes Gesicht dramatisch aufleuchten ließen. Das aufgeführte Stück hieß »Ritter Blaubart«, ein Schauermärchen, das dem europäischen Publikum durchaus vertraut war. »Und so stieß die junge Maid auf jede einzelne von Blaubarts vermißten Ehefrauen, deren abgetrennte Köpfe noch immer bluteten und deren Augen noch immer weinten.«

Während er erzählte, kam Nessie als junge Braut auf die Bühne. In dem Laken, das als Kulisse diente, steckten die Köpfe von Blaubarts früheren Frauen. Das Klavier spielte ein paar schrille Akkorde, um die Spannung zu steigern, und das Publikum juchzte vor freudiger

Erwartung. Nessie schlich über die Bühne und beleuchtete jeden der abgetrennten Köpfe mit den Kerzen auf dem Tablett. Hinter der Bühne war Tante Morag eifrig mit der Schöpfkelle zugange, um dafür zu sorgen, daß ständig frisches Blut von den Frauenhälsen auf das Laken tropfte. Sie eilte hin und her und spähte durch ein Guckloch im Laken. »Langsamer, Nessie«, zischte sie, »langsamer.«

»Doch still!« rezitierte der Reverend. »Wer kommt da?«

Nessie richtete sich auf, holte tief Luft und blies die Kerzen in einem Atemzug aus. Das übertriebene Knarren einer Tür war zu hören und gleich darauf schwere Schritte, die im Saal widerhallten. Nessie erstarrte und rollte wild mit den Augen. Blaubarts große bärtige Gestalt erschien hinter dem Wandschirm.

»Ich komme früh nach Haus, mein holdes Weib«, tönte der riesenhafte Schatten, dessen großer Bauch und lange Arme höchst bedrohlich aussahen. Eine Geige quietschte unheilvoll. »Wo steckst du?«

Einen übergroßen Schlüssel umklammernd, trat auch Nessie hinter den Wandschirm, so daß sie ebenfalls nur als Silhouette zu erkennen war. »O mein Gemahl, welch eine Überraschung!« zirpte sie.

»Ja, Weib. Wahrlich, eine Überraschung«, sagte Blaubart und nahm ihr den Schlüssel aus der Hand. »Nun also kennst du mein Geheimnis!« Er hob drohend seinen langen, spitzen Finger. Die Kinder hatten sich unterdessen in ihren Kostümen zu den Zuschauern gesetzt. Mit weit aufgerissenen Augen und offenstehenden Mündern sahen sie zu. Ada zog Flora dicht an sich heran.

»Nein, nein«, wimmerte Nessie.

»Du als die jüngste ... und holdeste ... all meiner Frauen. Mach dich bereit ...« – er hob die Stimme und gleichzeitig das Beil, das er hoch über seinen Kopf hielt, während Nessie sich zusammenkauerte und flehentlich die Arme ausstreckte – »zu *sterben!*«

Ängstliches Gemurmel durchlief das Publikum. Hone und Mana, zwei junge Maori-Krieger von Häuptling Nihes Stamm, erhoben sich halb von den Sitzen.

»Aue! Ha aha ra tenei? – He! Was soll das?« flüsterte Hone. »Ist das ein Mord?«

»Nein, nein. Bitte warte!« bettelte Nessie auf der Bühne. Eine Handvoll Maori-Männer sprang wie auf Kommando auf die Füße.

»Ich werde nicht warten!« verkündete Blaubart.

»Nein!« kreischte Nessie.

»Entblöße deinen Nacken«, knurrte Blaubart. Als der Bösewicht erneut das Beil hob, stürmten die Maoris nach vorn. *»Pokokohua* – Feigling!« rief Mana. »Meinen Knüppel sollst du spüren!« Mit diesen Worten eilte er durch den Saal. Blaubarts tote Frauen rissen die Augen auf und fingen an zu kreischen. »Mal sehen, wie sich der auf deinem Arsch anfühlt!« brüllte Mana, schwang den Knüppel und kletterte, gefolgt von weiteren Maori-Männern, auf die Bühne. Das Publikum sprang aufgeschreckt in die Höhe und drängte zu den Seitenwänden des Saals, während auf der Bühne großes Durcheinander und Geschrei herrschte, das diesmal allerdings echt war. Die Krieger umzingelten den winselnden Blaubart und hielten ihn mit einem Schirm wie mit einem Speer in Schach. Häuptling Nihe und die anderen Maoris, darunter auch seine Töchter, blieben sitzen. Nihe pochte mit seinem Stock auf den Boden und befahl mit dröhender Stimme: »*Hoki mai!* – Genug! Genug! Kommt her!«

Später führte man Häuptling Nihe und seine Leute samt den blamierten Kriegern hinter die Bühne und zeigte ihnen die Requisiten für das Theaterstück – den Eimer voll Blut, das Beil aus Pappe, die Schlitze in den Laken. Tante Morag stellte den Maoris Blaubarts tote Frauen eine nach der anderen vor: »Dies ist Mrs. Williams, dies hier Mrs. Parsons und dies Mrs. Reid, dies ist . . .« – sie hielt kurz inne, als sie zu den unverheirateten Frauen kam – ». . . Miss Palmer und dies Miss Kerr.« Die Maoris verneigten sich und schüttelten den Frauen formvollendet die Hand. »Das ist sehr, sehr nett«, murmelte Tante Morag zum Abschluß vor sich hin.

8

Nach seiner überstürzten Flucht aus dem Saal der Missionsschule hatte George lange, bedrückende Stunden damit zugebracht, über Ada McGrath nachzugrübeln. Nun saß er schweigend und schwermütig in seiner Hütte. Ada schlug die dreizehnte schwarze Taste an, drehte sich zu ihm um und wartete auf Anweisungen. Baines hatte den Kopf auf die Faust gestützt, und aus seiner Haltung sprach Niedergeschlagenheit. Er wirkte verändert, trübsinnig und abwesend. Als er aufblickte, nickte Ada und sah ihn fragend an. »Tu, was du willst«, sagte er, und seine Stimme klang müde, gebrochen. »Spiel, was du willst.« Er seufzte, denn sein Gefühl sagte ihm, daß ihm der Zugang zur stillen Welt dieser verheirateten, eigenständigen Frau für immer verwehrt sein würde.

Ada konnte sich Baines' seltsamen Wandel nicht erklären. Sie fragte sich, ob er darauf zurückzuführen sei, daß Baines gesehen hatte, wie Alisdair Stewart ihre Hand hielt.

Erstaunlich, welche Auswirkung solch ein launenhafter Einfall haben konnte! Leicht verunsichert wandte sie sich wieder dem Piano zu und griff ein Stück auf, das sie in den vergangenen Wochen ausgearbeitet und verbessert hatte, eine Melodie mit wechselnden

Tempi, die, wie sie fand, den Aufruhr und die Verwirrung in ihrem Geist und ihrer Seele auszudrücken vermochten. Heute spielte sie das Stück im Viervierteltakt flott herunter und beugte sich dabei über die Tasten. Nach einer Weile drehte sie sich um. Etwas stimmte nicht. Ihre Finger wurden langsamer und schlugen aufs Geratewohl die eine oder andere Taste an, als sie feststellte, daß Baines verschwunden war. Verwundert stand sie auf, und auf einmal beschlich sie das bange Gefühl, Baines könnte nun, da nur noch weniger als die Hälfte der schwarzen Tasten fehlte, von ihrer Übereinkunft zurückgetreten sein. Leise und nach seinem Atem lauschend, ging sie über die Bodendielen, die in der plötzlichen Stille laut knarrten, um nachzusehen, wo er steckte. Langsam kam sie mit raschelnden Rökken zu dem roten Spitzenvorhang, der sein Bett abschirmte, blieb stehen und spähte dahinter. Nichts. Also ging sie quer durch den Raum zum zweiten Vorhang. Zögernd schob sie ihn ein Stück beiseite, und bei dem Anblick, der sich ihr bot, wich sie atemlos zurück.

George Baines zog den Vorhang auf. Er war nackt. Noch nie zuvor hatte Ada einen unbekleideten Mann gesehen. George Baines stand im Licht eines einzelnen Sonnenstrahls. Sein vierschrötiger, breiter Körper wirkte kraftvoll, und in diesem Licht traten die dicken Stränge seiner Muskeln deutlich hervor. Unverwandt und ohne mit der Wimper zu zucken sah er Ada an und sagte: »Ich möchte unbekleidet mit dir zusammenliegen.« Ada wußte nicht, wo sie hinschauen sollte. Sie preßte die Hand auf den Mund. »Wieviel würde das kosten?« fragte er mit fester, entschlossener Stimme.

Ada blickte erst zu Boden und dann geradewegs in

George Baines' Augen. Sie war hin und her gerissen: Einerseits wollte sie Baines mit seiner anzüglichen Forderung zurückweisen und andererseits die Gelegenheit beim Schopf ergreifen, um ein paar der kostbaren Tasten zurückzugewinnen. Kurzentschlossen hielt sie zweimal alle Finger einer Hand hoch.

»Gut«, sagte George Baines bestimmt. »Zehn Tasten.«

Als wollte sie den Preis nochmals bestätigen, hielt Ada nun beide Hände und somit abermals zehn Finger hoch. Dann holte sie jäh Luft, denn sie war über ihre Entschlossenheit entsetzt.

George Baines setzte sich, legte einen Arm auf die Knie und sah zu, wie Ada sich auszog.

Unterdessen ließ Flora ihrer Phantasie freien Lauf und ritt auf einem Ast durch den Wald, als wäre er ein Pferd. Sie hielt die Zügel in der Hand, saß im Damensattel, und während sie in ihrer Einbildung auf ihrem Pony Gabriel über die Hügel ritt, summte sie ein Lied, das sie für die Aufführung gelernt hatte. Zusammen mit Gabriel fühlte Flora sich nicht so allein.

Ada zog das Kleid über den Kopf, und Mieder und Korsett, Unterhosen und Strümpfe und der sperrige Unterbau der Krinoline kamen zum Vorschein. Ihre Hände wanderten hinab zum Reifrock und dann zu den Schließen des Korsetts.

Als Flora bemerkte, daß die Musik aufgehört hatte, glitt sie aus dem Sattel und kletterte den Hang zur Hütte hoch.

Ada war nun ebenfalls nackt, sie hatte ihre Kleidung gleich einem Panzer abgestreift. Nachdem sie das Laken auf George Baines' Bett glattgestrichen und ihren

Petticoat darauf ausgebreitet hatte, ließ sie sich darauf nieder. Aufrecht sitzend lehnte sie sich an ein rotes Kissen und zog wie zum Schutz die Knie an. Nackt, ohne das undurchdringliche Schild ihrer steifen, vielschichtigen Kleidung wirkte sie noch zierlicher und verletzlicher. Behutsam streckte Baines ihre Beine, drehte ihre Schultern zu sich hin und zog ihren Körper dicht an seinen.

Flora stieg die Stufen zur Veranda hinauf, um der mysteriösen Stille auf den Grund zu gehen. Sie hörte auf zu summen und spähte durch die Ritzen und Löcher in der unregelmäßig gebauten Wand der Hütte. Zwar war die Sicht begrenzt, doch konnte sie Körperteile erkennen, deren Haut im Dunkeln blaß schimmerte. Es sah so aus, als würde Mr. Baines auf ihrer Mutter liegen. Nun war Floras Neugier geweckt: Sie preßte das Auge auf ein anderes Loch in der Wand. Sie hörte, wie George Baines ihrer Mutter leise flüsternd Geheimnisse verriet, Geheimnisse, die sie, Flora, wohl nie würde teilen dürfen.

Ada war zu keiner Bewegung fähig, und Baines tat nichts, was sie hätte verunsichern können. Seine Berührungen waren feinfühlig und sanft, seine Küsse zärtlich. Sie fühlte sich wie gelähmt und zugleich entspannt; seine Haut war warm, geschmeidig und lebendig, ganz anders als die Klaviertasten unter ihren Fingerspitzen. Sie ließ die Hand ruhen, wohin er sie gelegt hatte, verhielt sich still und teilnahmslos. Nach einer Weile rollte Baines sich auf die Seite. Sie starrten einander an, als wollten sie herausfinden, was im anderen vorging. Schließlich stand Ada auf und zog sich wieder an.

Tags darauf spielten Flora und drei kleine Maori-Kinder, mit denen sie sich angefreundet hatte, in einem sonnigen Pinienhain. Im Schatten saßen rauchend und plaudernd drei Maori-Frauen, von denen eine ein Schwein auf dem Schoß hatte, das sie sich als Haustier hielt. Bei ihrem Spiel schlangen die Kinder die Arme um die Baumstämme, rieben sich daran und küßten die Borke. Wenn ein Kind »Jetzt!« rief, wechselten alle die Bäume. Ihr Spiel hatte etwas leicht Anrüchiges, wie sie da von Baum zu Baum liefen und bisweilen zwei oder gar drei von ihnen denselben Stamm küßten.

Von der ausgelassenen Bande unbemerkt, kam Stewart quer durch den Wald auf Flora zu. Als er sah, was sie da trieben, schnappte er sich seine Stieftochter und zog sie von dem Baum fort, auf den sie gerade einen schmatzenden Kuß gedrückt hatte.

»Benimm dich nie wieder so, nirgends«, fuhr er Flora an, wobei er nach Fassung rang, weil die Maori-Frauen sich schon über ihn lustig machten. »Du solltest dich schämen, die Bäume so zu schänden.« Kopfschüttelnd und mit der Zunge schnalzend sahen die Frauen zu, wie er das Mädchen fortzerrte. Floras Wangen glühten vor Scham. Anscheinend konnte sie es ihrer Mutter und diesem Mann nie recht machen.

Ein paar Stunden später brachte Stewart Flora zurück zum Pinienhain und befahl ihr, jeden einzelnen Baum, den sie geschändet hatte, mit Seifenwasser abzureiben. Anfangs kämpfte sie gegen die Tränen an, doch während sie die Stämme heftig schrubbte, stieg Wut in ihr auf. Als Stewart wiederkam, verkündete sie voller Stolz auf ihr Geheimnis: »Ich weiß, warum Mr. Baines nicht Klavier spielen kann.«

»Den hier hast du vergessen«, sagte Alisdair Stewart und zeigte auf einen Baum.

»Sie läßt ihn nie ans Piano. Sie spielt einfach, wozu sie Lust hat. Manchmal spielt sie überhaupt nicht.« Floras Schürze war von der Seifenlauge durchtränkt.

Stewart sah Flora gelassen an. »Wann findet die nächste Stunde statt?«

»Morgen«, antwortete Flora.

Am nächsten Tag ging ein starker Wind. Der Busch war von gewaltigem Getöse erfüllt, heftige Böen peitschten die Baumwipfel hin und her, kleineres Geäst fiel krachend zu Boden, wo der Farn wie ein tanzender Derwisch umherwirbelte. Ada und ihre Tochter kämpften sich durch diesen Schlachtenlärm hastig voran. Adas langer Umhang flatterte wild, und Floras Mantel war aufgebauscht. Vögel zogen, vom Wind getrieben, ihre aberwitzigen Bahnen und schossen empor, um gleich darauf von einer seltsamen Kraft hinabgezogen zu werden.

Als Ada und Flora Baines' Hütte erreichten, sahen sie, wie das Piano von einer Gruppe Maori-Männern weggetragen wurde. Die Männer sangen, während sie das sperrige Instrument die Stufen vor der Veranda hinunterschleppten. Ein Mann mit einer Melone auf dem Kopf ging neben ihnen her und hämmerte auf die Tasten ein, gleichsam zur rhythmischen Untermalung ihres Gesangs, der bei jeder Stufe lauter wurde. Auf eine solche Wende war Ada nicht gefaßt gewesen: In Panik eilte sie in die Hütte und ließ Flora zurück.

Drinnen kochte Hira gerade etwas für George Baines. Sie und Baines hielten mitten in der Bewegung inne und blickten auf, als Ada eintrat. Sie schien bestürzt, teilte ihnen durch ein paar eindringliche Zeichen mit, was sie soeben gesehen hatte, und verlangte eine Erklärung. Sie ging wesentlich mehr aus sich heraus als gewöhnlich; der einzige Mensch, der sie so lebhaft kannte, war Flora. Ada hörte auf zu gestikulieren. Sie schritt auf und ab, um ihre Fassung wiederzuerlangen. Eine Flut widersprüchlicher Gefühle war über sie hereingebrochen. Während sie um ihre innere Ruhe rang, wurde ihr zu ihrem Schrecken bewußt, daß der Widerwille alle anderen Empfindungen in den Hintergrund drängte: Ihr Piano sollte aus George Baines' Hütte verbannt werden, und sie mit ihm, doch war sie darüber nicht so glücklich, wie sie gedacht hatte.

Noch immer hörte sie den Gesang der Männer, die ihr Piano davontrugen.

»Ich gebe dir das Piano zurück«, sagte George Baines. Er war aufgestanden, und auf seinem Gesicht lag ein bekümmerter, schmerzvoller Ausdruck. Ada musterte ihn. Was hatte das zu bedeuten? »Ich habe genug«, setzte er hinzu.

Ada öffnete den Mund und gab einen abgebrochenen Laut von sich, in dem Fassungslosigkeit und Bestürzung mitklangen. Ihr Atem ging heftig. Er hatte genug? Wovon? Von ihr oder ihrem Piano? Ihrem Spiel, ihrer Anwesenheit? Er hatte ihre Abmachung gebrochen. Ihr wurde schwindelig, sein plötzlicher Stimmungsumschwung brachte sie aus dem Gleichgewicht.

Baines trat auf sie zu und nahm sie beiseite, damit weder Flora noch Hira hörten, was er sagte. Sein Gesicht wirkte aufgelöst und blaß. »Die Übereinkunft macht dich zur Hure und mich unglücklich.« Ada blickte starr zu Boden. »Ich möchte, daß du mich gern hast, aber das kannst du nicht.«

Er kehrte zu Hira und zu seinem Platz am Feuer zurück. »Es gehört dir. Geh.« Das Herz schwer vor Angst und Mißmut, starrte Ada ihn an.

»Geh jetzt, geh!« fuhr George Baines sie ungehalten an.

Ada McGrath rückte ihre Haube zurecht, hob den Saum des Kleides an und stürzte hinaus.

Die Maoris kamen mit dem Piano gut voran. Sie redeten laut durcheinander und machten derbe Witze, um sich die Plackerei zu erleichtern. Flora und Ada gingen an der Spitze und achteten darauf, daß das Instrument keinen Schaden nahm. Die Männer hatten eine Decke darübergelegt, sie schienen ebenso umsichtig wie flink. Ada haderte mit sich selbst, doch plötzlich erfüllte es sie mit einem Glücksgefühl, daß sie das Piano zurückbekam: Schließlich gehörte es ihr.

Aus der Ferne sah Alisdair Stewart, wie sich die kleine Karawane zwischen den Bäumen voranbewegte. Er hatte sich aufgemacht, um ihnen einen unangekündigten Kontrollbesuch während der Klavierstunde abzustatten, die Ada Baines an diesem Tag geben sollte. Und nun sah er fassungslos, wie das Piano durch den Wald getragen wurde.

»Keinen Schritt weiter!« brüllte er. Im Eilschritt überquerte er das holprige Gelände. »Das gehört euch nicht . . .«, schalt er Ada und Flora, als wären sie Kinder. »Was habt ihr mit dem Piano vor, na?«

Flora und Ada wechselten rasch einen Blick. Ada wußte nicht recht, was sie antworten sollte. Flora sprach für sie: »Er gibt es uns zurück.« Sie sah ihn aus ihrem kleinen Gesicht offenherzig an, verwundert darüber, daß er ihre Freude nicht teilte. Ada hingegen wirkte verschlossen und ließ sich keinerlei Regung anmerken. Sie starrte ihn ausdruckslos an, und es war unmöglich, ihre Gedanken zu lesen.

Stewart rannte den Maoris nach. »Stellt es ab!« befahl er. »Stellt es ab!« Er kehrte zurück und baute sich dicht vor seiner Frau auf. »Wie schlau von dir, Ada«, sagte er leise und zeigte mit dem Finger auf sie, »aber ich habe dich durchschaut. Ich werde das Land nicht auf diese Weise verlieren.« Er konnte sich nicht erklären, warum ihn seine Frau so plagte. Wieder kam es ihm so vor, als wäre das Piano ein Fluch, der auf ihrer Ehe lag. »Wartet hier!« rief er und stürmte allein weiter.

Hira saß auf den Stufen vor Baines' Hütte und bewachte den Eingang. »George will niemanden sehen«, sagte sie. »Er ist krank.« Stewart blieb stehen und lehnte sich atemlos an das hölzerne Geländer. Mit einem Wink lockte ihn Hira näher zu sich heran. »Hast du *tupeka* für Hira?«

Stewart begriff, daß sie Tabak von ihm wollte. »Nein«, erwiderte er schroff, schob sich an ihr vorbei und stellte sich vor Baines' Fenster. Er streckte die Hand durch die Öffnung und schob den Vorhang beiseite. »Baines«, sagte er.

Baines lag, einen Arm über die Augen gelegt, auf dem Bett.

»Baines, hören Sie«, sagte Stewart. »Ich finde, Sie hätten das Piano nicht hergeben dürfen. Ich sorge dafür, daß Sie anständig unterrichtet werden, mit Notenblättern und so.« Er war darauf bedacht, jeglichen

Schaden, den seine Frau mit ihrer Leichtsinnigkeit verursacht haben könnte, wiedergutzumachen.

»Ich will es gar nicht lernen«, sagte George Baines und richtete sich lustlos auf. Er sah schlecht aus.

»Sie wollen es gar nicht lernen?« wiederholte Stewart.

»Nein.«

Stewart dachte kurz nach. »Was wird aus unserem Handel? Ich kann mir das Piano nicht leisten, falls Sie wollen, daß ich es bezahle.«

»Nein, keine Bezahlung. Ich habe es zurückgegeben.«

»Nun, ich bin mir nicht sicher, ob ich es wiederhaben will«, sagte Stewart gerade heraus.

»Ich habe dabei eher an Ihre Frau gedacht«, erwiderte Baines und trat ans Feuer.

»Oh«, sagte Stewart. »Oh, verstehe.« Er kam sich lächerlich vor, fühlte sich angesichts von Baines' Großmütigkeit nicht wohl in seiner Haut. »Nun, ich vermute, sie weiß es zu schätzen.«

Mehr fiel ihm dazu nicht ein – er sagte sich, daß es wohl übereilt gewesen war, aus Floras Enthüllung vorschnelle Schlüsse zu ziehen –, und so machte er sich auf den Heimweg. Ein Stein fiel ihm vom Herzen: Er konnte das Land behalten. Achtzig Morgen war zwar nicht eben die Welt, aber der Fluß, der sie durchquerte, war für ihn von großer Bedeutung. Stewart brauchte das Stück Land, um die tiefer liegenden Weiden zu bewässern. Letztlich war der Handel ein voller Erfolg, denn Ada bekam ihr Piano zurück, ohne daß ihm daraus Kosten oder Nachteile entstanden. Seine Frau hatte ihr Piano wieder, und er hatte keine Schwäche gezeigt, hatte sich ihrer Laune nicht gebeugt. Außerdem: Vielleicht bewirkte ihre Freude über das Piano, daß sie sich ihm gegenüber etwas mehr öffnete. Manchmal, etwa wenn er sich bei der Arbeit ausruhte oder abends beim Zubettgehen, mußte er daran denken, wie er bei der Weihnachtsaufführung ihre Hand gehalten hatte. Wie eine kleine Taube, ein zerbrechliches Geschöpf hatte er die zierliche, warme Hand dieser reizenden Frau sacht mit seiner umschlossen. Er sehnte sich danach, sie in die Arme zu nehmen, doch bis dahin war es noch ein weiter Weg, und so rief er sich schnell zur Ordnung. Sie hatten sich an den Händen gehalten, immerhin, und im Augenblick hoffte er nur, daß er ihre Hand bald wieder würde halten dürfen.

Das Piano war sicher abgeliefert worden, aber da Stewart sich kürzlich mit neuen Vorräten versorgt hatte, besaß er kein Geld mehr, um die Maori-Männer für ihre Arbeit zu bezahlen. Alles, was er ihnen bieten konnte, war ein Glas voll Knöpfe, eine Währung, die die Maoris anfangs, als er mit ihnen Handel trieb, akzeptiert hatten. Nun rief sein Angebot nichts als Verärgerung hervor.

»Steck dir deine Knöpfe in den Arsch, du Mistkerl!« schimpfte einer von ihnen. Stewart konnte seine Worte allerdings nicht verstehen. »Wir sind keine Kinder.«

Auch die anderen fingen an zu fluchen.

»Das ist alles, was ich habe«, verteidigte sich Stewart, sichtlich verwirrt. Bevor er wußte, wie ihm geschah, schnappte einer der jungen Männer namens Tahu sich das Glas, rannte davon und hielt es hoch über seinem Kopf in die Luft. »Bring das zurück!« brüllte Stewart – vergeblich. Ärgerlich grummelnd trollten sich auch die älteren Maoris.

Ada achtete nicht auf den Tumult draußen vor dem Haus. Sie klappte den Klavierdeckel hoch, schlug ein paar Akkorde an, lauschte dem Klang und prüfte, ob es Schaden genommen hatte.

Stewart kam herein und zog die Tür hinter sich zu. »Ist es in Ordnung?« fragte er. »Warum spielst du nicht etwas?«

Ada trat vom Piano zurück. Sie weigerte sich, für den Mann zu spielen, der ihr Piano verschachert hatte. Sie gab Flora ein Zeichen. Ihre Tochter setzte sich, erfreut über die Gelegenheit, ihr Können vorzuführen. »Was soll ich spielen?« fragte sie scheu.

Stewart warf Ada einen Blick zu, die mit ausdrucksloser Miene am Fenster stand. »Spiel eine Gigue«, schlug er vor.

Flora sah ihre Mutter an. »Kenne ich irgendeine Gigue?« Ada beachtete ihre Tochter nicht; sie war in Gedanken versunken.

»Dann spiel doch ein Lied«, sagte Stewart.

Flora fing an zu singen und spielte eine schwermütige schottische Weise. Nachdem Ada ein paar Takte lang zugehört hatte, ging sie am Piano vorbei und zur Haustür hinaus. Sie mußte fort von ihrem Piano und allem, was es verkörperte: Baines, seine plötzliche Zurückweisung, ihre unmögliche Ehe. Sie war verwirrt und spürte, daß das Piano im Zentrum dieser Verwirrung stand. Stewart blickte ihr nach. Er schlug im Takt mit der flachen Hand aufs Piano, während Flora sang. Dann trat er ans Fenster und beobachtete Ada, wie sie zwischen den gespenstischen schwarzen Baumstümpfen umherwanderte. Flora hörte auf zu spielen. Seine abweisende, rätselhafte Frau trieb Stewart zur Verzweiflung. Er sagte: »Warum will sie nicht spielen? Wir holen das Ding zurück, und sie marschiert einfach hinaus.« Flora sagte nichts darauf, denn Stewarts Worte hatten ohnehin nicht ihr gegolten. Die Unnahbarkeit ihrer Mutter verstörte und verletzte auch sie. »Na los, spiel weiter«, sagte Stewart und schlug mit der Hand grimmig aufs Piano, während Flora mit ihrem Klagelied fortfuhr.

Mit finsterer, grüblerischer Miene ging Ada auf und ab. Plötzlich blieb sie stehen und blickte zum Haus hinüber. Alisdair Stewart stand am Fenster und beobachtete sie. Sie wandte sich unwillkürlich ab und fühlte, wie eine übermächtige Kraft sie zu George Baines' Hütte zog. Angestrengt blickte sie in den Busch hinein, als könnte sie, wenn sie sich nur genügend bemühte, durch die Bäume schauen und herausfinden, was ihr das Herz so schwer machte. Sie drehte sich wieder zu den verkohlten, schwelenden Baumstümpfen auf dem Grundstück ihres Mannes um und irrte weiter umher.

Ada war sich bewußt, daß kein Weg in die Richtung führte, in die es ihre Seele zog. George Baines war nicht ihr Ehemann; jetzt war er nicht einmal mehr ihr Schüler. Es gab also keinen triftigen Grund für einen Besuch bei ihm. Wider Willen ertappte Ada sich dabei, wie sie die beiden Männer immer wieder miteinander verglich. Bisweilen kam es ihr so vor, als wäre sie eher Alisdair Stewarts Angestellte als seine Frau. Sie waren im Umgang miteinander noch immer förmlich und steif, daran hatte sich nichts geändert. Ob sie ihm verzeihen konnte, jetzt, wo das Piano wieder ihr gehörte und der Tauschhandel mit George Baines – ihr Körper gegen das Piano – ein Ende hatte? Abermals machte sie kehrt, wanderte auf und ab und versuchte sich mit aller Macht von dem Pfad fernzuhalten, der zu Baines' Hütte führte. Sie wußte kein Mittel gegen ihre innere Rastlosigkeit und Verstörung. Die Arme traurig um den eigenen Leib geschlungen, streifte sie auf dem friedhofsähnlichen Gelände vor dem Haus weiter ziellos umher.

Beim Frühstück betrachtete Ada vom Küchentisch aus ihr Piano. Das Morgenlicht fiel auf das Instrument und ließ das schimmernde Rosenholz hell aufleuchten. Sie trat ans Piano, wischte mit einem Tuch darüber und fuhr mit dem Handrücken zärtlich über die vertrauten Tasten. Es war, als wäre das Piano eine Art Hort für ihre Empfindungen, sie mußte es berühren, wollte sie Aufschluß über ihre Gefühle erlangen. Mit dem Finger hob sie eine der Tasten an. An der Seite war etwas darauf gemalt: ein kleines, von einem Pfeil durchbohrtes und von den Initialen A und D flankiertes Herz. Diese Symbole hatte sie vor langer Zeit selbst hineingebrannt. Sie ließ die Taste wieder sinken und begann zu spielen.

Als ihre Finger die Tasten berührten und die Melodie zu fließen begann, schloß Ada die Augen. Mit tiefempfundener Hingabe spielte sie, und die Musik erfüllte Alisdair Stewarts Haus. Unvermittelt brach sie ab und blickte über die linke Schulter. Niemand saß im Zwielicht hinter ihr, niemand hörte ihr zu. Sie begann von neuem, versuchte die Leere in ihrer Seele auszufüllen.

Mit einer Hand schlug sie die elfenbeinernen Tasten an, doch abermals brach sie ab. Sie war voller Unruhe, unfähig weiterzuspielen, doch auch unfähig aufzustehen, und so blieb sie sitzen, eine Hand auf dem Deckel, die andere auf den Tasten. In Ada McGraths Leben tat sich ein dunkler Abgrund auf, sie war an einem Scheideweg angelangt, doch irgendwie mußte es weitergehen.

Nach einer Weile – wieviel Zeit genau vergangen war, wußte sie nicht zu sagen – platzte Flora herein und drängte Ada, mit ihr zu kommen und sich die Hühner anzuschauen. Da durchfuhr es Ada: Sie würde zu George Baines gehen. Sie griff nach Mantel und Haube, stürzte hinaus und trug Flora auf, zu Hause zu bleiben. Sie eilte den schmalen Pfad entlang, und auch heute trieb der Wind sein Unwesen, zauste und beutelte er den Busch. Flora folgte ihrer Mutter auf den Fersen, denn die Vorstellung, alleine zurückbleiben zu müssen, machte ihr angst. Das kleine Mädchen klammerte sich an den Rock der Mutter, zerrte daran und rief: »Warte! Warte!«, als ahnte es, wohin Ada wollte – und warum.

Ada fuhr herum, entriß Flora den Rocksaum und bedeutete ihr: »Geh zurück. Untersteh dich, mir nachzulaufen!« In den Bäumen rings um sie her zwitscherten die Vögel. Nichts, was in diesem Lande geschah, schien die Vögel von ihrem Gesang abhalten zu können.

»Warum? Warum darf ich nicht?« bohrte Flora.

»Geh zurück und mach deine Übungen«, gab Ada ihr zu verstehen.

Nicht weit von ihnen bahnte sich Stewart zusammen

mit Tahu, den er für einen Tag angeheuert hatte, einen Weg durch den Busch. Als er Floras Stimme hörte, blieb er stehen. Er sah, wie Ada Flora stehenließ und ihre Tochter ihr nachrief: »Ich werde nicht üben, ich mache, was ich will!« Er konnte sie beide deutlich erkennen.

Ada achtete nicht auf das Gequengel ihrer Tochter, sondern ging weiter. Flora stampfte mit dem Fuß auf. Die Fäuste schüttelnd und vor sich hinschimpfend, ging sie quer durch den Wald in Stewarts Richtung. »Verdammter Mist! Die kann mich mal! Mist! Mist! Soll sie doch mit dem Gesicht in den kochenden Schlamm fallen! Soll sie doch von tollwütigen Hunden gebissen werden, daß sie blutet! Verdammt, verdammt . . .!«

Stewart tauchte so überraschend aus dem Unterholz auf, daß Flora zusammenfuhr. Mit vor Schreck geweiteten Augen blickte sie zu ihm auf. »Wo ist deine Mutter?« fragte Stewart. »Wo ist sie hin?«

Das hübsche Gesicht vor Wut verzerrt, rief Flora: *»In die Hölle!«* und rannte davon, so schnell sie konnte, aus Angst, sie könnte für ihre Boshaftigkeit bestraft werden.

Stewart kletterte hinauf zu dem Pfad, wo Ada verschwunden war. In der Ferne erhaschte er einen Blick auf ihre Gestalt, die mit fliegenden Röcken davoneilte. Der Wind spielte den Baumwipfeln übel mit, so daß sie ächzten und die Äste aneinanderrieben. Stewart stellte seiner Frau nach, die ihn nicht bemerkte.

Atemlos und ohne anzuklopfen stürzte Ada in Baines' Hütte. Baines lag benommen auf dem Bett. Er richtete sich auf. Ada blieb an der Tür stehen, unfähig, auch nur einen Schritt weiterzugehen. Baines kam auf sie zu. Er blinzelte, um die Schläfrigkeit zu vertreiben, und er wirkte zurückhaltend, vielleicht sogar ein wenig mißtrauisch. »Was führt dich hierher?« fragte er beiläufig. Ada rührte sich nicht, und auch ihr Gesicht zeigte keine Regung. »Hast du etwas vergessen?« Baines stopfte sein Hemd in die Hose. »Ich habe nichts gefunden.«

Noch immer rührte Ada sich nicht. Aus ihrem Blick sprachen eine Verletzlichkeit und Offenheit, die Baines alle Vorbehalte vergessen ließen. »Ahnt er etwas?«

Ada schüttelte den Kopf und ging zu der Stelle, an der das Piano gestanden hatte. Dort blieb sie stehen und sah sich hilfesuchend um. Der Raum wirkte bedrückend auf sie, die Luft war vom Geruch der feuchten, moosbewachsenen Bäume durchdrungen.

»Das Piano ist doch nicht beschädigt? Es ist heil angekommen?« Ada nickte. Sie wußten beide nicht, wie es weitergehen sollte.

»Möchtest du dich setzen?« fragte er. »Ich werde mich setzen.« Er setzte sich auf einen Stuhl und trank einen Schluck aus einem Glas, das auf einem niedrigen Tischchen vor ihm stand.

Ada blieb regungslos stehen. Baines' Gewissenhaftigkeit rührte sie. Er sah sie an und suchte nach Worten, denn ihr unerwarteter Besuch und, mehr noch, ihre seltsame, ungewohnte Zerbrechlichkeit verunsicherten ihn.

»Ada«, sagte Baines, und es klang wie ein Vorwurf, »Ada, ich bin unglücklich.« Er hielt kurz inne. »Weil ich dich will. Weil mein Geist von dir beherrscht wird und ich an nichts anderes denken kann. Deswegen leide ich«, sagte er, spreizte die Hände und lächelte hilflos. »Ich bin krank vor Verlangen. Ich esse nicht, ich schlafe nicht.« Er blickte zu ihr auf, und sie sah, wie sehr er litt. »Also, wenn du ohne Gefühle für mich gekommen bist, dann geh.« Diese Worte kosteten George Baines gewaltige Überwindung. Er sah Ada an, und als er auf ihrem Gesicht keinerlei Regung erkennen konnte, erstarrten seine Züge. »Geh«, sagte er und wies mit dem Kopf zur Tür. »Geh, geh!« Er stand auf, ging zur Tür und hielt sie ihr auf.

Ada bewegte sich noch immer nicht. Baines' Geständnis hatte sie im Innersten getroffen, und sie fühlte sich wie gelähmt. Solche Worte hatte sie noch nie vernommen. Sie zitterte am ganzen Leib, ihre Brust glühte, und ihr war, als müßte sie langam und tief durchatmen, wollte sie nicht in Flammen aufgehen. Warum merkte er nicht, was sie fühlte? Warum schickte er sie fort? Sie haßte ihn für seine Blindheit, für das, was er ihr angetan hatte, und dafür, daß er nach und nach von ihrem Körper Besitz ergriffen hatte. Er hatte ihn neue Gefühle, ein neues Verlangen gelehrt, so daß er nicht mehr ihr eigener war. Und nun hatte ihr Körper sich wie von allein auf den Weg zu seiner Hütte gemacht, all dem zum Trotz, was ihr etwas bedeutete: ihr Stolz, ihr Wille, ihre Tochter.

Doch Baines ahnte nicht, was in Ada vorging. Er war überzeugt, daß sie mit ihm spielte, ohne etwas für ihn zu empfinden, und das machte ihn wütend. »Nun geh schon! Geh!« Seine Stimme bebte vor Erregung. »Verschwinde!« rief er.

Diese Worte schmerzten sie. Tränen der Wut schossen ihr in die Augen, als sie auf ihn zutrat und ihm fest ins Gesicht schlug. Baines sah sie fassungslos an. Ada schlug weiter auf ihn ein, traf ihn im Gesicht und an der

Schulter. Als Baines schützend den Arm hob, um ihre Schläge abzuwehren, hellte sich seine Miene auf und er strahlte, als hätte sie ihm soeben seine Liebe eingestanden. Ada war über sich selbst erschrocken, und die Röte stieg ihr ins Gesicht. Sie sahen sich an, und in diesem Moment waren sie einander gleich, nahm jeder den anderen in seinem tiefsten Innern wahr. Mit jedem Atemzug, mit jeder Sekunde, die ihre Blicke aneinander hafteten, wurde das Versprechen besiegelt und vertieft, bis George Ada einem Schlafwandler gleich, der nicht weiß, wie es ihn an den Ort verschlagen hat, an dem er erwacht, in die Arme schloß. Sie zitterte, und Tränen schossen aus ihren Augen. George beugte sich herab und küßte Ada zart auf den Hals, dann hob er den Kopf, bis ihre Lippen sich fanden, und sie küßten und berührten sich, Lippen, Wangen, Nase, Augen, Haar. Ihre Zärtlichkeiten hatten nichts Geübtes, denn sie ließen sich von ihren Gefühlen leiten. Georges Gesicht drückte zugleich Schmerz und Freude aus. Ada hielt ihn fest umschlungen, als befürchtete sie, er könnte ihr verlorengehen. Die Welt um sich herum vergessend, zerrten sie einander die Kleider vom Leib, begierig darauf, die Haut des anderen zu berühren.

Draußen beobachtete Alisdair Stewart argwöhnisch George Baines' Hütte. Ohne auf Flynns Gebell zu achten, stellte er die Tasche mit dem Arbeitsgerät neben der Treppe ab und trat näher. Aus dem Inneren der Hütte drang ein tiefer Seufzer. Sein Gefühl sagte Stewart, daß er besser nicht anklopfte. Mit steifen Schritten ging er um die Ecke herum und nahm den Hut ab. Zitternd spähte er durch einen Spalt zwischen den

Brettern. Im Inneren erblickte er George Baines und seine Frau, Ada McGrath.

Ungeduldig zogen George und Ada an den Bändern und Schnüren ihrer Kleidung, Knöpfe rissen ab, Schließen platzten auf, Korsettstäbe sprangen heraus. Wieder küßten sie sich, und dieser Kuß löste eine neuerliche Welle der Begierde aus; ein gewaltiges Verlangen kam über sie, ein Rausch, wie sie ihn beide noch nie zuvor erlebt hatten. George machte sich an Adas Jacke zu schaffen, ließ sich auf die Knie fallen, hob Petticoat und Reifröcke hoch und tauchte mit dem Kopf in ihren Duft ein. Ada hielt die Augen geschlossen, sie seufzte und stöhnte leise. Langsam streifte George ihre Strümpfe herunter; warm spürte sie seine großen Hände auf ihrer Haut. Mit jeder Berührung stieg ihrer beider Fieber.

Stewarts Brustkorb hob und senkte sich, der Kopf schwirrte ihm. Die gedämpften Laute des Mannes und der Frau in der Hütte noch immer im Ohr, wich er taumelnd von seinem Guckloch zurück. Wie erschlagen und außer sich vor Wut, konnte er keinen klaren Gedanken fassen. Statt hineinzustürzen und die beiden gewaltsam zu trennen, trat er abermals an die Wand, und dieser zweite Blick, dieser Blick aus Neugier, wurde ihm zum Verhängnis: Er fühlte sich wie gelähmt, gefesselt, allein.

Ada hob den Rock über die Schultern. Stück für Stück zog sie sich aus, und ihre entblößte Haut war wie elektrisiert, sobald sie mit der milden, kosenden Luft in

Berührung kam. Mit beiden Händen griff Ada in Georges Haar. Er kniete vor ihr, und sie lächelte, als sie sein rauhes Gesicht an ihren Schenkeln spürte, während er mit Lippen und Zunge ihre Süße erforschte. Sie zog ihn dichter an sich heran. All diese neuen Empfindungen drohten sie zu überwältigen. Mit strahlendem Gesicht erbebte sie vor Lust, daß sie fürchtete, die Beine könnten ihr versagen.

Stewart lehnte an der Außenwand der Hütte – ein Gefangener seiner Neugier. Er bemerkte nicht, daß Flynn seine Hand abzulecken begann. Er sah nur, daß Baines Adas Unterhosen heruntergezogen hatte, und er sah, daß ihre Beine nackt waren. Abrupt zog Stewart die Hand weg und betrachtete sie verständnislos: Sie war speichelfeucht. Er wischte sie an den Holzplanken ab und spähte weiter hinein, denn er war unfähig, sich zu bewegen oder etwas zu tun.

Im Inneren der kleinen Hütte hoben sich Georges und Adas Körper hell und sanft von den dunklen, rauhen Bodendielen und Wänden ab. Er hob ihre zierliche Gestalt hoch, trug sie quer durch den Raum und legte sie auf sein Bett. Es war dunkel in der Hütte, und nur durch die Ritzen und Fugen in den Wänden sickerte etwas Licht. Ihr Atem ging im Gleichtakt, denn sie standen beide im Bann einer sinnlichen Verzauberung. Ada war in sich und außer sich zugleich, als halluzinierte sie, eine ekstatische Verzückung durchströmte sie, jede Umarmung kam einer Erlösung gleich. Das offene Haar klebte in langen schwarzen Strähnen auf ihren Wangen und schlang sich um ihren Hals. Ihre

Wangen waren gerötet, und die Augen glänzten, als Georges Gesicht über ihre Brüste wanderte, zart, langsam, und er sich am Honigduft ihres Körpers berauschte. Sie streichelte seinen breiten Rücken, hielt seinen Körper dicht an ihren gepreßt, und trunken vor Wonne bewegten sie sich sacht auf und ab, als ob Wellen ihre Körper wiegten. Während sie sich küßten, stieß Ada beim Atmen leise Geräusche aus, kaum hörbare Laute, die George durch und durch gingen und ihn vor Freude an den Rand der Ohnmacht trieben. »Was?« fragte er Ada sanft. »Was? . . . Flüstere es.«

Alisdair Stewart rührte sich nicht vom Fleck, er war gefesselt von der strahlenden Schönheit seiner Frau und dem Schauspiel der sich liebenden Körper, das er noch nie gesehen, geschweige denn selbst erlebt hatte.

George lag nun auf Ada, und sie genoß das Gewicht seines Körpers. Sie bewegten sich, als wären sie eins, denn sie waren vom selben Geist beseelt und gaben sich voll abgründiger Freude ihrer Liebe hin. Im weichen Licht wirkte Georges Körper ebenso groß, wie Adas klein wirkte, ebenso vierschrötig und knorrig wie ihrer kurvenreich und glatt. Er hatte Angst, sie zu erdrücken, doch sie zog ihn kraftvoll und hemmungslos an sich und umfing ihn voller Leidenschaft und Begehren. Haut auf Haut lagen sie, ihre Körper kamen einander näher und näher, bis sie gemeinsam der Glückseligkeit entgegenstürzten. Sie liebten sich mehrmals, anfangs gedankenlos, weil es sie drängte, den anderen mit ihrer Liebe zu überschütten. Sein Penis und ihre Vagina wurden zur Verkörperung ihres Ichs, sie wurden eins mit ihrem Geschlecht, von den heftigsten Stößen bis zur zärtlichsten Liebkosung, bis sie erschöpft ihr Liebesspiel in einen langen, endlosen Kuß münden ließen. Baines ging das Herz auf, er lachte und weinte und war erfüllt von der Liebe und Ehrfurcht für das zarte weibliche Wesen, das ihn so seiner Kraft zu berauben und zu bezaubern vermochte.

Nachdenklich saß George auf dem Bett und sah zu, wie Ada sich ankleidete. Nun, im kalten Nachglanz ihrer Zärtlichkeiten, fühlte er sich unglücklich. Er wünschte, ihr idyllisches Zusammensein hätte nie ein Ende. »Jetzt, wo du gehst, fühle ich mich furchtbar. Wie kommt das?« Ada stellte sich vor ihn hin, damit er ihr half, die Ärmel zuzuknöpfen, eine kleine Geste der Vertraulichkeit, die ihm das Herz noch weiter anschwellen ließ. »Ada, ich muß wissen, was du tun wirst. Kommst du wieder?«

Ada nahm ihre Jacke und sammelte die fehlenden Knöpfe ein. Die Realität begann sie einzuholen; sie machte sich Sorgen, weil so viel Zeit vergangen war, und hatte es eilig, sich anzuziehen und zu Flora zurückzukehren. Ada wollte Georges Fragen nicht hören, denn sie hatte keine Antwort darauf. Als sie die Hand nach dem letzten Knopf ausstreckte, entglitt er ihr und rutschte durch einen Spalt zwischen zwei losen Bodendielen.

Der Knopf fiel unter die Hütte, wo Alisdair Stewart eingezwängt hockte, in jenen dunklen, modrigen Hohlraum, in den sich Flynn vor Flora, seiner Peinigerin, geflüchtet hatte. Der Knopf fiel auf Stewarts Hals, wobei er nur knapp sein Gesicht verfehlte, und kullerte in den Kragen seines Hemdes. Er unterdrückte einen leisen Aufschrei, denn er wollte sich nicht verraten.

»Warte«, sagte George. »Ich weiß nicht, was in dir vorgeht.« Mit flinken Bewegungen ordnete Ada ihr Haar, steckte die Zöpfe, wo sie sich gelöst hatten, in Schlaufen fest und brachte sich auf den Boden der Wirklichkeit zurück. »Bedeutet es dir etwas?« fragte George sanft. »Ich vermisse dich schon jetzt, Ada.« Er legte ihr den Arm um die Taille. »Liebst du mich?«

Ada hielt inne und überlegte kurz. Sie betrachtete im Spiegel ihr Gesicht, das unverändert war und keinerlei Spuren trug, obwohl sie damit gerechnet hatte. Sie wußte keine Antwort. Was fühlte sie außer tiefer Freude, außer, daß ein dunkles Geheimnis sich auftat? Langsam drehte sie sich zu George um, hob sein Hemd und bedeckte seine Brust mit Küssen, als wollte sie ihn verschlingen, anstatt ihm zu antworten. Verwirrt ließ George sie gewähren – war dies nun eine Antwort oder nicht? – und gab sich abwesend ihren forschenden Küssen hin. Dann hielt er seine Geliebte ein Stück von sich, so daß er ihr Gesicht betrachten konnte. »Komm morgen wieder«, drängte er. »Wenn die Antwort ja ist, dann komm morgen wieder.« Erneut küßte Ada ihn, als könnte sie vom Geschmack seiner Haut nicht genug bekommen, als hätte sie den Geschmack von Haut bis dahin nicht gekannt.

9

Da sie ihr Geheimnis wohlgehütet wähnte, fühlte Ada sich an diesem Abend unbeschwert und beschwingt. Vor dem Schlafengehen erlaubte sie Flora, ihr das Haar zu bürsten, doch statt wie sonst geduldig dazusitzen, sprang Ada auf und lief, lächelnd und lautlos lachend, in stiller Verzückung im Kreis herum, während Flora lachend auf dem Bett stand und kreischte: »Halt still, Mutter!«

Stewart saß mit steifem Nacken und zusammengepreßten Zähnen nebenan und lauschte ihrem Übermut und Gekicher. Er hatte sich das nasse Haar nach dem Bad sorgfältig gekämmt und blätterte, ohne die Seiten anzusehen, in einem Heft mit getrockneten Pflanzenarten, die er über die Jahre gesammelt hatte. Nach einer Weile stand er auf und ging zur Tür des Schlafzimmers, in dem Flora und Ada auf dem Bett herumtollten. Mit dem langen schwarzen Haar und den weißen Nachthemden waren die beiden ausgelassenen zierlichen Frauen kaum voneinander zu unterscheiden. Stewart konnte seine Wut kaum noch bezähmen, ja sie machte ihm angst. Was sollte er schon zu seiner Frau sagen? Adas Schweigen schien ihm ebenfalls Schweigen zu gebieten. Er überließ sie ihren Spielereien, ging nach draußen und hackte Holz, bis sie das Licht löschten.

Als Ada tags darauf sah, wie Stewart aufbrach, um mit der nicht enden wollenden Arbeit des Absteckens seines Landes fortzufahren, verließ sie eilig und ohne Flora beim Spielen zu stören das Haus. Rasch und mit wild pochendem Herzen lief sie den Pfad zu Georges Hütte entlang. Der Himmel war dunkel, und die Baumwipfel schwankten furchterregend. Der Wald schien mit einem Mal feindselig und endlos.

Außer Atem blickte Ada immer wieder zurück, um nach möglichen Verfolgern Ausschau zu halten – sie dachte an Flora –, als plötzlich wie aus dem Nichts Alisdair Stewart vor ihr auftauchte. Abrupt blieb Ada stehen. Noch nie hatte sie diesen Ausdruck auf seinem Gesicht gesehen. Seine Augen sahen nicht etwa sie an, sondern an ihr vorbei, in einer Weise, die nichts Menschliches, sondern etwas Tierisches hatte, wutentbrannt, verletzt und verständnislos. Er wußte, wohin sie wollte, und sie sah ihm an, daß er irgendwie dahintergekommen war, was sich dort am Vortag zugetragen hatte. Mit gesenktem Blick ging sie unbeirrt an ihrem Mann vorbei und weiter den Pfad entlang, als hätte er sich ihr nicht in den Weg gestellt. Dann lief sie mit stolz durchgedrücktem Rückgrat und entschlossener Miene los. Er setzte ihr nach, holte sei ein, bekam ihren Arm zu fassen und zog sie an sich heran, um sie, die Arme fest um sie geschlungen, mit grimmiger Leidenschaft zu küssen. Ada sträubte sich und stieß ihn von sich, duckte sich und entwand sich seinem Griff, als er einen Augenblick lang nicht aufpaßte. Dann hastete sie weiter, aber sie konnte ihm nicht entkommen, und in dem unwegsamen Urwald gab es keinen Ausweg. Stewart packte sie erneut und zerrte sie von dem Baum fort, an den sie sich verzweifelt klammerte; gnadenlos zog er mit aller Macht an ihr, und sie hielt sich mit aller Kraft an dem Ast fest, bis sie nicht mehr konnte. Er stieß sie zu Boden, in die Blätter und den Schlamm, warf sich auf sie und preßte sein gerötetes, rauhes Gesicht auf ihres, das kalt und kreidebleich war. Als ihre Blicke sich trafen, zögerte Stewart einen Augenblick, und Ada nutzte die Gelegenheit, um ihn abermals von sich zu stoßen. Sie versuchte sich aufzurichten, doch er schob ihren Rock hoch, zwängte seine Hand resolut zwischen ihre Beine und zerrte an ihrer Unterwäsche. Stöhnend rollte Ada sich hin und her, mal auf die eine, mal auf die andere Seite, sie stieß und trat ihren Mann, zog den Rock nach unten und schob seine Hände weg, wenn er sie berühren wollte. Ada kroch durch das Unterholz, doch Stewart packte ihren Rock, zog sie zu sich und legte dabei Hand vor Hand wie ein Seemann, der den Anker einholt. Die dicken, biegsamen Lianen erschienen ihr wie Arme, die nach ihr griffen und sie umfingen, wie graue Schlangen wanden sie sich um sie, ein schreckliches Fangnetz, im Bunde mit dem Mann, der sie an diesen Ort gebracht hatte.

Wieder stürzte Stewart sich auf sie, und seine großen Hände legten sich um ihre Taille.

»Mama! Mama!« rief Flora von weitem. Ihre Engelsflügel hingen ihr verbogen auf dem Rücken. In Tränen aufgelöst rief sie: »Sie spielen auf deinem Piano.«

Als Stewart ihre Stimme hörte, ließ er von Ada ab. Sie machte sich von ihm frei, strich den Rock glatt und warf ihrem Mann einen so vorwurfsvollen Blick zu, daß er sich einen Augenblick lang selbst als der Sünder fühlte. Verbittert senkte er den Kopf, während Ada, um Haltung ringend, ihrer Tochter entgegenging.

In Stewarts Haus hatte sich eine Handvoll Maoris rund um das Piano aufgebaut. Häuptling Nihes Tochter versuchte, auf dem Instrument zu spielen, und haute auf die Tasten, daß es nur so schepperte.

Flora folgte ihrer Mutter, die zurück nach Hause eilte, wobei sie die Haube festhielt und immer wieder den Rock glattstrich. Als sie eintrafen, brachen die Maoris gerade auf.

Auch Stewart ging den Hügel hinab. Zu Hause angekommen, ging er wortlos an Ada und Flora vorbei zum Holzstapel und machte sich daran, gleich lange Bretter zurechtzuschneiden. Ada setzte sich auf ihr Bett. Sie zitterte und hielt sich die Ohren zu, denn sie war bestürzt, was sie da in Gang gesetzt hatte. Da fing Stewart an, die Fenster zu vernageln, so daß kein Licht mehr hereinkam. Flora, deren Engelsflügel schlaff herabhingen, gab Stewart von innen Anweisungen, denn sie hatte den Sinn und Zweck seines Tuns sofort erkannt. »Hier, Papa«, sagte sie und legte die Hände dort an die Fensterscheibe, wo er eine Lücke gelassen hatte. Unbewußt war sie dazu übergegangen, ihn Papa zu nennen. Sie sah ihre Mutter prüfend an, doch wie gewöhnlich schenkte Ada ihr keine Beachtung.

Den Rest des Tages lag Ada auf dem Bett und betrachtete ihr Gesicht in einem Handspiegel. Noch immer suchte sie darin nach einem Wandel, nach Spuren. Georges Gesicht trug Male, warum jetzt nicht auch ihres? Den Blick auf den Spiegel gerichtet befühlte sie ihre Wange. Dann führte sie den Spiegel langsam an die Lippen und gab ihrem Abbild einen innigen Kuß.

Stewart kam mit der Arbeit rasch voran. Zu guter Letzt ging er auf die Veranda und verrammelte die Tür von außen mit einem hölzernen Riegel. Ada war eingesperrt.

Flora trat an das Bett, auf dem ihre Mutter lag. »Du hättest dort nicht hingehen dürfen«, sagte sie tadelnd. Sie ging um das Bett herum und setzte sich. »Ich finde es nicht gut, und Papa auch nicht.« Dann öffnete sie eine Schachtel, griff hinein und holte einen Stapel Karten heraus. Sie legte eine Karte nach der anderen auf Adas Hüfte und sagte: »Wir können Karten spielen, wenn du möchtest.« Aber Ada rollte sich zur Seite, schloß die Augen und preßte ihr Gesicht und ihren Körper Trost suchend auf die Matratze. Die Karten glitten unangetastet herunter. Flora sah ihre Mutter an, und ihr sorgenvolles, verstörtes Kindergesicht wirkte plötzlich sehr erwachsen.

Sie waren also eingesperrt ins Haus wie in ein Gefängnis. Stewart hatte beschlossen, Ada eine Lektion zu erteilen, es war eine harte Schule, durch die sie gehen sollte. Er hatte ein Brett über dem anderen angebracht, und mit jedem Nagel, den er hineintrieb, hatte Ada sich mehr von der Gegenwart losgerissen, sich ihr mehr entzogen und sich in den tiefen Schacht der Erinnerung versenkt.

Ada McGrath zeigte sich Delwar Haussler nach ihrer ersten Umarmung eine Woche lang nicht. Sieben Tage vergingen, bis sie ihre Selbstsicherheit zurückerlangte und das Gefühl hatte, sich nicht mehr durch die Schamröte auf ihren Wangen zu verraten. Sie hatte keine Ahnung, was er über sie dachte, und sie selbst hätte niemals preisgegeben, was sie für ihn empfand.

Delwar Haussler machte keinerlei Anstalten, Ada nachzustellen; er wußte, daß ihm dies in seiner Stellung nicht zukam, und hatte Angst, er könnte sie verschrecken, indem er ihr zu nahe trat. Als sie an jenem Abend vor einer Woche aufgestanden und aus dem Zimmer gegangen war, hatte er ihr wortlos nachgeblickt. Der Kuß hatte eine Veränderung in ihm bewirkt: Wenn er Ada ansah, sah er nicht länger ein kleines Mädchen vor sich. Er sah sie als das, was sie war, und nicht so, wie sie zu sein schien. Er hielt sie für einen außergewöhnlichen Menschen.

Das Musikzimmer versank für sieben Tage in einen Dornröschenschlaf. In dieser Zeit fiel Wyston McGrath jedoch nicht auf, daß etwas nicht stimmte. Zwar kam er eines Nachmittags an dem Zimmer vorbei und sah, daß Delwar und Ada nicht da waren, doch kaum wandte er sich von der offenen Tür ab, nahmen ihn schon wieder andere Dinge in Beschlag. Beadsley, sein Anwalt, hatte McGrath ein paar Tage zuvor ernsthaft ins Gewissen geredet. »Sie müssen Ihre Angelegenheiten regeln, bevor es zu spät ist«, hatte er mit bedeutungsschwerer Stimme gesagt. Nach einem tiefen Seufzer hatte Wyston mit seinem üblichen ironischen Unterton erwidert, zu diesem Zweck beschäftige er ja einen Anwalt und einen Buchhalter.

Ada verbrachte den größten Teil der Woche in ihrem Zimmer. Erkundigte sich jemand vom Personal nach ihr, wurde er in herrischem Tonfall abgefertigt, der eher zu einem Kind paßte als zu der jungen Frau, in die

Ada sich nach ihrem Dafürhalten plötzlich verwandelt hatte. Als sie sich am ersten Tag ihrer selbstauferlegten Quarantäne schon nach wenigen Stunden zu langweilen begann, nahm sie die verhaßte Stickarbeit zur Hand. Sie wollte das Tüchlein für ihren Vater fertig machen; und vielleicht würde sie auch etwas für Delwar sticken.

Bald schon legte sie Nadel und Tuch jedoch beiseite. Sie fühlte sich wohler, wenn sie einfach nur auf dem Bett lag und aus dem offenen Fenster schaute, um zu träumen und sich allerlei romantische Szenen mit ihr und Delwar Haussler auszumalen, und an nichts anderes dachte.

Nach einer Woche hatte Ada ihre Selbstbeherrschung wiedergefunden und fand sich zur üblichen Zeit im Musikzimmer ein. Delwar saß auf einem Stuhl neben dem Piano, wie er es in dieser Woche jeden Tag ein paar Stunden lang getan hatte. Er war nicht an einem einzigen Abend ausgegangen, hatte seine Freunde und sogar die Musik gemieden. Vor allem aber hatte er Judith McDougall gemieden, deren nicht unerheblicher Liebreiz in seiner Erinnerung mehr und mehr verblaßt war.

Unbeholfen stand Delwar auf, als Ada den Raum betrat. Sie lächelte ihn höflich und ein wenig kühl an. Aufgeregt machte er einen Schritt vorwärts, um ihre Hand zu ergreifen, überlegte es sich jedoch anders. Sie nickte ihm steif zu und bedeutete ihm, daß er ihr etwas vorspielen solle.

Delwar spielte schlecht an diesem Nachmittag, seine Finger waren ungelenk, und er band nachlässig die Töne. Noch nie hatte Ada ihn so spielen hören, ihn, der sonst ein so gewissenhafter und gründlicher Klavierspieler war, doch sie ließ sich ihre Verwunderung nicht anmerken. Insgeheim schmeichelte ihr seine Befangenheit, und ihr entging nicht, daß sich sein Hals und seine Wangen gerötet hatten. Mit der Hand fuhr sie sich über die Wange, doch sie war kühl.

Delwar forderte Ada auf zu spielen, aber sie weigerte sich. Es drängte ihn, mit ihr zu sprechen, sie zu fragen, was sie fühlte, sich für seine Hemmungslosigkeit zu entschuldigen und ihr gleichfalls mit der Hand über die Wange zu streichen. Doch er tat nichts dergleichen, sondern spielte ein lebhaftes Stück von Chopin. Nach einer Stunde konnte er die innere Anspannung nicht länger ertragen. Er wußte, daß er etwas unternehmen mußte. Entweder stürzte er sich auf Ada, oder er verließ das Zimmer. Er stand auf, wobei er sich an der Klavierbank stieß, und ging wortlos hinaus.

Vom Fenster des Musikzimmers aus beobachtete Ada, wie Delwar quer über den Rasen zum Fluß ging. Sie setzte sich ans Piano, und sobald sie ihn außer Hörweite glaubte, fing sie an zu spielen. Sie improvisierte, brachte all das ein, was sie von Delwar gelernt hatte, sie ließ das Piano singen und gab ihren Gedanken und Gefühlen eine Stimme.

Delwar und Ada trafen sich wie zuvor jeden Nachmittag im Musikzimmer. Im ersten Monat spielte Delwar, und Ada hörte zu. Er machte keinerlei Fortschritte, denn sein Geist folgte verschlungenen und verworrenen Pfaden, und er fand beim Spielen nicht die nötige Unbeschwertheit und innere Ruhe. Während einer einzigen Phrase im Viervierteltakt konnte er zwischen Verzweiflung und Überschwang, zwischen

Tatendrang und Lethargie, zwischen Sehnsucht und Einsamkeit schwanken. An manchen Tagen tanzten die Noten auf den Blättern vor seinen Augen; dann konnte er die Musik nicht lesen, sie verweigerte sich ihm. Also versuchte er etwas aus dem Gedächtnis zu spielen. Im Gegensatz zu Ada improvisierte er nie.

Eines Nachmittags erklärte Ada sich bereit, selbst etwas zu spielen. Sie setzte sich ans Piano und trug ohne Noten ein Stück vor, das Delwar noch nie gehört hatte. »Was war das?« fragte er, als sie geendet hatte. »Von welchem Komponist ist das?« Seine Unkenntnis war ihm peinlich, und er wollte es unbedingt wissen. Hatte Ada etwa heimlich geübt?

Natürlich antwortete sie ihm nicht. Das silberne Notizbuch baumelte unangetastet an ihrem Hals, während sie weiterspielte. Sie hatte das Stück selbst komponiert. Es war ihr nachts in den Sinn gekommen, und an diesem Tag gab sie es unverfälscht wieder. Doch sie war zu schüchtern, um Delwar dies einzugestehen. Außerdem amüsierte sie die Verlegenheit ihres Lehrmeisters. Er nahm wieder Platz und hörte ihr zu.

Ihre Nachmittage folgten dem gewohnten Muster. Delwar gab ihr Anweisungen, spielte ihr das eine oder andere Beispiel vor, Ada sah zu und ließ sich von ihm leiten. Sie waren im Umgang miteinander wieder sehr förmlich geworden, benahmen sich höflich und respektvoll, ja gleichsam unterwürfig, wie in den ersten Tagen. Delwar hätte die trennende Mauer, die sich allmählich zwischen ihnen aufbaute, gern niedergerissen. Ada merkte ihm seine Zerstreutheit an, aber das, was er von ihr wollte, konnte sie ihm nicht geben.

Ada dachte ebensowenig daran, Delwar Haussler zu

heiraten, wie sie vor ihrem ersten Kuß daran gedacht hatte, überhaupt zu heiraten. Was ihr Vater über Delwar oder sie selbst denken mochte, kümmerte sie nicht; sie machte sich nichts aus der Meinung anderer Leute. Sie wollte sich jedoch nicht auf etwas einlassen, über das sie früher oder später die Gewalt verlieren könnte. Sie wollte, daß alles so war wie früher, vor Miss McDougall, vor jenem Abend, als die Welt nur aus ihr selbst und Delwar und dem Piano bestanden hatte.

Dies redete sie sich zumindest ein, ohne davon etwas zu verraten, doch natürlich wollte sie noch mehr. Nachts träumte sie davon, in Delwars Armen zu liegen, träumte von seinen warmen Lippen; sie konnte nichts ausrichten gegen die Bilder, die sich ihr im Schlaf aufdrängten.

Bisweilen glaubte Delwar, er wäre dem Wahnsinn verfallen. War die Umarmung nur Einbildung gewesen, ein Hirngespinst, etwas, das er sich ausgedacht hatte? Seine Freunde besuchten ihn und bemühten sich, seine Begeisterung für Konzerte, Musikabende und sonstige Veranstaltungen wiederzubeleben, doch all ihr Zureden nützte nichts. Vormittags machte er allein lange Spaziergänge und sehnte den Nachmittag herbei. Er schrieb Ada Briefe, die er nie abschickte, und verfaßte Reden, die sie nie zu hören bekommen würde.

Dabei war Delwar alles andere als ein Realist – er war ein Träumer. Er malte sich nicht etwa aus, wie Ada eines Tages als seine angetraute Frau zu ihm gehören würde. Er studierte nicht die Worte ein, mit denen er bei Wyston McGrath um ihre Hand anhalten wollte. Er bat seine Schwestern nicht um Geld, um einen Hausstand gründen zu können. Wie Ada dachte auch er nicht ans Heiraten. Sie war seine Schülerin, er ihr Lehrer. Diese Kluft war nicht zu überbrücken, ihre Beziehung konnte man nicht ändern.

Eines Tages kam ihm eine Idee. Er bestellte in London Noten und gab Wyston die Rechnung, als die Ware an einem strahlenden Morgen eintraf. Er legte die frisch gedruckten Seiten aufs Piano, ging im Musikzimmer auf und ab und wartete auf Ada.

»Nun, Ada«, sagte er, als sie wie üblich ruhig und beherrscht das Musikzimmer betrat, »ich möchte, daß du ein neues Stück lernst. Es heißt ›Phantasie in f-Moll‹ und ist von Schubert.« Ada sah ihn fragend an. Delwar besorgte des öfteren neue Noten, doch hatte er noch nie so viel Aufhebens darum gemacht. Als sie sich auf die Bank setzte, breitete er schwungvoll die Notenblätter vor ihr aus. Sie starrte sie an. Die Noten waren in einer Weise angeordnet, die ihr nicht vertraut war. Sie hatte geglaubt, sie hätte gelernt, Noten zu lesen, und war stolz auf ihre wachsenden theoretischen Kenntnisse gewesen. Doch dies war etwas völlig anderes.

»Es ist ein Duett«, verkündete Delwar triumphierend. Ada blickte mit weit aufgerissenen Augen zu ihm auf. Ihr Gesichtsausdruck veränderte sich. »Es ist für vier Hände geschrieben. Vier Hände auf einem Piano.« Ada richtete den Blick wieder auf die Noten, deren Anordnung ihr nun verständlich wurde. »Ist das nicht wundervoll?« fragte er und platzte fast vor Freude über seinen genialen Einfall. »Und du wirst lernen, es mit mir zusammen zu spielen, eine Herausforderung, die alle guten Klavierspieler auf sich nehmen sollten, denn dabei kommt eine bessere, eine reichere Art von Musik heraus.«

Mit diesen Worten trat Delwar ans Piano und setzte sich. Die Bank war für sie beide gerade breit genug. Ada rutschte so weit wie möglich zur Seite, doch kaum machte sie Platz, rückte Delwar auf, und sie spürte, wie er den rechten Arm und das rechte Bein gegen ihre linke Seite drückte. Weiter konnte sie nicht abrücken, wenn sie spielen wollte. Also stand sie auf und holte einen Stuhl, doch auch das hatte Delwar bedacht. »Zu niedrig«, verkündete er und klopfte auf den Platz neben sich. »Außerdem wären wir zu weit auseinander. Du kämst nicht an alle Tasten heran.«

Ada setzte sich wieder neben ihn und ließ seinen eigenwilligen Unterricht über sich ergehen. Sie konnte an kaum etwas anderes denken als an seinen Schenkel, der gegen ihren preßte. Wenn er mit dem Fuß die Pedale betätigte, war ihr, als spürte sie sein ganzes Bein. Sie fühlte, wie sie rot wurde, und rang um Haltung.

Das erste Stück hatte eine gefällige Melodie. Wie vielen Duetten haftete ihm etwas Wehmütiges, Romantisches und Weltverlorenes an, und es war auf eine Klangfülle hin angelegt, die ein einzelner Klavierspieler nie hätte erzielen können. Anfangs spielten sie langsam, denn sie waren mit dem Rhythmus des anderen noch nicht vertraut. Sie mußten sogar auf das Metronom zurückgreifen, um den Takt zu halten. In den nächsten Stunden überraschte Delwar Ada mit immer neuen Duetten, für jeden Wochentag eines: Märsche, Walzer, für vier Hände umgeschriebene Symphonien von Beethoven und Mozart – bis sie kaum noch etwas anderes spielten. Das Personal im Haus bekam bald spitz, was da vor sich ging: Verstohlene Blicke auf das musizierende Paar, gefolgt von Gekicher, waren an der Tagesordnung. Doch der volle, schöne Klang, den sie dem Piano entlockten, sprach für sich, und Wyston McGrath war voller Bewunderung, wie gut Lehrer und Schülerin harmonierten.

Anfangs war Ada empört über Delwar Hausslers List: Schließlich war das Piano nicht für zwei Spieler gedacht. Es war lächerlich. Wie hatte sie die Ichbezogenheit genossen, die das Piano erlaubte! Andererseits aber liebte sie Musik, war dies eine neue Herausforderung, und sie wußte, daß sie ihr nicht würde widerstehen können, was sie allerdings gar nicht erst versuchte. Einige der Melodien waren sehr hübsch. Schon bald ging Ada ganz in der Musik auf. Es war ein erhebendes Erlebnis, im Einklang mit einem anderen Menschen alles zu geben. Vier Hände erzeugten einen volleren, harmonischeren Klang, als es zwei Händen je möglich war, genau wie Delwar gesagt hatte. Ada spürte, wie ihre Vorsätze dahinschwanden, sich auflösten wie Badesalz in heißem Wasser und einem überbordenden Glücksgefühl wichen. Sie fühlte sich Delwar Haussler nahe; die Musik und nun auch die körperliche Nähe hatte sie einander nähergebracht. Ihr war, als hätte sich ihr eine völlig neue Welt aufgetan. Sie besaß eine ungewöhnliche, merkwürdige Neugier und hatte keine Angst. Sie war ein sonderbares Mädchen, das nicht in seine Zeit paßte, aber das sah Delwar nicht. Was er sah, war eine zierliche, sanftmütige junge Frau mit ausdrucksvollen dunklen Augen und einer ungewöhnlichen Leidenschaft fürs Klavierspielen.

Eines Nachts schlich Ada, lange nachdem im Haus alle zu Bett gegangen waren, hinunter ins Musikzimmer. Sie griff unter den Deckel des Pianos und zog eine elfenbeinerne Taste heraus. Dann setzte sie sich mit Nadel und Kerze, die sie aus ihrem Zimmer mitgenommen hatte, nieder, brannte ein etwas kindisches Symbol in die eine Seite der Taste und setzte diese anschließend behutsam wieder ein. Ada fühlte sich eins mit Delwar; manchmal bildete sie sich sogar ein, er könne ihre Gedanken lesen. In gewisser Weise konnte er das auch, doch beschränkte sich diese Gabe allein auf ihre musikalischen Empfindungen und war weder so bemerkenswert noch so umfassend, wie Ada es sich in ihrer Verträumtheit ausmalte.

Einige Monate später wurden Delwar Haussler und die McGraths für den Weihnachtsabend zu einem Konzert in Aberdeen eingeladen. Nach reiflicher Überlegung beschloß Delwar, die Einladung anzunehmen und bat Ada und ihren Vater, ihn zu begleiten. Etwas in Ada sträubte sich dagegen, denn nachdem sie Delwar so lange Zeit für sich allein gehabt hatte, wollte sie ihn nur ungern mit seinen Freunden teilen, doch als Wyston zusagte, sah Ada ein, daß ihr wohl nichts anderes übrigblieb. Ihrem Vater war es in letzter Zeit nicht sonderlich gut gegangen, und sie hoffte, ein Abend außer Haus würde ihn ein wenig aufheitern. Außerdem hätte sie es nicht gern gesehen, wenn Delwar allein zu dem Konzert gegangen wäre.

Doch als der Weihnachtsabend kam, fühlte Wyston sich nicht wohl genug, um auszugehen, und zog sich noch vor dem Abdendessen zurück, um sich zu schonen. Also machten Ada und Delwar sich ohne Aufsicht, wenn auch mit dem väterlichen Segen, allein auf den Weg.

Die Musik war wundervoll und das Konzert gut besucht; nahezu ganz Aberdeen hatte sich eingefunden. Delwar und Ada brachen sofort nach Ende auf. Ada gegenüber sagte Delwar zwar nichts, aber er wollte seinen Freunden nicht über den Weg laufen, sondern mit ihr an seinem Arm durch die kühle Nachtluft spazieren. Sie entwischten also, bevor jemand sie abfangen konnte, und gingen die vereiste, mit Kopfsteinen gepflasterte Straße entlang.

Zu Hause herrschte tiefe Stille. Wyston schlief in seinem nach hinten gelegenen Zimmer. Das Personal hatte freibekommen, um den Abend mit den Familien zu verbringen. In der Eingangshalle schickte Delwar sich an, Ada eine gute Nacht zu wünschen, doch noch bevor er etwas sagen konnte, faßte sie ihn am Arm und führte ihn hinauf ins Musikzimmer. Sie durchforstete die Stapel mit den Notenblättern, reichte Delwar schließlich ein Stück, das sie, wie er wußte, besonders gern mochte, und forderte ihn mit einer Geste auf, es für sie zu spielen.

Ada setzte sich auf den Stuhl neben dem Piano, schloß die Augen und wartete darauf, daß Delwar zu spielen begann. Im Schein der Lampe sah sie sehr schön aus, mit dem ruhigen Gesicht und der blassen Haut, die der Widerschein des Lichts auf den Fenstern, dem Weihnachtsschmuck und dem polierten Rosenholz des Pianos mit goldenem Glanz überzog. Delwar betrachtete sie eine Weile, dann fing er an zu spielen.

Die Musik versetzte Ada in eine andere Welt, in der alles seidenweich und warm war und wo in kleinen behaglichen Zimmern des Nachts Kaminfeuer brannten. Die Musik brachte ihr Herz zum Singen, beschleunigte ihren Atem, erfüllte sie mit einem Verlangen nach etwas, das sie nicht zu benennen vermochte.

Delwar betrachtete sie beim Spielen. Als er geendet hatte, öffnete sie die Augen und lächelte. »Jetzt darf ich mir etwas aussuchen«, sagte er und wählte unter den Duetten, die sie in der letzten Zeit gemeinsam eingeübt hatten, das längste und zugleich gefühlvollste aus.

Ada nahm ihren Platz an Delwars Seite ein. Als sie sich setzte, holte er tief Atem, und ihr Duft füllte seine Gedanken aus. Sie begannen zu spielen. Sie spielten das Stück von Anfang bis Ende, und sie spielten es perfekt, mit einem Rhythmus, einer Kraft und einem Gefühl, wie sie es selbst noch nie erlebt hatten. Danach saßen sie schweigend da, während die Musik im Raum nachhallte. Dann wandten sie sich einander zu und fielen sich in die Arme. Eng umschlungen standen sie auf, und Delwar stieß die Klavierbank mit dem Fuß beiseite.

Im Haus von Alisdair Stewart wanderte Ada im Schlaf umher. Dabei weckte sie Flora, und ihre Tochter folgte ihr, als sie das Schlafzimmer verließ, ans Piano trat, sich setzte und zu spielen begann. Das offene Haar fiel ihr in den Rücken, und ihr Nachthemd war dünn, fast körperlos. Es war eine aufdringliche, laute, kraftvolle Musik, immer dieselbe Folge von Akkorden, ein verbissenes, mißtönendes Stück ohne erkennbare Melodie. Mit tief gesenktem Kopf und hängenden Schultern spielte Ada unermüdlich, sie schien kaum zu atmen, und ihre Hände fanden sich auf den Tasten so sicher zurecht, als wäre sie wach.

Die Musik weckte Stewart. Er verließ das Bett, und als er mit einer Kerze in der Hand das Wohnzimmer betrat, erblickte er Ada am Piano. Flora stand neben ihr.

»Sie schläft. Schau«, sagte Flora und schwenkte die Hand vor Adas Gesicht, als wäre ihre Mutter blind. Ada spielte weiter, doch klang die Musik jetzt ruhiger, als hätte Floras Stimme sie im Schlaf besänftigt. »Eines Nachts«, sagte Flora mit leiser, geheimnisvoller Stimme zu Stewart, »fand man sie im Nachthemd auf der Straße nach London. Großvater sagte, ihre Füße waren so schlimm zerschnitten, daß sie eine Woche lang nicht gehen konnte.«

Stewart stellte die Lampe aufs Piano und beugte sich vor, um das verschlossene Gesicht seiner schlafwandelnden Frau zu betrachten, in der Hoffnung, darin etwas zu erkennen, was ihr Verhalten in wachem Zustand erklärte. Gebannt beobachteten die beiden Ada bei ihrem zwanghaften Spiel, bis ihre Finger plötzlich innehielten, sie aufstand, vor sich hinstarrte, als hätte sie ein Gespenst gesehen, und sich schließlich von ihrer Tochter zurück zum Bett führen ließ.

Später, im Bett, träumte Ada von George. Sie träumte davon, wie sie in seinen Armen lag, wie er sie küßte und liebkoste. In ihrem Traum rollte sie sich zu ihm, legte ihm die Hand auf den Rücken und vergrub das Gesicht in seiner Haut. Sie hörte George stöhnen und spürte, wie er sich an sie drängte.

Plötzlich erwachte Ada. Entsetzt stellte sie fest, daß es Flora war, die sie so zärtlich gestreichelt hatte. Einer plötzlichen Regung folgend, stand sie auf und ging ins Schlafzimmer ihres Mannes.

Sie setzte sich neben Alisdair Stewart aufs Bett, ohne ihn zu wecken. Er lag auf dem Rücken. Er hatte vergessen, vor dem Einschlafen die Lampe zu löschen, und der Raum war von schummerigem, gelblichem Licht erfüllt. Noch nie hatte Ada ihn schlafend gesehen; sie fand, daß Stewart im Schlaf friedlicher und entspannter aussah als bei Tage. Sie streckte die Hand aus und ließ sie kurz über seinem Körper schweben, bevor sie seine Wange berührte und seine Haut streichelte, die erst glatt, dann vom Barthaar kratzig und dann wieder glatt war. Stewart erwachte und schlug die Augen auf. Er starrte seine Frau an, deren unvorhergesehener Besuch an seinem Bett ihn zugleich überraschte und verwirrte, doch Adas Hand wanderte unbeirrt über seinen Hals, kreiste um seine Kehle, strich über sein Schlüsselbein und fuhr langsam unter sein Nachthemd, um seine warme Haut zu spüren. »Ada«, flüsterte er, dann schloß er abermals die Augen.

Was hatte sie vor mit ihm, hier, in dieser Nacht, nach allem, was er in George Baines' Hütte mitangesehen hatte? Ada McGrath gab Alisdair Stewart immer wieder neue Rätsel auf; sie handelte und dachte nicht so wie die wenigen anderen Frauen, die er gekannt hatte. Sie war wie ein fremdartiges Wesen, nicht wirklich wie ein Mensch, dachte er bisweilen. Widerstreitende Gefühle stiegen in ihm auf, während seine Frau ihn berührte. Er wollte, daß sie weitermachte, wollte haben, was George Baines von ihr bekommen hatte, fühlte sich von ihr angezogen und abgestoßen zugleich.

Ada McGrath konnte sich nicht erklären, was sie in dieser Nacht ans Bett ihres Mannes getrieben hatte. Eine Gefangene in ihrem Haus – ohne Stewarts Erlaubnis durfte sie weder hinaus noch hinein –, mußte sie etwas unternehmen, um das Drängen in ihrem Inneren zu besänftigen, dieses ziellose Verlangen, diesen Hunger nach der Berührung von Haut mit Haut, den George Baines in ihr geweckt hatte.

Wieder schloß Stewart die Augen, denn er wollte den Zauber nicht brechen. Ada rollte das Laken, das seinen Körper bedeckte, nach unten, hob sacht sein Hemd und setzte seinen Bauch und seine Brust der Nachtluft aus. Stewart hielt den Atem an. Mit verzückter Miene ließ sie die Hände über seine Brust gleiten, als wäre ihre Begierde geweckt worden und gäbe keine Ruhe, bis sie ihr auf den Grund gegangen wäre.

Tränen quollen aus Stewarts Augen hervor, und er blickte zu Ada auf wie ein Kind nach einem bösen Traum, ängstlich und vertrauensvoll zugleich. Ada streichelte ihn weiter wie eine Wunderheilerin, die Balsam auf eine Wunde streicht; zärtlich und tastend bewegte sie die Hand nach unten zu seinem Bauch. Stewart bekam Gänsehaut und erschauerte. Er konnte die Anspannung nicht länger ertragen. Er richtete sich im Bett auf und griff nach seiner Frau. Stirnrunzelnd wich Ada zurück. Sie wirkte enttäuscht. Gleich darauf verließ sie Alisdair Stewarts Schlafzimmer und begab sich in ihr eigenes, ohne ihm Einblick in ihre Gedanken oder Gefühle zu gewähren.

Als Tante Morag und Nessie mit Heni und Mary im Schlepptau zu Besuch kamen und Stewarts Haus so befestigt fanden, waren sie entsetzt. Verkümmert wie Pflanzen, denen man das Sonnenlicht entzogen hat, saßen Ada und Flora am Küchentisch und spielten lustlos Karten. Alisdair Stewart hatte ihnen an diesem Morgen nicht erlaubt, das Haus zu verlassen.

»Alisdair, hängt das womöglich mit unserer Aufführung zusammen?« fragte Morag besorgt. »Haben dich die Eingeborenen etwa angegriffen?« Stewart, der fest entschlossen war, sein Tagewerk voranzutreiben, trug ein paar Holzscheite zum Feuer. Morag ging zur Tür und fuhr fort: »Ich muß sagen, hier hast du etwas falsch gemacht.« Sie streckte die Hand aus. »Du hast den Riegel an der Außenseite angebracht, siehst du? Wenn du die Tür nun zumachst«, folgerte sie, »werden die Maoris *dich* einschließen, oder nicht? Mit dem Riegel auf dieser Seite sitzt ihr in der Falle.«

Nessie nickte bedeutungsvoll: ». . . in der Falle.«

Heni und Mary hatten sich unterdessen in eine Ecke gesetzt und begutachteten eine von Floras Puppen. Sie achteten nicht auf die *pakeha* und ihr merkwürdiges Gerede. Wortlos stand Stewart hinter Ada und Flora und hörte sich Morags Ausführungen geduldig an.

Morag trat an den Tisch, und während sie den Korb mit den Kleidern und Lebensmitteln auspackte, die sie mitgebracht hatte, redete sie weiter: »Wir kommen gerade von George Baines, und bei dem haben sie sich ganz schön breitgemacht.« Bei diesen Worten horchte Ada auf. Ihr Haar war nicht so straff geflochten wie sonst, und auf Morag machte sie einen fahrigen Eindruck. »Kein Wunder, daß er fortgehen will. Er hat sich zu sehr mit den Eingeborenen eingelassen. Sie sitzen bei ihm stolz wie die Könige auf dem Boden, aber ohne die Spur von Manieren.«

». . . ohne die Spur von Manieren«, zirpte Nessie.

»Er hat sich sehr verändert«, sagte Morag, »als hätten die irgendeinen Eingeborenenzauber an ihm ausprobiert. Nun ja, morgen oder übermorgen wird er fort sein.« Morag packte Biskuits und Kekse aus und verteilte sie auf Teller.

Ada, aus deren Gesicht alle Farbe gewichen war, stand mit ausdrucksloser Miene auf.

»Baines packt also ein«, sagte Stewart barsch. Die Vieldeutigkeit seiner Worte entging Ada nicht, die den Raum durchquerte.

»Nun, da gibt es nicht viel zu packen, aber er wird fortgehen«, meinte Morag, woraufhin Nessie ein Taschentuch zückte und zu schniefen begann. »Und das ist gut so«, fuhr Tante Morag fort. »Nessie hat törichterweise eine starke Zuneigung zu ihm entwickelt ... so manche Träne ist schon geflossen.« Bei diesem Stichwort verzog Nessie das Gesicht und fing an zu schluchzen. »Schluß damit!« herrschte Morag ihre junge Begleiterin an, doch Nessie schluchzte weiter. »Schluß! *Schluß!*« Erstaunlicherweise gehorchte Nessie und blinzelte, bis ihr Gesicht wieder in Form gebracht war.

Still, aber zielstrebig näherte Ada sich dem Piano in der Hoffnung, auf diese Weise ihren inneren Aufruhr besänftigen und ihre Erregung verbergen zu können. Als sie zu spielen begann, sagte Morag zu Stewart: »Vor dem Heimweg habe ich ein bißchen Angst. Wir müssen aufbrechen, solange es hell ist. Uns wird doch nichts passieren?«

Anfangs spielte Ada nur zögernd, doch schon bald gab sie sich ganz der Musik hin. Das Piano befreite sie aus der Beengtheit des Wohnzimmers, und die Musik trug sie zu George Baines.

In der Hoffnung, daß seine Tante samt Anhang endlich aufbrechen würde, redete Stewart ihr zu: »Nein,

nein, wenn ihr euch gleich auf den Weg macht, passiert euch bestimmt nichts.«

Einen Augenblick hielten sie inne, um Ada zuzuhören. Sie beugte sich übers Piano, ging völlig in ihrer Musik auf und schottete sich gegen alles andere ab. Die Melodie und Adas einzigartige Hingabe schlugen sie in ihren Bann. Auch wenn sie sich mittlerweile mit Adas absonderlichen Angewohnheiten abgefunden hatten, versetzte ihr Verhalten sie immer aufs neue in Erstaunen. Beim Anblick seiner Frau mußte Stewart daran denken, was in der vergangenen Nacht passiert war, und alles, was er fühlte, waren Verwirrung und Verlangen.

Auf dem Heimweg sprach Tante Morag über nichts anderes als über das seltsame Bild, das sich ihnen im Haus ihres Neffen geboten hatte. »Alisdair hat sich seit ihrer Ankunft auffallend verändert, ja, auffallend.« Nachdenklich schüttelte sie den Kopf. Ada McGrath war nicht wie andere junge, frisch zugereiste Ehefrauen. Sie war ein Fall für sich, so viel stand fest, mit ihrer Stummheit, ihrem Piano und, nicht zu vergessen, ihrer Tochter. Bei aller christlichen Nächstenliebe zweifelte Tante Morag nach wie vor, ob es klug von ihrem Neffen gewesen war, eine Frau zu heiraten, die ein Kind von einem anderen hatte, ein vaterloses Geschöpf in den Augen des Herrn. Sie war davon ausgegangen, daß dieses Opfer Alisdair adeln würde, doch nun mußte sie feststellen, daß die Familie einen gar jämmerlichen Anblick bot.

Auf halber Strecke ließ Tante Morag wegen eines dringenden Bedürfnisses anhalten. Nessie, Heni und

Mary schoben Wache und schirmten Morag mit Dekken und Mänteln gegen unerwünschte Blicke ab. Es war ein windiger Tag, und die Decken bauschten sich. Während Morag in ihren aufgeblähten Röcken dicht über dem Boden hockte, gab sie sich ihren Grübeleien hin. »Wißt ihr, ich muß an das Piano denken. Sie spielt nicht so wie wir, Nessie.«

Die Mädchen hatten beim Zuhören die Decken leicht sinken lassen. »Hoch damit!« zischte Morag, bevor sie fortfuhr: »Nein, sie ist ein seltsames Wesen, und ihr Spiel ist seltsam, wie ein Gefühl, das einen überkommt.« Wieder sanken die Decken herab. »Hoch! Du dagegen, Nessie, spielst aufrichtig und schlicht, und das gefällt mir.« Nessie nickte und lächelte. »So ein Klang, der in einen hineinkriecht, ist wirklich alles anderes als angenehm.«

In diesem Augenblick hob im Gebüsch lautes Geflatter an. »Was ist das?« flüsterte Morag.

Nessie blickte nach oben und stieß einen Schrei aus. Ohne zu warten, bis Tante Morag fertig war, raffte Nessie ihre Decke zusammen und rannte davon.

»Es ist eine Taube, Tantchen«, beruhigte Heni sie.

»Oh«, sagte Tante Morag erschrocken und eilte Nessie hinterher. »Ich hätte warten sollen.«

Stewart schlief nicht, als Ada McGrath in dieser Nacht sein Zimmer betrat. »Ich habe auf dich gewartet«, flüsterte er. Von ihrer Lampe ging ein warmer Lichtschein aus. Ada streichelte den Hals ihres Mannes und strich ihm das Haar aus der Stirn, die auf dem Kissen ruhte. Sein Gesicht war hübsch anzuschauen. Ada liebkoste ihn, ihr Kopf war leer, und sie spürte nur, was ihre

Fingerspitzen fühlten. Stewart spannte die Muskeln an, er bemühte sich stillzuhalten, denn er wollte nicht, daß Ada erschrak und womöglich wieder ging. Sie schob sein Hemd nach oben und streichelte seinen Rücken. Stewart empfand ihre Zärtlichkeiten als ebenso qualvoll wie aufreizend. Nach einer Weile spürte er, wie sie behutsam seine Unterhose nach unten schob und sein Gesäß entblößte. Ihre Schamlosigkeit verblüffte und erregte ihn, und er hielt den Atem an, während sie seine Gesäßbacken mit zarten, kreisenden Bewegungen liebkoste, als besänftigte sie ein Baby. Hastig griff Stewart nach seiner Unterhose und zog sie mit geballten Fäusten wieder hoch. Ada lehnte sich kurz zurück und wartete, bis er sich entspannt hatte, dann begann sie mit ihrem Experiment von neuem: Sie schob seine Hand, die den Stoff umklammerte, beiseite und zog die Unterhose zielstrebig wieder herunter, ganz in sich selbst versunken. Und eben das war es, was ihren Mann verstörte: Sie schien ihn nur zu ihrem eigenen Vergnügen zu berühren.

Wieder streichelte Ada Alisdair Stewarts Gesäß und schob die Hand sanft zwischen die Backen. Diese Berührung brachte ihn fast um den Verstand. Er fühlte sich verwundbar, wehrlos, ja hoffnungslos, verzweifelt. Erneut überkam ihn eine schreckliche Mischung aus Wut, Verlegenheit und Lust. Mit einer ruckartigen Bewegung zog er sich wieder an. Er rutschte von Ada weg und setzte sich mit dem Rücken zu ihr auf die andere Seite des Bettes. Ungerührt beobachtete Ada seinen Rückzug. »Ich möchte dich berühren«, sagte Stewart leise. Sein Atem ging rasch. »Warum darf ich dich nicht berühren? Magst du mich nicht?«

Ada sah ihn über das Bett hinweg wie aus großer, unüberbrückbarer Ferne an. Er tat ihr leid in seiner Hilflosigkeit und Pein, ja, er rührte sie sogar, und doch kam es ihr so vor, als hätte sie mit all dem nichts zu tun.

Eine Welle brennender Enttäuschung und tiefer Scham durchlief Stewarts Körper, als Ada McGrath aufstand und in ihr Zimmer zurückging.

10

Ada und Flora wurden vom Sonnenlicht und von dem Lärm geweckt, als Stewart die Bretter von den Fenstern riß. Er war aus unruhigem Schlaf erwacht und hatte sich gesagt, daß es keinen Grund gab, eine Frau und ein Kind gefangenzuhalten, ganz gleich, wie unglücklich seine Ehe sein mochte. Flora streifte sich die Engelsflügel über, rannte in Nachthemd und Schaftstiefeln hinaus und jagte die Hühner, glücklich, endlich wieder in der Sonne sein zu dürfen. Die Hähne krähten wie zur Bestätigung. Unterdessen kleidete Ada sich an, flocht sich das Haar zu Zöpfen und steckte sie fest.

Nachdem Stewart das letzte Stück seines Bollwerks entfernt hatte, betrat er das Haus. »Irgendwie muß es ja weitergehen«, sagte er zu Ada und ließ den Kopf hängen. »Ich habe beschlossen, dir zu vertrauen, daß du hierbleibst. Du wirst also nicht zu Baines gehen.« Dies war weder eine Frage noch ein Befehl. Prüfend sah er Ada an. Er hatte sich entschlossen, ihre nächtlichen Besuche als positives Zeichen zu werten. Ada hielt seinem Blick stand und schüttelte den Kopf. »Gut«, sagte er und setzte sich neben sie, »gut.« Er zögerte. »Mag sein, daß du mich mit der Zeit liebgewinnst.« Ada sah ihn nicht an und ließ sich nicht anmerken, ob sie ihm zustimmte oder nicht. Statt dessen nahm sie den Handspiegel und begutachtete ihre Frisur.

Stewart brach auf. Er nahm das Werkzeug für den Zaun und genügend Verpflegung für den Tag mit. Vom Fenster aus blickte Ada ihm nach. Sobald er um die Ecke gebogen und verschwunden war, ging sie hinüber zum Piano. Sie klappte den Deckel hoch und griff hinein, dorthin, wo Tasten und Saiten aufeinandertrafen. Geschickt hob sie eine elfenbeinerne Taste an und entfernte sie. Dann setzte sie sich an jenen Tisch, in den sie vor vielen Wochen eine Tastatur geritzt hatte, nahm eine Nadel, erhitzte sie in der Flamme der Kerze und genau wie zehn Jahre zuvor brannte sie in die eine Seite der Taste etwas ein: »Liebster George, mein Herz gehört Dir« – magische Worte an einen Mann, der nicht lesen konnte, von einer Frau, die nicht sprechen konnte. Dahinter setzte sie ihren Namen, »Ada McGrath«. Dann wickelte sie das kostbare Präsent in ein Leinentuch und verschnürte es mit einem grünen Seidenband. In ihrem tiefsten Inneren war Ada davon überzeugt, daß George Baines ihre Botschaft verstehen würde.

Ada nahm die Taste und ging vors Haus, wo Flora spielte. Ihre Tochter hatte eine winzige Wäscheleine gespannt und wusch die Kleider ihrer Puppen in einem Eimer kaltem Wasser. Dabei plapperte sie laut vor sich hin. »Seid ruhig«, sagte sie zu ihren Puppen. »Ihr müßt ja nur so lange nackt sein, bis ich mit dem Waschen und Trocknen fertig bin.« Ada trat zu ihr, kniete neben ihr nieder und hielt ihr das sorgsam verschnürte Päckchen hin.

»Bring das zu Baines«, gab Ada ihr zu verstehen. »Es gehört ihm.«

Flora sah ihre Mutter argwöhnisch an und schüttelte den Kopf. »Nein, wir dürfen ihn nicht besuchen.«

»Du bringst es zu ihm«, beharrte Ada. Sie würde das Versprechen, das sie Stewart gegeben hatte, nicht brechen, aber Flora war an keine Weisungen gebunden.

Flora beachtete ihre Mutter nicht und wandte sich wieder der Wäsche zu. Da zog Ada sie mit ungeahnter Heftigkeit in die Höhe. Sie drückte ihr das Päckchen in die Hand und schickte sie los.

Flora war wütend auf ihre Mutter. Trotzig vor sich hinsummend, lief sie den Pfad entlang. An der Gabelung, wo es links zu Mr. Baines' Hütte und rechts zu der Stelle ging, an der ihr Papa arbeitete, machte sie ein paar Schritte in Mr. Baines' Richtung, kehrte jedoch um und nahm den anderen Weg. Sie wußte, daß dies die richtige Entscheidung war. Papa hatte gesagt, sie sollten George Baines nicht besuchen. Mama war böse, sie hatte Unrecht getan, und sie waren beide dafür bestraft worden. Auf ihre Mutter durfte sie nicht hören. Sie wollte, daß sie zu Hause blieb und sie wieder liebhatte. Etwas war in George Baines' Hütte passiert, etwas, das ihr ihre Mutter weggenommen hatte. Für Flora stand fest, daß er an all ihren Problemen schuld war. Sie folgte Stewarts Grenzpflöcken, kletterte hinauf zum Kamm eines Hügels, lief den Hang hinab und hinauf auf den nächsten. »Der Großherzog von York«, sang sie und hüpfte dahin, ». . . hatte zehntausend Mann, die schickte er den Hügel rauf und schickte sie wieder ins Tal.«

Die Reihe der Grenzpflöcke schien kein Ende zu nehmen, und erst nachdem Flora noch einen Hügel hinaufgeklettert war, erblickte sie Stewart am Ende des Zauns, auf halber Höhe des nächsten Hügels bei der

Arbeit. ». . . und oben sind sie oben, und unten sind sie unten, und sind sie auf halber Höh', nicht oben und nicht unten . . .« Stewart trieb gerade einen Pflock in den Boden. Mana, Tahu und noch ein anderer sahen ihm zu, machten jedoch keine Anstalten, ihm zu helfen. Statt dessen gaben sie ihm Ratschläge, die Stewart allerdings nicht beachtete. »Schief, Mr. Stewart«, sagte Tahu und zeigte auf den Pflock, »schief.« Als Flora atemlos und mit geröteten Wangen auftauchte, hörte Stewart zu hämmern auf.

»Mutter will, daß ich das hier zu Mr. Baines bringe.« Flora schwenkte die in Leinen gewickelte Klaviertaste. »Ich dachte, das ist vielleicht nicht richtig. Soll ich es aufmachen?« Sie schickte sich an, es aufzuschnüren.

»Nein, gib es mir«, sagte Stewart, beugte sich vor und nahm ihr das Päckchen weg. Argwöhnisch beäugte er es, und es gefiel ihm nicht, daß Flora ihn dabei beobachtete. Langsam wickelte er es aus, drehte die Taste um und las die Botschaft auf der Seite. Eiseskälte schnürte ihm das Herz zusammen, und in seiner Magengrube loderte ein Feuer auf. Heftig atmend, taumelte er rückwärts, umschloß die Taste mit der Faust und blickte zum Himmel auf. Er verstand die Welt nicht mehr. Was in Gottes Namen hatte das zu bedeuten? Die Maoris, die auf dem Boden hockten und sich ausruhten, bemerkten, daß etwas nicht stimmte. Tahu richtete sich auf und sah Stewart an. Dieser ließ die Taste fallen, packte seine Axt und rannte den Hügel hinab. Mana rief ihm etwas nach, doch Stewart antwortete nicht. Der junge Mann stand auf und nahm die Taste an sich. »*Kaare e Waiata. Kaare e Waiata* – Es hat die Stimme verloren, es kann nicht mehr singen«, sagte er.

Blind vor Wut und Eifersucht rannte Alisdair Stewart nach Hause. Die Sonne war verschwunden. Es fing an zu regnen, und in der Ferne grollte unheilvoll ein Gewitter. Flora folgte Stewart, sie ahnte nichts von seiner Seelenqual. Bald schon eilte er ihr im Regen davon.

Ada blickte von ihrem Buch auf, als Stewart mit nassem, auf der Stirn klebendem Haar und bleichem Gesicht hereinstürmte. Sie begriff sofort, was passiert war. Sie sprang vom Tisch auf, und da bohrte sich die Axt auch schon in die hölzerne Platte und hackte eine Ecke des Buches ab, in dem sie gerade gelesen hatte. Ada lief zur Wand. Stewart zog die Axt aus der Tischplatte. Sein Gesicht sah furchterregend aus, an seinem Hals spannten sich die Sehnen. »Und ich habe dir vertraut!« preßte er zwischen den Zähnen hervor. Wieder holte er mit der Axt aus, zielte diesmal jedoch auf das Piano. Wummernd ertönten die Bässe, als die Axt in den Deckel eindrang. In einem verzweifelten Versuch, ihr Piano zu retten, stürzte Ada sich auf ihren Mann. Er fuhr herum und packte sie an den Schultern. »Ich habe dir vertraut!« schrie er mit sich überschlagender Stimme und schleuderte Ada quer durch den Raum. »Ich habe dir vertraut, hast du gehört?« Er stieß sie gegen den Tisch und schüttelte ihren zarten Körper, daß die Garnspulen auf der Platte sich wie Kreisel drehten. »Warum zwingst du mich, dir weh zu tun?« Stewart preßte sich an Ada, schlang die Arme um sie und drückte ihr die Lippen auf die Wange. Dann riß er sie vom Tisch weg und stieß sie so heftig von sich, daß sie gegen die Wand prallte. »Wir könnten glücklich sein!« brüllte er und schleuderte sie abermals gegen die harte Wand. Ada sackte in seinen Armen zusammen. Gegen seinen unerbittlichen Griff war sie machtlos. »Du machst mich rasend! Sag etwas!«

Er packte die Axt, zerrte Ada hinaus in den Sturm und den Schlamm, vorbei an Flora, die wie zu Stein erstarrt im dichten Regen stand. Der Himmel hing tief, die Wolken sahen dunkel und drohend aus. »Dafür wirst du mir bezahlen!« brüllte Stewart und riß an Adas Arm, als sie sich verzweifelt an ein Laken klammerte, das an der Wäscheleine hing. »Ob du sprechen willst oder nicht – dafür wirst du bezahlen!« Flora, die zu verängstigt war, um ihrer Mutter zu Hilfe zu kommen, sah zu, wie Stewart Ada durch den Schlamm zum Hackblock zerrte. Unbarmherzig ging der Regen nieder.

Als Ada erkannte, wohin er sie zerrte, wand und sträubte sie sich, doch Stewart war bei weitem stärker als sie. Am Hackblock riß sie sich los und kroch durch den Schlamm und die Holzsplitter davon. Die Axt in der Hand, holte Stewart sie rasch ein, packte sie zuerst am Kragen ihres Kleides, dann am Haar und schleifte sie, den Arm fest um ihren Hals gelegt, zurück. Dann nahm er ihre rechte Hand und legte sie auf den Klotz.

»Liebst du ihn?« schrie er. »Ist er es, den du liebst?« Er hob die Axt. Flora schrie: »Sie sagt: Nein!«, doch ihre Worte, sofern er sie überhaupt hörte, vermochten ihn nicht zu bremsen. Mit aller Macht ließ er die Axt herabsausen. Ada, das Gesicht schlammbespritzt, starrte geistesabwesend vor sich hin. Sie schrie nicht, sondern klammerte sich nur krampfhaft und mit ausdrucksloser Miene an Stewarts Bein. Ihre Tochter kreischte. Blut spritzte auf Floras weiße Schürze. Ihre Engelsflügel waren schlammbedeckt.

Einen Augenblick herrschte Stille, schaurige Stille, und sogar die Vögel schwiegen – dann verzerrte Ada vor Schmerz das Gesicht. Stewart lockerte den Griff. Ada stand auf, machte im Schlamm ein paar wankende Schritte und blickte zurück, um zu sehen, was er getan hatte, um zu sehen, was auf dem Holzklotz liegengeblieben war. Sie war kreidebleich, aus ihrer Hand quoll pulsierend das Blut, während sie sie umklammert hielt und den Blutfluß einzudämmen suchte. Jetzt sah sie, was er getan hatte: Auf dem Block lag mit sauber durchtrennten Knochen ihr Zeigefinger. Ada blickte zum Himmel auf und fragte sich, wie es sie an diesen Ort verschlagen hatte. Blut- und schlammverschmiert wandte sie sich instinktiv in die Richtung, in der sich George Baines' Hütte befand. Ada bewegte sich weiter, als hinge ihr Leben davon ab. Flora trottete neben ihr her und rief immer wieder ihren Namen. Unter Aufbietung ihrer letzten Kraft und Würde wankte Ada mit aschfahlem Gesicht aufs Geratewohl vorwärts. Sie stolperte, fiel auf die Knie, stützte sich, ohne auf den Schmerz zu achten, mit beiden Händen im Morast ab und richtete sich wieder auf. Schließlich sackte sie wie ein sinkendes Schiff im Sumpf zusammen, und rings um sie her bauschte sich das Kleid.

»Mutter!« schrie Flora.

Stewart, der das Pochen seines Herzens in den Ohren spürte, wickelte den Finger in ein weißes Taschentuch und drückte es der entsetzt zurückweichenden Flora in die Hand. »Den bringst du Baines«, sagte er mit leiser, tonloser Stimme. »Sag ihm, wenn er jemals versucht, sie wiederzusehen, hacke ich ihr noch einen ab und noch einen und noch einen.«

Flora lief los, blieb jedoch bei ihrer Mutter kurz stehen. »Lauf!« brüllte Stewart, und Flora rannte weiter.

Seit mehreren Tagen wartete Baines sehnsuchtsvoll darauf, daß Ada zurückkehrte, doch Stunde um Stunde verstrich, seine Freude verblaßte und wich der bitteren Erkenntnis, daß Ada nicht kommen würde. Er konnte weder essen noch schlafen und fand keinen Frieden. Er mußte fortgehen.

Um Abschied von dem Ort zu nehmen, an dem er so lange Zeit glücklich gelebt hatte – es war ein kurzer, trauriger Abschied –, ritt George Baines zum *pa*, dem Dorf der Maoris. Am Eingang des von Mauern eingefriedeten, am Ufer eines breiten, langsam dahinfließenden Stromes liegenden Dorfs begegnete er Hira. Die Äste der Mangrovenbäume hingen auf den fruchtbaren, schlammigen Boden herab, und jenseits der Bäume reihte sich am flachen Ufer ein Kanu ans andere. Hira sagte, alle hätten sich versammelt, um Peini Lebewohl zu sagen. Das *pa* existierte seit langem, es wurde ständig an ihm herumgebaut, und obwohl Baines schon oft dort gewesen war, empfand er es jedesmal als Ehre, in diese Welt eingeladen zu werden, die sich von seiner eigenen so grundlegend unterschied. Er nahm den Hut ab und folgte Hira.

Nachdem Baines allen die Hände geschüttelt und sie die Nasen aneinandergedrückt hatten, was bei den Maoris als Geste der Herzlichkeit galt, faßte Hira ihn am Arm. Liebevoll setzte Baines ihr seinen Hut auf. Dann schob er die Hand in eine seiner tiefen Taschen, förderte eine Tabakdose zutage und schenkte sie Hira. Sie lächelte.

»Peini, ich werde dich vermissen«, sagte sie. »Du bist ein Mensch wie wir.« Sie seufzte betrübt. »Die *pakeha*, die haben kein Herz, die denken nur an ihr Land.« Während sie dies sagte, setzte leichter Nieselregen ein; wie ein Flüstern strich er über Baines' Gesicht. Ein Schauer durchlief ihn wie eine böse Vorahnung, doch er schüttelte das Gefühl ab. Zusammen mit Hira ging er an der Gebetsstätte und den niedrigen Schlafhütten vorbei zum Eingang des *pa*, wo sein angepflocktes Pferd geduldig auf ihn wartete.

»Heute verkaufen unsere Feinde ihr Land gegen Gewehre. Jetzt müssen auch wir Gewehre kaufen. Wir müssen unser Land verkaufen, um für unser Land zu kämpfen.« Fassungslos über die Ungerechtigkeit, die ihrem Volk widerfuhr, schüttelte Hira den Kopf.

Baines nickte ihr zu. Er wußte, daß sie recht hatte, war mit ihr einer Meinung. Als er sich auf sein schwerbeladenes Pferd setzte, lief eine Gruppe von Leuten herbei, um ihn zu verabschieden. Mana, der junge Mann, der Alisdair Stewart vormittags bei der Arbeit geholfen hatte, drängte nach vorn, um Baines, der hoch oben auf seinem Gaul saß, Lebewohl zu sagen, doch kam er nicht nahe genug an ihn heran. Als Baines den Blick auf Mana richtete, entdeckte er die Klaviertaste. Mana hatte daraus einen Ohrring gebastelt, der nun an seinem Ohr baumelte und dessen weißes Elfenbein vor dem schwarzen Haar leuchtete.

Baines bahnte sich einen Weg durch die Menschentraube, die sich überrascht, daß sein Pferd sich schon bewegte, in alle Richtungen zerstreute. Als er Mana erreichte, griff er nach der Taste. Der junge Mann wich zurück.

»Sie gehört mir«, protestierte er. »Ich habe sie gefunden.«

Baines griff erneut nach dem Ohrring, beugte sich vom Pferd herab und entfernte ihn vorsichtig von Manas Ohr. Als er die Taste umdrehte, entdeckte er die Inschrift. »*Homai ki au*«, sagte er eindringlich, »ich will das haben.« Er wußte, daß die Maoris ebensowenig lesen konnten wie er selbst.

»Es gehört mir«, schimpfte Mana. Er war wütend auf Baines. »Ich habe es gefunden.«

»Was willst du dafür?« fragte Baines. »Na los, sag schon. *Tupeka*?«

Der eine oder andere aus der Gruppe rief: »Nimm seinen Gürtel«, »seine Stiefel«, »sein Gewehr«, und gleich darauf stimmten auch die Kinder ein und beteten eine Liste von Baines' sichtbaren Besitztümern herunter, was Baines hilflos grinsend über sich ergehen ließ.

Ohne Hut und Gewehr, die Hose von einem Stück Flachs zusammengehalten, kehrte Baines den Mauern des *pa* den Rücken und ritt davon. Es regnet nun in Strömen. George preßte die von Ada beschriftete Taste an die Brust. Mit der Kuppe des Daumens fuhr er über die Buchstaben und drückte sie fest an seine Haut, als könnte er ihre Bedeutung auf diese Weise in sich aufnehmen. Zielstrebig ritt er zu dem kleinen Schulgebäude am hinteren Ende der Siedlung. Als er die Ponykoppel erreichte, ließ der Regen nach.

Baines vernahm zarte Stimmchen, die im Chor den Stundenplan aufsagten, und als er durch ein Loch in der Wand spähte, sah er reihenweise kleine Beine unter Holztischen hin und her baumeln.

Kurz darauf flog die Tür auf, und die Kinder strömten die Treppe hinunter. Die Mädchen trugen lange fleckige Schürzen, und alle Kinder hatten Stiefel an, die für ihre Füße viel zu groß waren, bis auf einen kleinen Jungen, dessen Stiefel vorne aufgeschnitten waren, so daß seine schmutzigen Zehen herausschauten. Baines sah vier kleinen Mädchen beim Seilspringen mit einer Liane zu und überlegte, an wen er sich wohl wenden sollte. In diesem Augenblick trat ein kleines Mädchen, ein großes Buch an die Brust gepreßt, allein ins Freie und setzte sich ans Ufer des sich am Schulgebäude vorbeischlängelnden Flusses. Baines setzte sich neben sie. Murmelnd strömte das Wasser dicht vor ihren Füßen vorbei.

»Kannst du lesen?« fragte er.

Wortlos klappte die Kleine mit dem zu straffen Zöpfen geflochtenen Haar das Buch zu, stand auf und ging davon. Baines erhob sich und blickte ihr nach. In sicherer Entfernung blieb sie stehen und drehte sich zu ihm um. Ein zweites Mädchen, zierlicher noch als das erste, ließ sich von einem Ast herunterplumpsen. »Ja, kann ich«, sagte es mit klarer, heller Stimme.

»Du kannst lesen?« fragte er zweifelnd. Das Mädchen war noch sehr klein.

»Ja . . . ganz viel.« Die anderen Mädchen hörten mit dem Seilspringen auf und scharten sich um die Kleine.

»Sie kann nicht lesen«, sagte ein größeres Mädchen verächtlich. »Sie ist meine Schwester. Ich muß es doch wissen.« Sie beäugte das offene Glas, das Baines in der Hand hielt. »Sind das Süßigkeiten?«

»Und ob ich lesen kann!« sagte die Kleine empört.

»Kann sie nicht«, widersprach ihre große Schwester. Baines hielt der Kleinen das Glas mit den Süßigkeiten hin. »Geben Sie ihr nichts.« Trotzdem ließ Baines zu, daß die Kleine sich ein Bonbon nahm. »Sie kann gar nicht lesen«, behauptete die ältere Schwester steif und fest.

Die Kleine steckte sich das Bonbon in ihr hübsches Mündchen und warf das Einwickelpapier weg; eines von den anderen Mädchen hob es sofort auf, hielt es sich an die Nase und schnupperte daran. »Hmmm, Karamelbonbons«, sagte es und gab das Papier an die anderen Kinder weiter.

»Kannst du lesen?« fragte Baines das ältere Mädchen und hielt ihm die Taste hin. Er konnte seine Ungeduld kaum noch verbergen.

Das Mädchen nahm sie ihm wichtigtuerisch aus der Hand. Die Freundinnen drängten sich hinter sie und rangelten um die Plätze, von denen aus sie am besten sehen konnte. Als das Mädchen die Schrift sah, runzelte es die Stirn, drehte die Taste um und betrachtete die andere Seite. »Schreibschrift«, sagte es, »die haben wir noch nicht durchgenommen.«

»Myrtle kann sie lesen«, meldete sich ein anderes Kind zu Wort. »Ihre Mutter hat es ihr beigebracht.«

Sie schnappte dem großen Mädchen die Taste weg und gab sie Myrtle, dem Mädchen mit dem Buch, das Baines zuerst angesprochen hatte. Alle sahen gebannt zu, wie Myrtle sich anstrengte, die Inschrift zu entziffern: »Liebster George . . .« Sie legte die Stirn in Falten. Die Kinder sahen Baines an, um sich zu vergewissern, ob es soweit richtig war. Er nickte ermutigend. »Mein . . .« Ein oder zwei Kinder halfen Myrtle bei den nächsten Worten. ». . . Herz . . . ge . . .« – ». . . hört«, schaltete sich die große Schwester ein.

»Nein, das ist kein ›h‹.«

»Ist es doch.«

Gemeinsam wiederholten die beiden Mädchen: »Liebster – George – mein – Herz – gehört –« Sie zögerten. ». . . dir?« schlug Myrtle zaghaft vor. Sie verzog das Gesicht, als wäre sie sich nicht ganz sicher, und las zu Ende: »Ada McGrath.«

»Das ergibt keinen Sinn«, sagte das größere Mädchen.

Gemeinsam lasen die Mädchen die Botschaft noch einmal. Myrtle drehte und wendete die Taste gewissenhaft, als hoffte sie, noch mehr Geschriebenes zu entdecken. »Das ist alles . . .«, sagte sie und blickte zu Baines auf.

»Sag es noch einmal, du allein«, forderte Baines sie auf.

Alle drehten sich zu Myrtle um. »Liebster George, mein Herz gehört dir. Ada McGrath.« Sie zuckte leicht mit den Schultern.

»Und jetzt du noch mal.« Baines zeigte auf das ältere Mädchen.

»Liebster George«, sagte es langsam und mit tiefer Stimme, »mein Herz gehört dir. Ada McGrath.«

Unaufgefordert las noch ein weiteres Mädchen die Botschaft vor. Und dann noch eins. Und noch eins. Baines hielt den Kopf gesenkt und schüttelte ihn ungläubig und mit verhaltener Freude. Dann brach er voller Erleichterung in glückliches Gelächter aus. Auch die Mädchen fingen an zu lachen, weil sie glaubten, es handele sich um einen Scherz. Wieder und wieder lasen sie die Worte vor, und jedes Mal schien Baines mit neuer Freude zu erfüllen.

Unterdessen tat sich das kleinste der Mädchen in aller Stille an den Süßigkeiten gütlich.

Alisdair Stewart, Tante Morag und Nessie mühten sich im Regen ab, die bewußtlose Ada in ihren schweren, schlamm- und blutgetränkten Kleidern durch den von weißen Baumstümpfen durchsetzten Morast zu tragen.

Drinnen im Haus zogen die beiden Frauen, deren Kleider und Gesichter nun ebenfalls mit Schmutz bedeckt waren, Ada aus und schnitten die Ärmel ihres Kleides mit einer Schere auf. Beide waren zutiefst bestürzt. »Du liebe Güte!« sagte Morag. »Was für ein Unfall!« Als sie den Stoff beiseite schob, wirkte Adas Arm so zerbrechlich und dünn und die bläulich schimmernde Haut so blaß, daß Morag erschrak. »Dabei hatte sie doch genügend Holz ... Wenn sie nicht der hohe Blutverlust umbringt, dann stirbt sie uns an Lungenentzündung. *Heißes Wasser!«* befahl Morag. »Alles ist voller Schlamm«, murmelte sie finster.

»Oh, das arme kleine Ding ...«, sagte Nessie, in deren Augen Tränen des Mitleids glitzerten, »... ogottogott ...!«

Stewart kam mit heißem Wasser herein. Er wirkte gebrochen und bekümmert. Er blickte sich hilflos um und war den anderen nicht von großem Nutzen. »Raus mit dir«, sagte Morag und schob ihn wieder hinaus. »Vom Anstarren ist noch niemand gesund geworden.«

Stewart ging hinaus und zog die Tür hinter sich zu. Er hatte seiner Tante erzählt, Ada sei beim Holzhacken ausgerutscht; er selbst habe woanders gearbeitet und sie im Schlamm liegen sehen, und da sei er wie von Sinnen losgerannt, um Hilfe zu holen. Die Lüge ballte sich in seiner Kehle zu einem harten Klumpen zusammen, den er nicht herunterschlucken konnte.

Morag reinigte die Wunde an Adas Hand, während Nessie Bettlaken zu handbreiten Verbandstreifen zerriß. Langsam kam Ada zu sich, ihre Augenlider flatterten und schlossen sich wieder, und ihre Lippen bewegten sich, als wollte sie etwas sagen.

»Sieh dir ihre Lippen an«, sagte Morag plötzlich. »Sie wollen uns so viel erzählen.«

Nessie machte sich daran, Adas Haar behutsam und liebevoll zu kämmen wie bei einem Kind. Ada zitterte. »Soll ich sie zudecken?« fragte Nessie. »Sie ist ganz ausgekühlt.«

»Ja, ganz recht, ganz recht.«

Nessie zog die Decke über Adas Körper. Die beiden Frauen betrachteten sie, wie sie dalag, ihr weißes, verängstigtes Gesicht, das sich vor Schmerzen verzog. Nessie streckte die Hand aus, um über Adas schwarzes Haar zu streichen. »Ooh, es ist so weich. So weich.«

»Eine von Gottes schwierigen Töchtern«, sagte Morag. »Und doch kann man Ihn in ihr spüren, furchterregend wie ein Sturm.«

Selig vor Glück ritt George in der Abenddämmerung zu seiner Hütte zurück. Wieder und wieder sagte er Adas Botschaft vor sich hin, bis die Worte ihm wie ein Liebeslied in den Ohren klangen. Er lächelte, als sein Pferd in leichtem Galopp den Hügel erklomm. Da sah er Hira, die ihm entgegenlief. Mit verzerrtem Gesicht rief sie ihm zu: »Peini, Peini, das kleine Mächen! Sie ist weinend zu dir gelaufen . . .«

George schwang sich aus dem Sattel und rannte los.

»Sie war ganz voll Blut und sah schlimm aus . . .«, sagte Hira. »Sehr schlimm . . .« Die Tür zu seiner Hütte stand offen. Gefolgt von Hira eilte George die Stufen hinauf.

Flora kauerte in einer Ecke. Ihr verheultes Gesichtchen war kreidebleich und schlammbespritzt, sie selbst bis auf die Knochen durchnäßt. Die Engelsflügel hingen zerknautscht auf ihrem Rücken, und auf ihrer Schürze waren deutliche Blutspuren zu erkennen. Als George hereinkam, fing sie vor Erleichterung laut zu weinen an.

George stürzte zu dem kleinen Mädchen, das sich ängstlich an die Wand drückte. »Was ist passiert?« Er strich ihr das Haar aus dem Gesicht. »Scht, scht. Was ist denn?«

Flora reichte ihm das schaurige Bündel. George nahm das blutgetränkte Päckchen entgegen, und als er das Tuch zurückschlug, hielt er Adas winzigen abgehackten Finger in Händen.

»Sie dürfen sie nie wieder sehen, sonst hackt er sie in Stücke!« schrie Flora unter Schluchzern. Beim Anblick des Bündels schloß sie die Augen.

»Was ist passiert?« fragte George grimmig und packte sie an den Schultern. Als Flora sich sträubte, verstärkte er den Griff. Heulend riß sie sich los und rannte nach draußen. »Sag es mir!« rief George und eilte ihr hinterher. Er holte sie ein, schüttelte sie heftig und fragte: »Wo ist sie?« Er hob das Mädchen hoch, das nun wie von Sinnen war und spitze, schrille Schreie ausstieß. »Scht!« Wieder schüttelte er sie. »Beruhige dich! Wo ist sie?« rief er.

»Er hat ihn abgehackt«, heulte Flora.

»Was hat sie ihm erzählt?« brüllte George. »Was hat

sie ihm erzählt?« Da kam Hira und nahm ihm das Kind weg. »Sie ist noch ein kleines Mädchen«, sagte sie und schloß die Kleine zärtlich in die Arme. Sie redete ihr gut zu und strich das nasse Haar aus dem verschreckten Gesicht.

»Ich schlage ihm den Schädel ein!« sagte George mit haßerfüllter, verbitterter Stimme, und da fing Flora wieder an zu heulen.

»Nein, nein, er wird ihn ihr abhacken!«

Mit der Faust schlug George Baines gegen einen Baumstamm und stöhnte vor Verzweiflung und ohnmächtiger Wut.

In dieser Nacht regte sich im Busch kaum etwas; die Zikaden und die Tiere der Nacht sangen leise ihr Lied. Mit einer Lampe in der Hand betrat Alisdair Stewart Adas Schlafzimmer. Er stellte die Lampe auf den Nachttisch und betrachtete Adas blasses, mit Schweißperlen bedecktes Gesicht. Das Haar klebte an Wangen und Hals, die Lippen waren aufgesprungen und trokken. Sie schlief. Leise sprach er zu ihr, als wäre sie wach und hörte ihm zu.

»Du hast mich dazu getrieben«, sagte er. »Du darfst ihm keinen Liebesgruß senden, das darfst du nicht.« Er schüttelte den Finger. »Allein schon der Gedanke daran macht mich rasend.« Alisdair Stewart suchte nach Worten, er rang um seine Beherrschung. »Ich wollte dich lieben«, sagte er zu seiner schlafenden Frau. »Ich habe dir die Flügel gestutzt, das ist alles.«

Stewart beugte sich vor und streichelte Adas Stirn und Wange. Dann sang er leise ein Liebeslied, das ihm plötzlich in den Sinn kam: »Dann werden wir zusammen sein, und du wirst sehen, alles wird gut . . .« Ada regte sich im Schlaf und schob seine Hand von ihrem Gesicht fort. Sie schlug unter der Decke um sich. Ihre Stirn war vom Fieber schweißnaß.

»Ist dir heiß?« fragte Stewart. ». . . meine süße Turteltaube.« Er zog die Decke weg, damit kühle Luft an ihre Haut kam. Das durchgeschwitzte Nachthemd klebte an ihrem Körper, die rechte bandagierte Hand lag auf ihrem Bauch. Als Stewart die Decke noch weiter zurückzog, in der Hoffnung, daß Ada sich dann besser fühlte, erblickte er an der weichen Innenseite ihres Schenkels ein Stück bloßer cremefarbener Haut. Er hob ihr Bein leicht an, schob seine Hand darunter und begann sie zu streicheln. Ein freudiges Gefühl stieg in ihm auf, während seine Hand sie liebkoste. Er senkte den Kopf, preßte die Lippen auf ihre Haut, vergrub das Gesicht zwischen ihren Beinen und atmete tief ein.

Wieder regte Ada sich im Schlaf. Stewart betrachtete ihr Gesicht, während er die Hand unter ihrem Nachthemd weiter nach oben schob. Da kam ihm ein Gedanke, ein schrecklicher Gedanke, den er zu verdrängen suchte, doch kaum hatte er ihn gefaßt, konnte er ihm nicht mehr widerstehen. Mit einem raschen Blick auf das fiebrige Gesicht seiner noch immer bewußtlosen Frau öffnete er verstohlen die Schnalle seines Gürtels, beugte sich über Ada und schob behutsam ihre Beine auseinander. Als er sich zielstrebig über sie schob, blickte er erneut in ihr Gesicht und stellte zu seiner Schande und seinem Entsetzen fest, daß sie ihn ebenfalls ansah und ihre Augen genau auf seine gerichtet waren. Heftig atmend, hielt Stewart mitten in der Bewegung inne, wandte sich wortlos ab und zog ihr Nachthemd vorsichtig nach unten.

»Fühlst du dich besser?« fragte er scheinheilig.

Adas Lippen bewegten sich leicht. Stewart bildete sich ein, etwas gehört zu haben. Er sah Ada eindringlich an und hielt das Ohr an ihre Lippen, ohne den Blick von ihren Augen abzuwenden. »Was . . .?« Beim Klang seiner eigenen Stimme mußte er blinzeln. Er sah Ada an, als ob er ihr lauschte und sie mit so schwacher, weit entfernter Stimme sprach, daß es seine ganze Aufmerksamkeit und Geduld erforderte, wenn er sie verstehen wollte. Dabei vollzog sich auf seinem Gesicht ein Wandel: Seine Augen füllten sich mit Tränen, sein Mund wurde weicher, und seine Augenbrauen glichen sich in Form und Ausdruck Adas an.

Das flackernde Licht der Kerosinlampe fiel auf ihre Gesichter. Stewart rückte näher an Ada heran. Draußen rüttelte der Wind am Hausdach, die Bäume rieben ihre Äste aneinander und erzeugten ein durchdringendes Geräusch wie von einer quietschenden Schaukel. Er beugte sich noch dichter über Ada und lauschte.

Nach einer Weile stand Stewart auf, zog den Mantel an, griff nach Lampe und Gewehr, ging zwischen den gespenstisch anmutenden Baumstümpfen hindurch und machte sich quer durch den dunklen Busch auf den Weg zu George Baines' Hütte. Dort angekommen, stieg er über Hiras zusammengerollte, schlafende Gestalt auf der Veranda hinweg und betrat die Hütte, in der ein Feuer brannte. Über der Feuerstelle hingen Floras Kleider, gewaschen und noch tropfend. Stewart trat ans Bett. Flora lag in eine Decke gewickelt neben Baines, der eine Axt in der Hand hielt. Beide schliefen fest. Stewart stieß Baines mit dem Gewehrkolben an und hielt ihm den Lauf unters Kinn. Baines fuhr aus dem Schlaf. Beim Anblick von Stewart und dessen Gewehr erstarrte er.

Im flackernden Feuerschein musterte Stewart seinen Widersacher. »Legen Sie sie weg«, sagte er und zeigte auf die Axt. »Auf den Boden.« Er sprach ruhig und ohne Hast, und sein Gesichtsausdruck schwankte zwischen Wahnsinn und Hellsicht. Baines gehorchte.

Langsam sprach Stewart weiter: »Ich sehe Sie an, sehe Ihr Gesicht. Dieses Gesicht hatte ich im Kopf und haßte es. Aber jetzt, da ich hier bin und es vor mir sehe, fühle ich nichts.« Stewart nahm den Lauf von Baines' Kinn und hielt ihn an dessen Schläfe. »Sie tragen Ihre Male, Sie sehen mich aus Ihren Augen an, ja, Sie haben sogar Angst vor mir.« Stewart lachte, und sein Lachen ließ alles gefrieren. »Schauen Sie sich an!« sagte er. »Stehen Sie auf.«

Baines richtete sich vorsichtig auf, um Flora nicht zu wecken. Innerlich war er ganz ruhig. Die Taste mit der wundervollen Botschaft lag unter seinem Kopfkissen.

»Hat Ada je zu Ihnen gesprochen?«

»Sie meinen mit Zeichen?«

Stewart schüttelte den Kopf. »Nein, mit Wörtern. Haben Sie je Wörter gehört?«

Baines musterte ihr argwöhnisch. »Nein, Wörter nie.«

»Sie hatten nie das Gefühl, Wörter zu hören?«

Baines schüttelte den Kopf.

Stewart legte eine Hand an die Stirn. »Sie hat zu mir gesprochen. Hier drin hab' ich es gehört.« Mit weit aufgerissenen Augen preßte er die Hand auf seine

Stirn. »In meinem Kopf hab' ich ihre Stimme gehört. Ich habe ihre Lippen beobachtet, aber sie haben die Worte nicht geformt. Und doch . . . je genauer ich zuhörte, desto deutlicher konnte ich sie hören, so deutlich wie meine eigene Stimme.«

»Gesprochene Worte?« fragte Baines.

»Nein, aber ich habe ihre Worte in meinem Kopf.« Stewart überlegte kurz. »Ich weiß, was Sie jetzt denken. Sie halten es für eine List, um es Ihnen heimzuzahlen. Nein, die Worte, die ich gehört habe, waren ihre Worte.«

»Und was hat sie gesagt?« Baines wußte nicht, ob es der Schmerz oder der Wahnsinn war, was aus Stewart sprach. Dennoch hörte er ihm zu. Er erkannte in Stewart jemanden wieder, und damit hatte er nicht gerechnet. In diesem steifen Mann mit den weit aufgerissenen Augen sah er sich selbst, hilflos, hoffnungslos, verrückt vor Liebe, und in diesem Augenblick liebte er ihn.

Stewart blickte zur Zimmerdecke auf, als wollte er etwas vortragen, was er auswendig gelernt hatte: »Sie sagte: ›Ich habe Angst vor meinem Willen, vor dem, was er anrichten könnte, denn er ist so seltsam und stark.‹ Sie sagte«, Stewart zögerte kurz und fuhr dann mit einem Nicken fort: »›Ich muß von hier weg. Laß mich gehen. Laß Baines mich fortbringen.‹«

»Sie haben sie zu Unrecht bestraft«, unterbrach Baines ihn grimmig. »Ich war an allem schuld.«

Stewart reagierte nicht darauf.

Flora regte sich im Schlaf. Sie seufzte. Ihre Stirn legte sich in Falten und glättete sich wieder, ihre Lider flatterten, während ihre Augen im Traum hin und her huschten.

Mit tränennassen Augen fuhr er fort: »Verstehen Sie

mich doch, ich bin ihretwegen hier, wegen Ada ... Ich frage mich, ob ich das alles nicht nur träume, ob ich wirklich wach bin und hier mit Ihnen rede. Ich liebe sie. Aber was nutzt das schon? Sie macht sich nichts aus mir. Ich wünschte, sie wäre fort. Ich wünschte, ihr beide wärt fort. Ich möchte aufwachen und feststellen, daß alles nur ein Traum ist, ja, das wünsche ich mir.« Stewart nickte wie zur Bekräftigung seiner Worte. »Ich kann nicht glauben, daß ich mich so verändert habe. Ich will wieder der sein, der ich früher war, der, den ich kannte.«

Ada lag wach. Sie wußte, daß Alisdair Stewart zu George Baines gegangen war. Sie hatte viel Blut verloren, und so geschwächt, wie sie war, konnte sie nichts tun, das war ihr klar. Sie fragte sich, ob Stewart George wohl töten würde, und der Gedanke jagte ihr einen Schauder durch die Seele.

11

Bald schon stand für Ada McGrath im Haus ihres Vaters fest, daß sie schwanger war; sie hatte die Anzeichen instinktiv erkannt, obgleich niemand sie darüber aufgeklärt hatte, worin diese bestanden. Sie war ohne mütterlichen Beistand in die Pubertät eingetreten, und da war nur ein gestrenges Hausmädchen gewesen, um ihr die Angst zu nehmen, sie könnte sich zu Tode bluten. Jetzt spürte sie mit ruhiger Gewißheit, was die Zeichen zu bedeuten hatten.

Nach der fraglichen Nacht im Klavierzimmer hatte Delwar Haussler das Haus der McGraths fluchtartig verlassen. Kaum hatte Ada ihm am frühen Morgen des Weihnachtstages einen Gutenachtkuß gegeben und ihn verlassen, war er auf sein Zimmer gegangen und unentwegt auf und ab geschritten, bis das Haus langsam zum Leben erwachte. Er wartete, bis er unten in der Küche die Stimme von Wyston McGrath hörte, der Anweisungen erteilte und Vorschläge für das Mittagessen machte. Delwar zog den Gehrock an, setzte die Samtkappe auf, die er bei seiner Ankunft vor nahezu zwei Jahren getragen hatte, und ging die Treppe hinunter. In einer Hand hielt er ein mit großer Sorgfalt abgefaßtes Kündigungsschreiben.

»Was ist das?« fragte Wyston mit dröhnender

Stimme, als er Delwar in seinem Arbeitszimmer empfing und das Kuvert befühlte, das der junge Mann mit Wachs versiegelt hatte.

»Öffnen Sie es, Sir«, sagte Delwar. »Es enthält mein Entlassungsgesuch.«

Wyston runzelte die Stirn. Er dachte an die kleine Ada. Es würde ihr das Herz brechen, sollten die Klavierstunden ein Ende haben.

»Sind Sie hier etwa nicht glücklich?«

»Ich möchte zu meiner Familie zurückkehren...« Delwar suchte nach Worten, nach Ausreden. »Ich habe vor zu heiraten.«

Er erschrak über seine Lüge, war verblüfft über seine eigene Verwegenheit. Er wußte, daß eine Heirat mit Ada nicht in Frage kam, und in diesem Augenblick hatte er das Gefühl, daß er an diese Möglichkeit auch nie wieder denken würde.

»Oh«, sagte Wyston unbeholfen. Es war so leicht, ihn in Verlegenheit zu bringen. »Nun, wenn das so ist... Wann haben Sie vor, uns zu verlassen?«

»Noch heute, Sir.«

»Oh«, sagte Adas Vater noch einmal, weil er nicht wußte, was er sonst sagen sollte. Da fiel ihm etwas ein. »Aber heute ist doch Weihnachten! Es fahren keine Kutschen, und auch sonst liegt alles lahm.«

»Dann gehe ich eben ein Stück zu Fuß, Sir.«

»Am Geburtstag des Herrn? Obwohl es vielleicht schneien wird?« Wyston hielt den jungen Mann für verrückt.

»Ja.«

»Nun gut.« Die Tollkühnheit des jungen Mannes sollte nicht seine Sorge sein. »Warten Sie, ich stelle

Ihnen einen Wechsel über Ihren Lohn aus.« Wyston sagte sich, daß es wohl das beste wäre, ihn ziehen zu lassen; wenn der Junge tatsächlich verrückt war, war er anderswo besser aufgehoben. »Vielleicht möchten Sie sich noch von Ada verabschieden. Das Hausmädchen soll sie wecken.« Er streckte die Hand aus, um die Dienstglocke zu läuten.

»Nein, Sir«, beeilte Delwar sich zu sagen und hielt McGraths Hand fest. »Sicher schläft sie noch, und ich möchte sie nicht mit dieser Neuigkeit überfallen.«

»Dann soll ich es ihr also beibringen, was? Hm, das haben Sie sich fein ausgedacht.«

Dieser Vorwurf des alten Herrn trieb Delwar die Röte ins Gesicht. »Ich werde jetzt meinen Koffer packen. Meine Sachen lasse ich bei der nächsten Gelegenheit abholen.«

»Recht so«, sagte Wyston verdrießlich. »Gut. Den Wechsel lege ich auf den Tisch in der Eingangshalle.«

»Vielen Dank, Sir«, sagte Delwar und ging rückwärts aus dem Zimmer. »Ihre Tochter ist sehr begabt.«

»Ja, mit einer finstren Gabe, wenn Sie mich fragen«, brummte Wyston.

Doch Ada schlief nicht. Sie hatte, nachdem sie auf ihr Zimmer zurückgekehrt war, keine Ruhe gefunden, denn zwei Dinge wühlten sie auf: die Vorfreude auf Weihnachten und die Erinnerung an Delwar Hausslers Umarmung. Auch sie war in ihrem Zimmer auf und ab gegangen, hatte die Arme um sich geschlungen und Revue passieren lassen, was in dieser Nacht geschehen war. Morgens hatte sie sich in aller Eile angezogen und war in die Küche hinuntergegangen, wo man ihr mitteilte, ihr Vater sei in seinem Arbeitszimmer. Leichtfüßig ging sie den Flur entlang, und ihre gute Laune schlug sich in der gesunden Farbe ihrer Wangen nieder. Sie hielt die schmalen Schultern gerade, und ihr Rückgrat bildete eine fast senkrechte Linie.

Vor der Tür zum Arbeitszimmer blieb sie abrupt stehen, denn sie hörte Stimmen. Eine böse Vorahnung beschlich sie, und so drückte sie sich an die Tür, um zu lauschen, anstatt wie beabsichtigt in Weihnachtslaune hineinzuspazieren. Von ihrem Versteck aus konnte sie jedes der Worte verstehen, mit denen Delwar seine Kündigung begründete. So wie sie sich im Alter von sechs Jahren vorgenommen hatte, nicht mehr zu sprechen, nahm sie sich nun vor, nicht laut zu schreien und dieses schreckliche Gespräch nicht zu unterbrechen. Wie zu Stein erstarrt stand sie im Gang, atmete kaum, und das Herz in ihrem zierlichen, steifen Körper schlug immer langsamer. Sie blieb hinter der Tür stehen, als Delwar Haussler nach oben auf sein Zimmer ging, um zu packen. Reglos wie eine Statue stand sie da, als auch ihr Vater das Arbeitszimmer verließ und den Lohn des Klavierlehrers in der Eingangshalle auf den Tisch legte. Ada rührte sich nicht von der Stelle, bis Delwar Haussler die Treppe herunterkam, den Umschlag einsteckte, die Haustür öffnete und ging.

Ihre Schwangerschaft schritt voran, wie zu erwarten, und für ihre Größe und ihr Normalgewicht ging Ada ungewöhnlich stark in die Breite. Das Hausmädchen, das sich um ihre Wäsche kümmerte, ließ als erstes eine Bemerkung fallen, denn es hatte bemerkt, daß die Nähte an manchen Kleidern bis zum Platzen gedehnt waren und Ada McGrath in der letzten Zeit nicht mehr regelmäßig ihre Blutung bekommen hatte. Tagelang war dies das Hauptthema des Personals in Küche und Garten, doch falls Ada dies bemerkte, ließ sie es sich nicht anmerken. Ihr Herz war gebrochen, doch auch dies war ihr nicht anzusehen. Wie früher verbrachte sie die Nachmittage im Musikzimmer. Eine Zeitlang spielte sie die Duette allein, weil sie ihrer Stimmung entsprachen, doch schon bald wurde sie der einseitigen Harmonien überdrüssig. Sie kehrte zu ihrer alten Art des Musizierens zurück, zu den Improvisationen, denen sie sich einst Nachmittage lang hingegeben hatte, doch hatte sie durch den monatelangen Unterricht einiges hinzugelernt.

Es war das dienstälteste Hausmädchen, das es sich angelegen sein ließ, den Hausherrn über den Zustand seiner Tochter in Kenntnis zu setzten. Niemand wagte, Ada persönlich darauf anzusprechen; die junge Frau war noch unnahbarer und verschlossener geworden als zuvor. »Was?« brüllte Wyston, und seine Stimme hallte im ganzen Haus wider. Ada war oben und spielte Klavier. Sie hielt zwischen zwei Phrasen inne und begriff, daß er nun Bescheid wußte. Dann spielte sie weiter.

Wyston fühlte sich durch diese Eröffnung zu beschämt, um mit seiner Tochter darüber zu reden; er überließ es Beadsley, dem Anwalt. Beadsley traf sich also mit Ada in der Absicht, ihr eine Strafpredigt zu halten und ihr so lange zuzusetzen, bis sie die Identität des Vaters preisgab, so daß eine Heirat in die Wege geleitet und noch größerer Schaden abgewendet werden könnte. Doch natürlich rückte Ada nicht mit der Sprache heraus. Sie weigerte sich, auch nur ein Wort niederzuschreiben und schob das Blatt Papier jedesmal weg, das Beadsley ihr immer wieder vorlegte. Schließlich verließ Beadsley verzweifelt das Zimmer, ging zu McGrath und teilte ihm mit, daß nichts zu machen sei. Das Mädchen schweige sich über die Angelegenheit aus und sei nicht umzustimmen. Die beiden Männer beschlossen, Ada für die Dauer der Schwangerschaft Hausarrest zu erteilen. Sie wollten niemandem etwas erzählen. Erfahren würde es ohnehin jeder. Es sollten keine weiteren Anstrengungen unternommen werden, um die Identität des Vaters in Erfahrung zu bringen. Vielleicht, so bemerkte Beadsley hoffnungsvoll, würde sich der ehrlose Bursche von alleine stellen.

Danach verlor Wyston McGrath seltsamerweise kein Wort mehr über das Thema. Er sah zu, wie seine Tochter dicker und dicker wurde. Einige der Hausangestellten behaupteten, zeitweise verwechselte er seine Tochter mit seiner toten Frau und falle in die Zeiten zurück, als Cecilia mit Ada schwanger gewesen sei. In der Stadt hingegen wurde hinter vorgehaltener Hand gemunkelt, Wyston sei womöglich selbst der Vater von Adas Kind. Die meisten allerdings ahnten, wer der Vater in Wirklichkeit war, und die Kunde von seiner überstürzten Abreise kursierte in Aberdeens Straßen. Manch einer nahm Anstoß an McGraths scheinbarem Mangel an Empörung. Warum wurde der junge Mann nicht gesucht und zur Verantwortung gezogen? Andere wiederum meinten, McGraths Dünkel lasse nicht zu, daß seine Tochter eine Verbindung mit einem einfachen Musiker eingehe, mit einem Klavierlehrer und noch dazu einem mittelmäßigen.

Die McGraths selbst jedoch bewahrten ein Schweigen, das ebenso umfassend wie tief war. Wyston behandelte seine Tochter mit wachsender Zärtlichkeit; er machte sich nicht länger Gedanken darüber, daß sie nicht verheiratet war, und von Zeit zu Zeit liebäugelte er sogar mit der Vorstellung, daß sie es sich einfach in den Kopf gesetzt hatte, schwanger zu werden, denn ihr Wille war sehr stark. Als die Zeit gekommen war, zog er sich in sein Arbeitszimmer zurück und schritt die ganze lange Nacht auf und ab. Adas Wehen zogen sich qualvoll in die Länge; man überlegte, ob ihr Becken vielleicht zu schmal für eine reibungslose Geburt sei. Doch als dann der Arzt eintraf, dauerte es nicht mehr lange, bis das Kind auf die Welt kam. Die Nachricht von Floras Geburt wurde Wyston augenblicklich überbracht – ein Mädchen, ach, wie sehr dies Bilder von Cecilia in ihm wachrief! Er hatte Angst, seine Tochter könnte dasselbe Schicksal ereilen wie seine Frau, doch der Arzt, ein alter Freund, beruhigte ihn mit dem Hinweis auf Adas kräftige Natur.

Während es Wyston nicht weiter schwerfiel, sein einziges Enkelkind ins Herz zu schließen, zeigten sich die Einwohner von Aberdeen weniger wohlwollend, so daß Ada sich zu einem Leben in aller Abgeschiedenheit gezwungen sah und das Anwesen ihres Vaters nur selten verließ. Nachdem ein paar zaghafte Versuche, das Kind mit in die Kirche zu nehmen, mit lautem Getuschel und unverfrorenen Blicken quittiert worden waren, eröffnete der Pfarrer Wyston, daß das Kind nicht getauft werden könne, und so brachen die McGraths alle Beziehungen zur Kirche ab. Dies schmerzte Wyston als gläubigen Menschen sehr, doch Ada bekümmerte es nicht weiter. Ihr Kind war einfach bezaubernd, eine kleine Schönheit mit seinen winzigen Händen und Füßen. Die Kleine lag in ihrem Körbchen unter dem Piano, während Ada spielte, wobei sie mit einem Fuß die Pedale trat und mit dem anderen das Baby wiegte.

Mit großer Freude sah Ada ihr Kind wachsen. Sie vermißte nichts in ihrem Leben, nachdem sie selbst rasch wieder zu Kräften gelangt war. Nachts konnte sie manchmal nicht einschlafen, doch nicht etwa, weil die Kleine sie wach hielt. Nein, in solchen Nächten dachte Ada an Delwar Haussler und an seine Umarmung. Er war ein Feigling, das hatte seine Flucht bewiesen. Ada fragte sich, ob alle Männer feige waren, sobald sie Farbe bekennen sollten. Es machte ihr nichts aus, daß er sie nicht hatte heiraten wollen, es stimmte sie nicht länger traurig, daß er ihr nicht geschrieben, ja nicht einmal eine Nachricht hinterlassen hatte, warum er fortgegangen war. Und doch sehnte sie sich danach, ihm zuzuhören, an seiner Seite zu sitzen, während er auf dem Piano spielte – wie früher.

Die Jahre vergingen, Flora wuchs, und Ada wuchs ins Erwachsensein hinein. Wyston schob den seit langem überfälligen Besuch seiner Schwestern Patricia und Ethel, Adas unverheirateten Tanten, immer wieder hinaus, da er sich nicht in der Lage fühlte, sich ihren Fragen und ihrem unvermeidlichen Urteil auszusetzen, das, wie er befürchtete, bestimmt verheerend wäre. Das Gerede in der Stadt dauerte an, wie das in Städten nun einmal so ist, und durch den Mangel an Informationen wurden die Spekulationen noch angeheizt wie ein nach Sauerstoff gierendes Feuer. Einmal, als Flora sieben Jahre alt war und sich Mutter und Tochter auf der Suche nach einem Geburtstagsgeschenk für Wyston nach Aberdeen wagten, begrüßte eine Frau sie mit einem selbstgerechten Ausruf der Entrüstung und spuckte ihnen auf der gepflasterten Straße mit frommer Inbrunst vor die Füße.

Als Wyston dies vernahm, faßte er den Entschluß, ein Inserat in der Kolonialpresse aufzugeben und einen Mann für seine Tochter zu suchen. Diese Anzeige fiel auch Alisdair Stewart ins Auge, Tausende und Abertausende Meilen entfernt, in Neuseeland, Großbritanniens tropischem Spiegelbild, und schon bald begab Ada McGrath sich auf die lange Reise.

Wie eine Schlafwandlerin verließ Ada in Reisekleidung Alisdair Stewarts Haus und trat hinaus in den neuen Morgen. Sie konnte nicht fassen, was seit ihrer Ankunft alles passiert war. Die Maori-Männer waren eifrig damit zugange, ihre Truhen und Koffer bereitzustellen. Tante Morag und Nessie standen, noch immer unter dem Schock der schrecklichen Ereignisse, im Türrahmen und sahen ihnen zu. »Oje, oje!« sagte Morag leise. Insgeheim waren sie froh darüber, daß diese Frau sie verließ. Alisdair war nicht mehr derselbe. Sie hatte ihm irgendein Leid angetan, das stand für sie fest.

Ada scherte sich nicht darum, was Tante Morag und Nessie denken mochten, sie hatte selbst genügend Leid erfahren. Vorsichtig trat sie aus der Tür, blinzelte und kniff die Augen zusammen, als hätte sie seit Wochen kein Tageslicht gesehen. Flora stand neben George; beide waren sie tadellos gekleidet, Flora trug ein blaues Häubchen, das unter dem Kinn festgebunden war,

George seinen blauen Gehrock. Er hatte schützend den Arm um Flora gelegt, und als sie ihre Mutter mit dem Arm in der Schlinge erblickte, klammerte sie sich zitternd an seine Hose. Alisdair Stewart ließ sich nicht blicken. Ada war schwarz gekleidet, als wäre sie in Trauer, und trug das Haar offen unter der Haube, denn sie konnte es nicht flechten, aber das war ihr gleich. Die Maori-Männer steckten die Köpfe zusammen und warfen ab und zu einen verstohlenen Blick auf Ada, doch die *pakeha* sagte kein Wort.

Sonnenstrahlen fielen durch das Geäst der hohen *kauri*-Bäume, als sich der lange Treck in Bewegung setzte. George nahm Ada beiseite. Wortlos blickte er ihr tief in die dunklen, wunden Augen. Dann nahm er den Hut ab, beugte sich zu ihr herab und küßte sie vor aller Augen wie zur Bestätigung all dessen, was geschehen war, zärtlich, doch voller Leidenschaft auf den Mund. Ada ließ ihn gewähren, empfand jedoch nichts. Die Brutalität der vergangenen Tage hatte sie betäubt. Sie fühlte sich benommen und gedemütigt.

Am Strand, demselben Strand, an dem sie kaum drei Monate zuvor gelandet waren, setzte Ada sich auf eine Truhe. Liebevoll versuchte Flora, ihr das Haar zu richten, weil sie hoffte, daß ihre Mutter sich besser fühlen würde, wenn ihr Haar erst besser zurechtgemacht war. George hatte mit den Maoris abgesprochen, daß sie das Gepäck von der Siedlung zum Strand beförderten. Am Ufer wurde ein großes und üppig verziertes Maori-Kanu mit ihrem Hab und Gut beladen. Das Piano kam zuletzt an die Reihe. Vorsichtig setzte Flora ihrer Mutter die Haube auf.

Flora und Ada wurden ins Kanu gehoben, das noch

immer auf dem Sand lag. Um das heikle Gleichgewicht nicht zu gefährden, wurde das Piano mit Georges Hilfe festgezurrt; die Enden der dicken Taue lagen zusammengerollt unter den Füßen der Frauen.

»*Tarmaharawa – aianei tahuri ai* – Es ist zu schwer – das Kanu wird kentern«, sagte Kamira, der Steuermann.

»*Keite pai! Kaare e titahataha ana* – Das Piano steht ganz fest. Es ist alles in Ordnung«, erwiderte George Baines.

»Peini, nur ein Verrückter nimmt so was mit.«

»Sie braucht es, es muß mit«, sagte George.

Endlich waren sie bereit zum Aufbruch. In einen rhythmischen Gesang verfallend, schoben die Männer das Boot der offenen See entgegen, sechs Mann zu jeder Seite des schwerbeladenen Kanus, das im Sand eine tiefe Furche hinterließ. Georges Freundin Hira blieb allein am Strand zurück. Traurig ließ sie den Tränen freien Lauf, während sie Peini ein Abschiedslied sang:

He rimu teretere koe ete. Peini eeeii,
Tere Ki Tawhiti Ki Pamamao eeeii
He waka Teretere He waka teretere.
Ko koe ka tere ki tua whakarere eeeii.

Du bist wie Seetang, der im Wasser treibt, Baines,
Treibe weit weg, treibe weit hinter den Horizont.
Ein Kanu gleitet hin, ein Kanu gleitet her,
aber du wirst weiterziehen und am Ende
hinter dem Schleier verschwinden.

Kaum schwamm das Kanu, ruderten die Maoris, noch immer singend, mit aller Kraft gegen die kabbeligen Wellen an. Das schwerbeladene Boot lag tief im Wasser, ein kleiner Fleck auf dem breiten Band des Meeres. Um zu verhindern, daß ihr schlecht wurde, blickte Flora starr zum Horizont. George griff zaghaft nach Adas unversehrter Hand. Er wußte, daß es ihr nicht gut ging, aber er vertraute darauf, daß sie mit ein bißchen Erholung und dem Piano an ihrer Seite bald wieder wohlauf wäre.

Plötzlich wurden Adas Augen grau wie Stahl. Sie zog die Hand weg und sagte in Zeichensprache etwas zu Flora, die erst ihre Mutter und dann Baines verwundert ansah.

»Was hat sie gesagt?« wollte George wissen.

»Sie sagt: ›Werft das Piano über Bord.‹«

»Es kann nichts passieren. Die Männer schaffen das schon.« George glaubte, Ada beruhigen zu müssen. Doch Ada gestikulierte erneut, diesmal heftiger.

»Sie will es nicht behalten«, sagte Flora bestimmt. »Sie sagt, es ist verdorben.«

»Ich habe die Taste. Ich lasse sie wieder einsetzen«, sagte George und zog das Klötzchen aus geschnitztem Holz und Elfenbein aus der Brusttasche. Ada schüttelte den Kopf. Sie wiederholte, an ihn gewandt, ihren Wunsch, und ihre Entschlossenheit wuchs.

Kamira, der Steuermann, hatte alles mitangehört. Er drehte sich um und sagte: »Ja, sie hat recht, werft es über Bord. Es ist ein Sarg.«

»Ada, bitte«, sagte George. Als Ada aufstehen wollte, hielt er sie zurück. »Ada! Du wirst es bereuen. Es ist dein Piano. Ich möchte, daß du es behältst.«

»Sie will es aber nicht«, sagte Flora mit Nachdruck, als Ada aufstand und an den Tauen zerrte. »Werft es über Bord!«

»Setz dich!« sagte George knapp. »Einverstanden, wir werfen es über Bord.«

Das Piano war verstümmelt, sie selbst war verstümmelt, es würde nie mehr wie früher sein. Sie wollte das Piano loswerden.

Während die Männer die Seemannsknoten lösten und das Piano an den Rand des Boots rückten, blickte Ada in das türkisblaue, klare Wasser hinab, hielt die Hand hinein und überlegte, was sich wohl unter der Oberfläche verbarg. Sie sah zu, wie die Männer mit einem Ruck die Planken anhoben, auf denen das Piano stand – und schon glitt das Instrument ins Meer. Mit lautem Klatschen landete es im Wasser, und das Kanu schaukelte gefährlich. Die losen Taue schnellten hinterher. Ada sah, wie sie sich schlangenähnlich unter ihren Füßen abrollten, und plötzlich stellte sie, einer fatalen Anwandlung von Trotz und Neugier nachgebend, wie sie für sie seit jeher bezeichnend gewesen waren, den Fuß mitten hinein in den Ring aus Tau. Mußte sie nicht dasselbe Schicksal ereilen wie ihr Piano? Waren sie und ihr Piano nicht eins?

Das Tau straffte sich, schlang sich fest um ihren Knöchel, und schon wurde sie aus dem Boot ins Meer gerissen und vom Piano im kalten Wasser nach unten gezogen.

Blasen quollen aus ihrem Mund hervor. Mit offenen Augen sank sie tiefer und tiefer, und ihr Kleid bauschte sich um ihren Körper. Die Maoris tauchten nach ihr, doch sie erreichten sie nicht mehr, während sie weiter in die Tiefe sackte. Schier endlose Sekunden verstrichen. Ada blickte im Dunkel des Ozeans um sich. Unter Wasser gibt es keinen Laut, dachte sie, während sie im bodenlosen Meer versank: Am Ende setzt das Schweigen allen zu. Sie blickte zu ihrer bandagierten rechten Hand auf, zum Licht über ihrem Kopf, das immer schwächer wurde, zum Rumpf des Kanus, den sie schon kaum mehr erkennen konnte, und in die Dunkelheit rings um sie her. Tiefe Stille erfüllte sie.

Sie faßte einen Entschluß.

Ada begann zu kämpfen. Sie versuchte, das Tau abzuschütteln, doch es hatte sich fest um ihren Fuß gelegt, und das Piano straffte es mit seinem gewaltigen Gewicht. Sie griff nach unten, versuchte abermals, das Tau abzuschütteln. Dann streifte sie mit dem anderen Fuß den Stiefel ab. Das Piano und der leere Stiefel setzten ihre lautlose, schauerliche Reise in die Tiefe fort, während Adas Körper, plötzlich befreit und leicht, zur Oberfläche strebte. Als sie ihre Lungen voll Luft sog, kamen ihr die tauchenden Maoris zu Hilfe, bargen sie und hoben sie ins Kanu, der Sonne und George Baines entgegen.

Was für ein Tod!
Was für eine Fügung!
Was für eine Überraschung!
Mein Wille hat sich fürs Leben entschieden!
Trotzdem habe ich einen Schreck bekommen, und so manch anderer auch.

Epilog

Die Musselinvorhänge bauschten sich in der sanften Brise, während Ada, ein dunkles Tuch über dem Kopf, auf dem Balkon hin und her ging. Sie übte die Konsonanten, die ihrer Kehle und ihren Lippen fremd waren, und ihre Laute hörten sich noch immer so schlimm an, daß Ada sich schämte. Sie gab jetzt in Nelson Klavierunterricht. George hatte ihr eine Fingerspitze aus Metall gefertigt, und damit war sie das Monstrum der Stadt, doch das erfüllte sie mit Befriedigung.

Mit dem Geld, das ihm vom Walfang verblieben war, hatte George ein hübsches Haus gekauft – mit Geld also, das von dem lebendigen Ozean stammte, aus dem auch Ada an jenem Tag lebend wieder hervorgekommen war. George gründete im Hafen eine Handelsniederlassung und machte sich dabei seine guten alten Kontakte sowohl zu den Maoris als auch zu den Walfängern zunutze. Flora ging zur Schule, wo sie am ersten Tag mit ihren neuen klackenden Schuhen aus England für Aufsehen sorgte. Gemeinsam lebten die drei wie Schiffbrüchige, anfangs verzagt und verängstigt, doch mit der Zeit fanden sie Gefallen an ihrem neuen Dasein und fragten sich staunend, welch gnädigem Umstand sie ihre Rettung wohl verdankten.

Nachts denke ich an mein Piano in seinem Grab im Meer, und manchmal sehe ich mich selbst, wie ich darüber schwebe. Dort unten ist alles so lautlos und still, daß es mich in den Schlaf lullt. Es ist ein merkwürdiges Schlummerlied, und warum auch nicht, es ist schließlich meins.

Es herrscht Schweigen, wo nie ein Laut war,
Es herrscht Schweigen, wo kein Laut sein kann,
Im kalten Grab – im tiefen, tiefen Meer . . .
Thomas Hood (1799–1845)